# 目次



JN158428

# 憂鬱な朝帰り

目がゆっくりと開いた。ここはどこだろう。頭が鉛のよう重い。私はどこに寝ているのだろう。もしかしたら私は私の知らない場所にいるのではないだろうか。もしかすると、横を向いたら、昨夜激しい欲情で体と体を絡み合せた見知らぬ女がすやすやと眠っているのではないだろうか。そんな悪い予感がして、一瞬、不安になる。

しかし、私は横を向かない。隣にそんな女はいない。私の隣に知らない女が寝ているかも知れないと予感したのは、目を開いた時のほんの一瞬の妄想だ。その妄想は瞬時に消える。ここは私の家だ。私の隣に見知らぬ女は居ないし、見知らぬ女との激しい情事もなかった。

頭が鉛のよう重いのは昨夜したたかに飲んだ酒の性だ。前後不覚に陥った私は家に帰った記憶がない。だから、家ではない別の場所の別のベッドの上に寝ているのかも知れないと、目を開いた瞬間不安になったし、見知らぬ女と一夜の恋をやったのかも知れないという妄想を抱いてしまった。

起きた時にいつも見る我が家の寝室の天井を見ながら、隣に見知らぬ女が寝ているかも知れないと妄想したことに苦笑した私だったが、今日は家族で北部の本部町にある美ら海水族館に行くことになっていたことを思い出し、愕然とした。

今日は絶対に朝帰りをしてはいけない日であったのに、私は朝帰りをしてしまった。私はとんでもない失態をやってしまった。今は何時だろう。利枝子や娘たちはまだ家にいるだろうか。いや、考えるまでもない。もう、利枝子や娘たちは家にはいないだろう。

利枝子や娘たちはすでに家にはいないと思っていながら、私は耳を澄まして、利枝子や娘たちの声や動く気配を探した。利枝子や娘たちは家に確実にいないと確信しているのに、もしかするといるかも知れないとはかない期待をしている私はさらに耳に神経を集中させて利枝子や娘たちが家にいる証の物音を探す。静かだ。家の中は物音ひとつしない。もっと耳を澄ます。なにも聞こえない。家の中には利枝子と美代とますみの気配はない。

それでも、私はベッドの上で鉛のように重たい頭の神経を集中して家の中の音を探す。しかし、音はしない。人の気配はない。三人は本部町の美ら海水族館に出かけたのだから人の気配があるはずがない。天井を見ながら私はため息をついた。

私は琉球興産という那覇市にある不動産会社に勤めている。不動産関係の仕事は客の接待が重要であり、酒を飲むのも仕事のひとつである。昨夜は金城さんを接待する仕事があった。今日は家族で美ら海水族館に行くことになっていたが、大地主である金城さんの接待はどうしても避けることができない仕事であった。私にとって家族が一番大切であるから、家族で美ら海水族館にいくために絶対に泥酔をしないぞという強い意志で私は金城さんを接待した。しかし、私は私の意思を裏切って泥酔をして朝帰りをしてしまった。家族全員で出かける約束をした日に泥酔して朝帰りしてしまうなんて。自分が情けなくなる。

　泥酔しないようにあんなに気をつけていたのに、なぜ私は泥酔してしまったのだろう。酒をコントロールできなくて泥酔してしまった私が信じられない。もしかすると私の深層心理には家族を裏切ろうとする心があるのだろうか。いや、そんなことはありえない。私にとって家族が一番大切であり生き甲斐である。私は家族を愛しているし大事に思っている。私に家族を裏切ろうとする心は百パーセントない。

　しかし、泥酔した私は家族を裏切ってしまった。ああ、なんという失態だ。美ら海水族館に行くのを一ヶ月も前から娘たちと約束をしていたのに、私は泥酔して娘たちとの約束を破ってしまった。なんてだらしない父親なのだ。愛する娘たちとの約束を守れなかった私は父親失格だ。私は最低の父親だ。

　今日は家族で美ら海水族館に行く予定があったから、できるなら酒を飲みたくなかった。しかし、マンションを建てる土地の地主である金城さんを接待しなければならなかった。不動産屋にとって地主は神様だ。接待で地主を満足させるかさせないかが土地を買えるか買えないかを大きく左右する。金城さんは酒好きで女好きである。そのような金城さんを満足させるためには金城さん好みの女性が居るクラブ美奈に連れて行かなければならなかった。

　私はクラブ美奈で酔わないように気をつけながら飲んだ。それなのに私は泥酔してしまった。泥酔さえしなければ家族と一緒に美ら海水族館に行き、楽しい一日を過ごすことができたのに・・・・。どうして私は泥酔してはいけない日に泥酔してしまったのだ。私は酔わないように酔わないようにと神経を使っていた。金城さんと談笑し、クラブ美奈のママと談笑し、ケイ、ルミ、ハルたちと談笑をしながらも私は酒を控えめに飲むのを心がけていた。

　私は金城さんの行動や表情を注意深く観察しながら、金城さんを接待した。金城さんが裕次郎の赤いハンカチや渡哲也の口なしの花を歌っていたり、ママが美空ひばりの乱れ髪を歌っていたりしたのをはっきりと覚えているし、私が石原裕次郎の夜霧よ今夜もありがとうを歌っている時は、金城さんはケイとブルースを踊っていた。お気に入りのケイが隣にいる金城さんは上機嫌だった。金城さんが土地を売る約束をしてくれたのもはっきりと覚えている。

　でも、なぜか、金城さんがクラブ美奈を出て行く姿が頭に浮かんでこない。金城さんが帰る時に私はママやケイたちと一緒に店の表に出て、酔っ払っている金城さんをタクシーに乗せて、走り去るタクシーに深々とお辞儀をしたはずだ。しかし、金城さんをタクシーに乗せた記憶がない。記憶がない理由は私が泥酔していたからだろう。あんなに酔わないように気をつけて酒の量を控えていたのに、どうして私は泥酔してしまったのだろう。

　酒の量がある域まで達すると私の自制心がおかしくなるのだろうが。私は若い頃にアルコール依存症になったことがある。現実から逃避して孤独の日々を送っていた私はアルコールの世界に埋没していった。酒を飲み泥酔の世界に入ると、アルコールの世界に幸せや快感があった。あの幸福感や快感が私の体内にまだ残っているのだろうか。昨夜はアルコール依存症が蘇ってきて私を泥酔の世界に引きずり込んだのだろうか。いや。そんなことはありえない。今の私はアルコール依存症による幸せではなく、日常生活の中で幸せを生きている。利枝子、美代、ますみは私の家族。私の愛。私の宝物だ。私は利枝子、美代、ますみと幸せな家庭を築いていきたいし、築いている。私は接待の仕事以外に酒を飲まないし、飲みたいと思わない。私のアルコール依存症は完治したのだ。私が泥酔し朝帰りするのはアルコール依存症の性ではないはずだ。泥酔したのはきっと気が緩んだせいだ。夜の接待の時はもっと気を引き締めなければいけない。

　車を運転している利枝子が心配になった。私が朝帰りをした性で、利枝子は子供の相手をしながら二時間近くも車の運転をしなければならない。美ら海水族館は北部の本部にある。利枝子は名護まで高速道路をハイスピードで運転しなければならない。利枝子は恐怖に襲われながら運転するだろう。高速道路から出ると名護市に入る。名護市の海岸は埋め立てて新しい道路が増えた。道を間違えると美ら海水族館のある本部ではなくてやんばるの方へ行ってしまう。利枝子は無事に美ら海水族館にたどり着けただろうか、心配だ。行きに二時間帰りに二時間利枝子は四時間以上も車の運転をしなければならない。利枝子が交通事故を起こさないか心配だ。

　美代とますみは好奇心がとても旺盛だ。車の中でおとなしくはしていないだろう。車窓から見える色々な風景について「ママ、あれはなに」と聞くだろう。それに幼稚園のことや友達のことも利枝子に話すに違いない。利枝子は慣れない車の運転をしながら娘たちの話し相手も強いられる。「ママは車を運転しているのだから静かにしなさい」と言っても静かにする娘たちではない。利枝子は大変だろう。私が運転すれば、利江子は美代とますみの質問に答えたり、幼稚園や友達の話を聞いてあげたりするだけでいい。私が泥酔して朝帰りしたために、利枝子は慣れない車の運転をしながら、二人の好奇心旺盛な娘たちの相手もしなければならない。梨枝子が必死になって運転しているのを想像すると私の気持ちは重たくなり、利枝子にすまない気持ちで一杯になる。

私は利枝子の大変さを考えながらベッドに横たわっていたが、喉の渇きを感じたので、ゆっくりと起き上がり寝室を出た。廊下を歩いていると私が歩いている音だけが私の耳に入ってくる。利枝子と美代とますみの気配が消えた家の中は空虚が漂っている。私は居間の側を通りキッチンに入った。冷蔵庫から麦茶の入ったボトルを取り出してテーブルに置いた。テーブルには弁当が置かれてあり、弁当の側には利枝子の書いたメモが置いてあった。

美代とますみが何度も起こしましたが、あなたは起きませんでした。お仕事のためだから仕方がありません。

今日は美ら海水族館に行く約束ですので美代とますみを連れて美ら海水族館に行きます。あなたが行けなくて残念です。美代とますみはパパと行けないのでとてもがっかりしています。

あなたの弁当は置いて行きます。味噌汁もあります。温めてから食べてください。

利枝子

美代とますみは私の腕や肩を掴んで揺すったりしながら、「パパ、早く起きて」と私を起こそうとしたのだろう。熟睡していた私には全然記憶がない。何回も激しく揺すれば熟睡していた私でも起きたかも知れない。きっと、利枝子が、「パパはお仕事で疲れているのよ。そのまま寝かしてあげなさい」と言って、美代とますみが私を起こすのを止めたに違いない。

梨枝子のメモは、私が泥酔して朝帰りをしたことを少しも責めていなかった。それどころか、「お仕事のためだから仕方がありません」と私への気遣いの言葉を書き残してあった。メモには利枝子のやさしさを感じる。利枝子の書き置きを見るとよけいに朝帰りしたことを後悔する。利枝子には心からすまないと思う。

一ヶ月前、私が美ら海水族館の前売り券を買った時から、美代とますみは指折り数えて今日の日を待ち続けていた。昨日の朝も私が会社に出かける時に、美代とますみの二人で玄関まで「今日は早く帰ってきてね」と言い、私を見送ってくれた。私の可愛い娘たち。美代とますみ。二人の笑顔が私の喜び。若い頃に孤独だった私にとって一番の楽しみは娘たちと一緒に過ごすことであり、娘たちの成長を見守ることである。それなのに私は泥酔をして朝帰りをやり、美代とますみとの約束を破ってしまった。

文芸サークルの仲間は大学を卒業したが、私は卒業することができなかった。一人残された私は孤独の日々の中でアルコールに溺れアルコール依存症になった。精神病院に入院した頃の私は人間不信に陥っていた。人間の心と心が通い合うということは存在しないのだと思うようになった私は、退院しても人間不信を拭い去ることはできなかった。しかし、利枝子と見合い結婚をして、美代が産まれ、ますみが産まれ、美代とますみは成長する日々の中で私と心を通わす存在になった。美代とますみとの生活に私の人間不信が中和され、孤独が溶けていった。私と心が素直に通じ合う美代とますみ。美代とますみの素直な心に触れると私の心も素直になる。二人が側にいるだけで私は幸せになれる。

私は娘たちと一緒に美ら海水族館に行きたかった。美代やますみと一緒にマンタやじんべえ鮫を見たかった。美ら海水族館でマンタやじんべえ鮫を見た美代とますみは驚き感動し喜んだだろう。娘たちが驚いたり喜んだり感動したりする姿を見るのが私の喜びである。それなのに私は酒を飲みすぎて朝帰りをしてしまい、娘たちと美ら海水族館に行けなかった。よりによって家族で美ら海水族館に行く約束をした日に泥酔するとはだらしがない。私は父親失格の人間だ。

二日酔いの私は胃がむかつき、食事をする気になれなかった。熱いお茶が飲みたくなった。重たい体をゆっくりと動かしながら、やかんに水を入れ、ガスコンロに乗せて火をつけた。ガスの異臭に気分が悪くなった私は椅子に戻り、お湯が沸騰するのを待っていたが、新聞をまだ読んでいないことに気がついたので居間のテーブルの方に行った。テーブルの上には新聞が置かれてあった。私は新聞をゆっくりと読んだ。妻も娘たちもいない家では憂鬱な気分は直らないし食欲も沸いて来ない。やかんが沸騰した音が聞こえたので台所に行き、急須にお茶の葉を入れ、熱湯を注いだ。

誰も居ない土曜日の家の中。誰も居ないほうが気楽でいいという人間もいるだろう。しかし、私は美代とますみが居ない家はむなしい。美代とますみの話し声、笑い声、走る音がないのは家が空洞になったように感じる。昨夜、酒を飲みすぎたのが悔やまれる。

会社が企画したマンション建設の予定地の購入は私に一任された。私は地主の金城さんに夜の接待を申し出たが、金城さんが指定した接待の日が昨日の夜であった。家族で美ら海水族館に行く予定の私は別の日に変更したかったが、大事なお客の指定した日を変更することはできない。金城さんをクラブ美奈に接待した理由はクラブ美奈にはケイというホステスがいたからだ。三十三歳になるケイは美人系であるがざっくばらんな性格であり、金城さん好みの女性であった。ケイなら金城さんを満足させ、土地購入の話もうまくいくと考えて私は金城さんをクラブ美奈に接待した。

　私は家族で美ら海水族館に行くために深夜０時には酒宴を終えて家に帰るつもりでいた。昨夜は酒を控える努力をした。私は酔っ払った振りをして、金城さんを盛んに持ち上げて陽気に騒いだ。午前０時には家に帰ることを何度も自分に言い聞かせ、酒を飲むのを控えて懸命に酔った演技をした。私は泥酔しないように頑張ったのに午前０時には帰宅できなかった。なぜだろう。なぜ泥酔してはいけない夜に私は泥酔してしまったのだろう。なぜ愛する娘たちとの約束を私は破ってしまったのだろう。夜十一時あたりまでの記憶はある。しかし、夜十一時からの記憶がはっきりしない。午前０時の頃の記憶は全然ない。私は十一時十分の時はなにをしていただろう。十一時三十分はなにをしていただろう。記憶が切れ切れだ。午前０時十分前は・・・思い出せない。私は午後十一時から午前０時までの間に泥酔したようだ。それだけは確かだ。なぜ、自分をコントロールできなかったのか。悔やまれる。こんなことでは駄目だ。酒を飲む時は自分を完全にコントロールできるようにならなければ駄目だ。仕事人としても父親としても私は自分をコントロールできるようにならなければならない。

　新聞を隅々まで読んだ私は暇になった。テレビを見る気はない。庭で土いじりするのは私の趣味ではない。読書も好きではない。散歩もドライブも好きではない。いわゆる私には趣味がない。妻や娘たちの居ない休日は退屈だ。

## 「昼の私」「夜の私」

　私はあくびをひとつして、ぼんやりと座っていると、私のスーツの内ポケットの中にある黒いメモ帳のことが頭をよぎった。メモ帳には色々なことが書いてある。仕事のスケジュールのことや、知人と約束したことや、利枝子に買い物を頼まれた時の日用品や食品の品名を記入したものや美代やますみとの約束事など、色々なことが雑然と書いてある。当然のことであるが、私のメモ帳なのだからメモ帳には私だけがメモを書いてあるし他人の書いたメモはない。私はメモ帳に書かれてあるメモはいつどこで書いたかを覚えている。私のメモ帳なのだからそれは当然だ。

　しかし、私のメモ帳にはひとつだけ私の知らないメモが書いてある。字はかなり乱れていて私の筆跡ではないのかも知れないと思ったりするが、私の筆跡であることは否定できない。そのメモは私が泥酔し、朝帰りした時だけに書いてある。私は何度もメモを書いた時間や場所や理由を思い出そうとしたが思い出すことはできなかった。

　今日もメモ帳にはいつものように例のメモが記されて

いるのだろうか。これまでの経験からするとメモは書かれているだろう。しかし、私には書いた記憶が全然ないから、もしかすると今日は書かれていない可能性もある。私はメモ帳が気になった。私はクローゼットの方に行き、掛けてあるスーツの内ポケットからメモ帳を取り出した。そしてメモ帳をパラパラとめくった。最後のメモが書かれているページを見ると、やはり泥酔した時に書き残したいつものメモが記されていた。

昼の私よ。夜の私だ。私は例の場所に行く。ふふふ。愛しのマリーの待つところにな。マリーは最高の女だ。私はマリーに会いに行く。これからな。

メモはマリーに会いに行く「夜の私」の挑発的で奢った内容である。メモを読むと私は憂鬱になる。泥酔し、記憶がなくなった時にいつも書いてあるのがマリーという女性に会いに行くというメモであるが、私はマリーという女性を知らない。マリーという女性に会った記憶もない。それなのに泥酔した私はマリーという女性に会いに行くとメモ帳に書いてある。この不可解なメモは私が琉球興産に就職してメモ帳を持つようになってからずっと続いている。

琉球興産に就職した時に、社長は私にメモ帳を持つことを命じた。そして、営業マンとしてのメモの記入のやり方から整理の仕方まで教えてくれた。私は社長の教え通りに些細なこともメモをするようになり、仕事に役立てていったが、ひとつだけ不思議な現象がメモ帳に起こった。メモ帳を持つようになって一ヶ月後に、私は記憶がないほどに泥酔して朝帰りしたが、その時に、「マリーに会いに行く」というメモがメモ帳に書かれていた。それからは、記憶がないほどに泥酔するたびに私のメモ帳には、「マリーに会いに行く」というメモが書き残されるようになった。メモは「マリーの素晴らしさを讃えるような文章から、次第にマリーに会いに行く」という単純な修飾語が増えていった。独身であった頃の私はメモに書いてあるマリーという女性に興味を持ち、懸命にマリーのことを思い出そうとしたが、マリーを思い出すことはできなかった。

「マリーに会いに行く」というメモは利枝子と結婚してからも書き続けられた。結婚した頃は、「マリーに会いに行く」という単純な文章に戻ったが、次第にマリーの素晴らしさを讃えるような修飾語が増えていった。最近は、「夜の私」「昼の私」という表現をするようになり、「夜の私」は「昼の私」を嘲笑しながらマリーを称える文章を書くようになった。泥酔した時に書いたメモは私が書いたとはどうしても信じることができなかったが、字体はかなり乱れてはいるが私の字であるのは確実であり、私が書いたメモであることを否定することはできなかった。

メモ帳には、「夜の私」は例の場所に行ってマリーという女性に会うと書いてある。しかし、私はマリーに会った記憶は全然ない。メモが本当のことを書いてあるとするなら、そして、泥酔して朝帰りした日に私がマリーという女性に会っていたとするなら、私は十年以上もマリーという女性に会っていたということになる。一年以上も会っているのにマリーという女性の記憶が全然ないというのがありえるだろうか。おかしい。やっぱり、マリーが実在している女性であるというのは嘘くさい。嘘くさいと思う反面、「マリーに会いに行く」というメモが書かれ続けたという事実があり、実在しないマリーに十年以上も「マリーに会いに行く」とメモするのもありえないことである。泥酔していたとしても、私が十年以上もの長い間嘘のメモを書き続けるというのは考えられない。やはり、マリーは実在する女性なのだろうか。

メモには愛しのマリーと書いてある。「愛しのマリー」とは一体どういうことなのだろうか。私とマリーが愛し合っているということなのか。しかし、「愛しのマリー」とは書くけれど「マリーと愛し合っている」とメモ帳に書かれたことはない。とすると、「夜の私」が一方的にマリーに恋しているだけなのか、それとも「愛しのマリー」は軽いのりの言葉なのか。分からない。一体マリーという女性は何者なのだ。メモ帳には十年間もマリーという女性のことを書いてあるのに、私はどうしてマリーという女性のことを思い出すことができないのだ。記憶に全然ないのだから私はマリーという女性に会っていると信じることはできない。しかし、メモを読めば私がマリーと会っているのは確実である。メモについて考えれば考えるほど私の頭は混乱し思考迷路に入っていく。憂鬱が深くなっていく。

私には愛する妻と愛する二人の娘がいる。もし、マリーという女性が実在するなら、私はマリーに会ってはいけない。私の幸せは妻と二人の娘との生活にある。マリーがどんなに美女であっても、女性として魅力的であっても、私には必要のない女性であるし、愛する家族のためにも私はマリーに会ってはいけない。マリーに会ってはいけない私であるが、泥酔した私は私の意志が働かなくなりマリーと会うことを禁じることができない。しかし、泥酔した私は本当にマリーという女性に会っているのだろうか。泥酔した時の記憶がない私にはこの謎のメモを解き明かすことはできそうにもない。これからも泥酔した私はマリーに会いに行くというメモをメモ帳に書き続けるのだろうか。そう思うと憂鬱になる。私はため息をつき、暗い気持ちになりながらメモ帳をスーツの内ポケットに戻した。

その時、電話のベルが鳴った。私はけたたましい電話のベルに驚き、吊るしてあるスーツをハンガーから落としそうになったが、私の気持ちはパーッと明るくなった。きっと利枝子からの電話だ。私は急いで居間に行き受話器を取った。

「もしもし、あなた。私よ。美ら海水族館の『黒潮の海』を見てきたところよ。ジンベーザメやマンタを見て、美代とますみは大興奮しているわ」

利枝子の声を聞いて私はほっとした。

「今日は本当に済まない」

「え」

「朝帰りしてしまって」

「お仕事だから仕方がないわ」

「運転は大変だっただろう。私が運転する予定だったのに、きつい思いをさせてごめん」

「本心からごめんしてよ。 慣れない運転で大変だったのだから」

「本当にごめん」

利枝子はくくくっと笑った。

「美代に代わるわね」

美代の興奮している声が聞こえた。

「パパー。聞こえるー。とっても大きいマンタがねえ。泳いでいた。とっても大きいジンベーザメも泳いでいた。すごかったよ」

「楽しいか」

「うん。とても楽しいよ。パパも来ればよかったのに」

三人はこれからイルカショーを見に行くという。ますみも電話に出て、マンタやジンベーザメに感動した話をした。そして、「次はパパも一緒に来ようね」と言った。ますみから利枝子に電話が代わった。

「もう少し、見学してから帰ります」

「ママ、早く早く」と急かしている美代とますみの声が聞こえた。

「帰りの車の運転は気をつけて」

「分かりました」

利枝子は電話を切った。

　私は美代とますみの元気のいい声を聞いて重たい気分が軽くなった。「マリーに会いに行く」という気が滅入る奇妙なメモについて考えることから開放された。気分が軽くなると急に腹が減った。私は味噌汁を温めてから遅い朝食を取った。

　利枝子と娘たちが家に帰って来るのは四時間後くらいだろうか。私と一緒に美ら海水族館に行っていたなら、家に帰る途中で眺めのいいホテルかファミリーレストランで食事をしたはずだが、私が一緒ではないから、利枝子はファミリーレストランに寄らないで家に直行するだろう。それから利枝子は夕食をつくることになる。それでは利枝子が大変だ。運転する私の代わりに難儀をしている利枝子に夕食を作らすわけにはいかない。私は夕食を準備することにした。利枝子に感謝を込めて、利枝子の好きなにぎり寿司を夕食にすることにしよう。遅い朝食が終わり、お茶を飲んでくつろいだ。それから、家を出て、松山の駐車場に行き、昨夜駐車した車を運転して寿司屋に向かった。

月曜日に、利江子に見られてはならない「マリーに会いに行く」と書いてあるメモ帳のページを開き、必要なメモを隣のページに書き写してからそのページを引きちぎった。そして、いつものように会社のシュレッターに入れて断裁した。「マリーに会いに行く」という単純なメモが書かれている時はメモを気にすることはなかったが、マリーを称える修飾語が増えた時に、私は利江子にメモを読まれるのを恐れ、会社のシュレッターで処分するようになった。

二ヵ月後に私は朝帰りをしてしまった。なぜ、朝帰りをしてしまったのか。その理由は分からないし、午前0時あたりからの記憶が私には全然なかった。なぜ、記憶が完全になくなったか不思議である。

今日は家族で沖縄県主催の産業祭りに行く約束だったが私は行くことができなかった。憂鬱な私はぼんやりと新聞を読んだ。新聞を読んでいると利枝子から電話があった。私は朝寝坊したことを詫びた。そして、朝寝坊をした罪滅ぼしに、私の小遣いで中華料理を食べに行こうと言った。「パパが中華料理を食べに連れて行くって」と利枝子が美代とますみに言ったので、二人は喜んだ。産業祭りからすぐに帰るからと言って利枝子は電話を切った。

昨夜は土地の売買契約を終えた具志堅さんを松山のクラブに招待した。具志堅さんは那覇市の郊外に広大な土地を持っている人で、マンションやテナントビルを所有している資産家だ。具志堅さんが所有している土地はまだまだある。私の会社はもっと具志堅さんの土地を利用する予定だ。だから具志堅さんの接待は会社の大切な営業活動である。具志堅さんは五十七歳の小太りの中年男で、二人の愛人を自分の所有するマンションに住まわしている。私が具志堅さん好みの女性のいるクラブによく連れて行くので、私は具志堅さんに気に入られている。具志堅さんは頭が悪いし品も悪い。しかし、親から継いだ莫大な財産があるから、贅沢な生活ができる。具志堅さんが苦労しなくても、私たちのような不動産専門の会社はマンションやテナントビルなどを建てて具志堅さんが儲けるアイデアを提供して具志堅さんの収入を増やす。具志堅さんは寝ていてもお金が入ってくるのだ。具志堅さんが小太りの醜い中年男でも、具志堅さんは大金持ちだから、まるで美男子のように多くの女性が寄って来る。クラブではどのハンサムな男性よりも多くのホステスが具志堅さんの所に寄ってくる。

　昨夜は松山のクラブを出て具志堅さんをタクシーに乗せたことはうっすらと覚えている。具志堅さんの乗ったタクシーがクラブの前から遠ざかり、通りを左折して見えなくなるまで私はタクシーに向かって数回お辞儀をしたような記憶がある。それから、私はどうしたのだろうか。具志堅さんを見送った後にクラブには戻らなかったことは確かだ。ママやホステスたちが「ありがとうございました。また来てください」などと私に言い、お辞儀をして私を見送っている姿をおぼろげながら覚えている。しかし、具志堅さんを見送った後の私の行動の記憶がすーっと消えている。具志堅さんの乗ったタクシーが見えなくなった瞬間に接待の仕事から解放された私はほっとしたのだろう。それから酔いが一気に回って泥酔状態になったに違いない。クラブから出るときに倒れそうになってホステスに寄りかかったくらいに私はかなり酔っていた。具志堅さんを接待する仕事から解放された途端に緊張していた神経のタガが緩んだことは確かだ。それからの私は家に帰る積もりで歩いたと思う。歩き始めた時からの行動が私の記憶にはない。私はいつの間にか家のベッドの上に寝ていた。

　今日もメモ帳にはいつものように例のメモが書かれているのだろうか。多分、メモは書かれているだろう。もしかすると今日は書かれていない可能性もあるが、可能性は低い。私はクローゼットの方に行き、掛けてあるスーツの内ポケットからメモ帳を取り出した。そしてメモ帳をパラパラとめくった。メモが書かれている最後のページを見ると、やはり例のメモが書かれていた。


　さあ、マリーに会いに行くぞ。おお、マリー。惚れている。惚れている。おまえに惚れている。私はおまえを愛している。ああ、酔っ払うということはなんて自由ですがすがしいのだ。

　昼の私は全然マリーのことを知らない。愚かだなあ昼の私は。哀れだなあ昼の私は。しかし、臆病な昼の私はマリーを知らない方がいいかも知れない。さあ、私は行くぞ。愛するマリーに会いに。


　メモを読んだ私はため息をついた。

「ああ、酔っ払うということはなんて自由ですがすがしいのだ」という文章は、若い頃の詩人気取りの私を連想させる。酒を美化し、酔うことが自由な世界に入れるのだと倒錯していたのが私の愚かな青春時代だった。学生の頃、詩人になることにあこがれた私は酒を飲んで倒錯した自由と快楽に溺れ、詩作の日々の中でアルコール依存症になった。しかし、母親によって精神病院に入院させられた私は半年間の治療でアルコール依存症は治った。退院をした後の私は詩人気取りの私と決別し、詩を書かなくなったし酒も仕事以外は飲まなくなった。今の私には、「酔っ払うということはなんて自由ですがすがしいのだ」と酒を美化する気持ちはない。酒は仕事上必要だから飲むだけであり、仕事以外に酒を飲むことはない。精神病院に入院する前の私と精神病院を退院した後の私は別人であるといっても過言ではない。私はアルコール依存症であった入院前の私に完全に決別したのだ。

本当にメモは私が書いたのだろうか。私はどうしても信じることができない。泥酔していたとしてもこんなに自由で開放的な文章を私が書くはずがない。酔っている状態を自由だと美化するのは倒錯の世界であり、それは間違いだと私は認識している。酔いに任せて言葉が軽くなり、自由に感じるのはまやかしの自由でしかない。そんな自由というのは仕事をしないで無責任に生きている人間の堕落した自由なのだ。

マリーという女性への赤面するほど露骨な愛の表現は節操のない堕落した人間の表現だ。私はこんな堕落した精神は持っていない。こんな文章は親のすねをかじっている二十歳そこそこの青年が酔いに任せて書いた文章である。三十代半ばを過ぎた妻子ある人間の書くような文章ではない。私は辛いことや嫌なことがあっても妻と娘たちとの幸せのために頑張っている。妻と娘の幸せのために生きるのが私の幸せであり私の人生である。そんな私が酔いに任せた自由奔放な文章を書くはずがない。どうして泥酔した私はメモ帳に書かれているような自由奔放な文章を書くことができるのだろうか。不思議だ。私にはどうしても信じられない。メモ帳のメモは私の心を重たくする。泥酔した私には悪魔が憑依するのだろうか。いや、私に悪魔は憑依しない。私には守るべき家族がある。

「夜の私」は「昼の私」つまり私に対して愚かと言い、臆病であると書いてあった。臆病な「昼の私」はマリーを知らない方がいいと書いてあった。「夜の私」に言われなくても私はマリーという女性を知りたいとは思わない。マリーという女性がどんなに美しくてもどんなに魅力的な女性であっても私はマリーに会いたいとは思わない。私にとって妻と二人の娘に勝る価値はこの世に存在しない。私にとって家族が一番大事なのだからマリーという女性には会うべきではないし会いたいとも思わない。メモ帳のメモはでたらめであり、マリーという女性はこの世に存在しているというのは虚言であってほしい。泥酔した時に私のメモ帳に意味不明の文章を書く「夜の私」も存在してほしくない。それが私の正直な気持ちである。私は妻と二人の娘との生活に満足している。幸せを感じている。

マリーという女性は本当に実在しているのだろうか。

もしかすると泥酔した私が幻想を見ているのかもしれない。そうでなければ泥酔した私が「昼の私」をからかうために創作しているかもしれない。マリーという女性が実在し「夜の私」が接しているのなら私は断片的に記憶しているはずである。しかし、私はマリーという女性のことは全然記憶に残っていない。全然記憶していないのだからマリーという女性は実在していないという結論に達するのだが、マリーのことをメモ帳に生々しく書いてあるのだからやはりマリーという女性は実在しているかも知れないという不安がもたげてきて、思考が振り出しに戻ってしまう。


　前の朝帰りから一ヶ月足らずで朝帰りをしてしまった。一ヶ月で二度も朝帰りするなんて結婚してから始めてのことである。考えられないことだ。私はおかしくなったのだろうか。泥酔してはいけないというプレッシャーが逆作用してしまって朝帰りが増えたのだろうか。

　私は朝帰りをしてはいけない。朝帰りが多くなると利枝子は私が浮気をしているのではないかと疑うようになるだろう。夫婦の不和は家庭崩壊の始まりだ。この幸せな家庭を私は崩壊させたくない。私は絶対に朝帰りをしてはいけないのだ。それなのに朝帰りをしてしまう。こんなことではいけない。

　私と利枝子が結婚してから七年が経過した。七年目の浮気というジンクスがあるが、そのジンクスの性で私の心に浮気への欲望が湧いてきたのだろうか。それが原因となって一ヶ月に二回も朝帰りをしたのだろうか。いや、そんなことはない。美代とますみの成長に私は日々新鮮な喜びを感じている。娘たちと遊び、娘たちと話していると人間の心と心がスムーズに通い会う喜びを感じる。人間と人間の心が通い合う喜びを私は二人の娘たちを育てながら感じている。美代やますみと話している時は私の心はとても開放された気持ちになる。孤独であった若い頃の私には想像できなかったことだ。私には七年目の浮気というジンクスはない。ないと思う。あってほしくない。それなのに朝帰りをしてしまった。どうしてだ。どうして朝帰りをしてしまったのだ。私の深層心理には私の知らない別の私が存在するのだろうか。不安だ。

　「夜の私」が書いたメモを読む気にはなれないので、土・日曜日はメモ帳をスーツの内ポケットに入れたままだった。しかし、月曜日には仕事の予定を立てるためにメモ帳を開かなくてはならない。私は憂鬱な気持ちでメモ帳を開いた。


　これからマリーに会いに行く。マリーマリー。マリーに会ってから今日まで十五年と三ヶ月と三日になる。一九八九年の五月二十一日がマリーと初めて会った日だ。マリーは魔女だ。マリーは天使だ。マリー以上に魅力的な女はこの世にはいない。待っていろマリー。愛するマリー。

メモを読んだ私の心は重くなった。憂鬱になり私はため息をついた。妻と娘がいる人間が書く文章ではない。マリーという女性の存在に半信半疑であった私を嘲笑するかのようにメモ帳にはマリーと最初に会った日付を記してあった。「夜の私」はマリーが実在する女性であることを誇示している。マリーは実在しているのだろうか。私は一九八九年の五月二十一日にマリーという女性に出会ったのだろうか。十五年前といえば私が二十三歳の時だ。私は二十三歳の時にマリーに出会ったというのか。

二十三歳の頃の私は首里の崎山町にあった古くて小さな貸家で孤独を生きていた。あの頃の私は日々酒を飲み、分けの分からない詩を書くのに自己陶酔していた。詩人気取りの私は酔いつぶれて那覇の街を歩き回った。牧志、桜坂、前島、神里原、波の上・・・・・。私は那覇の街を歩き回り到る所で酒を飲んだ。

大学で文芸サークルに入っていた私は文芸サークル仲間と酒を飲みながら芸術を語り合い、詩作に熱中するようになっていった。下手な詩しか書けないのに、私は自分が詩の真髄を感じることができる優れた詩人であると過信していた。いっぱしの詩人を気取った私は大学の教授や講義を馬鹿にするようになり、次第に大学に行かなくなった。

詩人かぶれになった私とは違い、冷静で要領のいい文芸サークルの仲間は、私のように酒と芸術の世界に埋没していかないで、しっかりと大学の講義を受けて着実に卒業に向かって単位を取っていた。そして、文芸サークルの仲間は卒業すると教員や公務員などになって私の回りから去っていった。彼らが卒業すると文芸サークルは消滅し、年に一回発行していた同人誌も発行できなくなった。私は芸術をなおざりにして社会に迎合していった彼らを、芸術を愚弄した人間だと嘲笑した。しかし、彼らを嘲笑すればするほど私一人だけが取り残されたという孤独をひしひしと感じ、私はいわれのない敗北感に襲われた。彼らが居なくなった大学は空虚だけが残り、大学の門をくぐるのが虚しく感じられ、私は大学を中退した。そして、首里の小さな貸家で酒に溺れて暮らすようになった。苦い、忘れてしまいたい私の青春時代の体験である。

メモ帳に、私は一九八九年にマリーに出会ったと書いてあった。孤独で酒の日々を過ごしていた頃に私はマリーという女性に出会い、マリーに恋をして、マリーに何度も会いに行っていたというのか。しかし、私にはマリーという女性と出会った記憶はない。その頃の私は一日中酒を飲むアルコール依存症になっていた。そのせいでマリーと会った記憶が失われたのだろうか。

メモにはマリーを「魔女」だと書き、「天使」だと書き、「マリー以上に魅力的な女はこの世にいない。」と書いてあった。赤面するような文章である。十五年前の詩人気取りの私ならこのような文章を平気で書いていた。しかし、私はアルコール依存症を治療するために精神病院に半年間入院し、退院した後はアルコールを絶ち、アルコール依存症は完治した。今の私が「魔女」だとか、「天使」だとか、「マリー以上に魅力的な女はこの世にいない」と書くのはあり得ないことだ。

私には詩の才能がなかった。アルコール依存症を完治した今の私ならはっきりと言える。酒の日々の私は単なるアルコール中毒者であり、うぬぼれ屋でしかなかったのだ。あの頃の私は愚かなアルコール依存症の日々を生きているだけだった。私は十五年前の愚かな私と絶縁してまともな人間になった。私は結婚をして今は二人の娘たちと幸せな家庭を築いている。そんな私にはメモのようなうそ臭い文章は書けない。書けるはずがない。

メモにはマリーに恋焦がれている「夜の私」の心情が露骨に書かれている。こんなに恋焦がれているのにどうして私の記憶に残っていないのだろうか。マリーの記憶が全然ないというのは不思議である。十五年以上もマリーに会いながら記憶にないというのはあり得ないことである。泥酔した私は十五年前の精神状態にタイムスリップするのだろうか。そして、十五年前に出会い恋焦がれたマリーという女性に会いに行くのだろうか。それともマリーとの出会いを泥酔した私は空想するのだろうか。そもそもマリーという女は実在する女なのか、それとも実在しない女なのか。

思い出した。一九八九年にマリーに出会ったというのはおかしい。一九八九年に私は嶺井幸恵と同棲していた。仕事もしない私が家賃や電気料などを払うことができたのは同棲していた嶺井幸恵が家賃や生活費を払っていたからだ。私は一九八八年に嶺井幸恵に出会い、恋をし、そして同棲をした。一九八九年の五月二十一日といえば私が嶺井幸恵と同棲をしていた頃である。この記憶は間違いない。嶺井幸恵と同棲をしていた私がマリーという女性に恋するとは考えられない。それに嶺井幸恵のことは記憶があるのにマリーのことは記憶にないというのは矛盾している。やはりマリーは実在する女性ではないだろう。

それとも嶺井幸恵がマリーなのだろうか。嶺井幸恵はおとなしい普通の女性だったが、酔っ払うと陽気で勝気な性格に豹変した。嶺井幸恵が酔ったときを私はマリーと呼称したのだろうか。しかし、嶺井幸恵をマリーと呼んだ記憶はない。マリーは嶺井幸恵なのだろうか。それとも架空の女性なのだろうか。それとも実在している女性なのだろうか。

酒と美と自由にこだわり、同棲している嶺井幸恵と結婚する気がない私は酒を飲み続けた。酒を止めない私に嶺井幸恵は失望し、私の元から去っていった。私は去っていった嶺井幸恵を恨み、ますます孤独になり酒を飲む日々が続いた。

嶺井幸恵が去ってから数ヶ月後に突然両親が私の前に現れ、生活不能者の私を実家に連れ戻した。そして、アルコール依存症になっている私を治療のために精神病院に入院させた。詩を書いてあった大学ノートは全て母親が焼却した。だから、私の詩は一遍も残っていない。

嶺井幸恵との出会いと別離は、甘くそして苦く、そして切ない私の青春時代のエピソードである。

文芸サークルの仲間がよく飲みに行くスナックがあったが、文芸サークルの仲間は卒業してスナックに行かなくなったので私は一人でそのスナックに通っていた。嶺井幸恵は専門学校の学生であったが、そのスナックでアルバイトをしていた。

あの頃の私はエドガー・アラン・ポーの詩に熱中していた。日本の有名な推理小説家の江戸川乱歩のペンネームはエドガー・アラン・ポーからきていることで知られているように、エドガー・アラン・ポーは「モルグ街の殺人」「アッシャー家の崩壊」「黒猫」など、幻想怪奇小説、冒険小説、推理探偵小説の原点である小説を書いた人物として有名である。

しかし、彼は「大鴉」や「アナベル・リー」などの素晴らしい詩も書いていた。私は文芸サークルの仲間からポーが詩人であることを教えられた。ポーの詩を読んだ私は「アナベル・リー」という詩に非常に感銘を受けた。「アナベル・リー」が幼くしてエドガー・アラン・ポーと結婚したヴァージニアがモデルであることを知った私は、エドガー・アラン・ポーの人生、エドガー・アラン・ポーとヴァージニアの愛に興味を持った。

「アナベル・リー」のモデルであり、エドガー・アラン・ポーの妻であったヴァージニアはエドガー・アラン・ポーの従妹だった。二人が出会ったのはヴァージニアが六歳、エドガー・アラン・ポーが二十歳の時だった。そして、ヴァージニアが十三歳、エドガー・アラン・ポーが二十七歳の時に二人は結婚した。二人の愛は普通の男と女の愛ではなく、兄と妹の愛、ヴァージニア母子の困窮を助けたいエドガー・アラン・ポーの善意などが混ざった不思議で、深い愛で結ばれていた。エドガー・アラン・ポーは生涯ヴァージニアを愛し続けたが、ヴァージニアは二十四歳の時に病死した。愛する妻、ヴァージニアが亡くなってから二年半の後に、エドガー・アラン・ポーはヴァージニアと最初に出会ったボルティモアで死んだ。ポーが死んでから二日後に「アナベル・リー」の詩は発表されたという。ヴァージニアは死ぬ前に、エドガー・アラン・ポーに、

「私が死んだらあなたを守る天使になってあげる。もしあなたが何か悪いことをしそうになったら、両手で頭を抱えてね。私が守ってあげるから」

と言ったという。

悲惨とも言える貧しさの中で死んでいった最愛の妻ヴァージニアへのエドガー・アラン・ポーの深くて純粋な愛が込められた詩「アナベル・リー」に私はますます夢中になり、訳詩では満足しないで、自分なりのオリジナルな詩に書き直したりした。そして、その詩を嶺井幸恵に見せた。

エドガー・アラン・ポーとアナベル・リー＝ヴァージニアは天使さえうらやむような純粋な恋をやったのだと、私は嶺井幸恵に夢中になって話した。嶺井幸恵は私の話を聞いてくれた。文芸サークルの仲間が居なくなったので私の話をまともに聞いてくれる人間は嶺井幸恵だけだった。私の話を真面目に聞いてくれる嶺井幸恵に私は恋をし、嶺井幸恵は私の恋の告白を受け入れてくれた。そして、私たちは首里の崎山町に小さな家を借りて同棲をした。

しかし、嶺井幸恵との同棲は長くは続かなかった。エドガー・アラン・ポーのように極貧と酒の日々が素晴らしい作品を生み出すと信じていた私は酒に溺れ、私のアルコール依存症はひどくなっていった。私は生活不能者になり、私との生活に耐えられなくなった嶺井幸恵は私から去って行った。

もしかすると、昔別れた嶺井幸恵がマリーという源氏名を使って、那覇市のどこかのスナックで働いていて、泥酔した私は彼女と再会したのだろうか。いや、嶺井幸恵と出会っているなら私の記憶に残るはずだ。いや、嶺井幸恵とマリーが同一人物とするのは強引なこじつけになる。多分、嶺井幸恵とマリーは別人だろう。でも、私の頭脳はひとつであるのに、どうして嶺井幸恵の記憶ははっきりとありながら同じ時期に出会ったというマリーの記憶はないのだろう。私の脳はひとつであり、記憶する場所もひとつであるはずだ。嶺井幸恵の記憶があるのならマリーの記憶もあるはずだ。しかし、私にはマリーの記憶はない。奇妙なことだ。

泥酔した「夜の私」は一九八九年にマリーと出会ったことを記憶しているのに素面の「昼の私」である私には記憶がないのは理解できない。泥酔した「夜の私」はマリーと最初に出会った五月二十一日という月日さえ記憶していた。どうして泥酔した「夜の私」がマリーに出会った日をはっきりと覚えていてしらふの「昼の私」である私は覚えていないのだ。変だ。私の記憶する場所は脳の中に二箇所あるのだろうか。いや、そんなことはありえない。

私にはアルコール依存症の後遺症があり、泥酔した時には、十五年前の泥酔していた時の記憶が蘇るのだろうか。マリーが実在し、一九八九年の五月二十一日にマリーと初めて会ったのが事実であるならそれ以外には考えられない。それ以外に考えられないが、泥酔した時にだけ素面の「昼の私」である私が記憶していない記憶が鮮やかに蘇るというのは信じられない。十五年前の泥酔状態の時に体験したことが泥酔した時に蘇ることがありえるのだろうか。私にはわからない。

出会った日から「十五年と三ヶ月と三日になる」と正確に言える「夜の私」は頭脳明晰で記憶がしっかりしている人間であり、泥酔した人間とは思えない。泥酔しているのに頭脳明晰な「夜の私」はこれからもマリーのことを書いていくのだろうか。メモの内容がもっとひどくなり、泥酔して朝帰りする間隔が短くなっていけば、利枝子が私の行動を疑い、メモ帳のメモを読み、私が浮気をしていると思い込み、最悪の場合は家庭崩壊するかもしれない。

家庭崩壊は絶対に防がなければならない。家庭崩壊を防ぐには私が泥酔しないことであり、泥酔をしない最良の方法は断酒をすることだ。しかし、不動産の仕事をしている私にとって断酒をすることは許されない。断酒をするために琉球興産を辞めて他の会社に移る方法はあるけれども、現在の私の年収は一千万円近くあり、もし、琉球興産を辞めて他の会社に移るなら私の年収は半減する可能性がある。他の会社に移る勇気が私にはない。琉球興産の営業社員である私は断酒をするわけにはいかないので、酒を飲む時には泥酔しないように気をつけるしかない。私は愛する妻や娘たちと無事平穏な生活を過ごすために、酒を飲まない努力をしなければならない。

朝帰りがあってから一ヶ月間は泥酔しなかった。しかし、気が緩んだつもりはなかったのに、二ヶ月目に入った途端に私は泥酔して朝帰りをしてしまった。あれほど用心していたのにどうして泥酔してしまったのか。私の意思が支配することのできない深層心理には泥酔したい欲望が潜んでいるのだろうか。私は泥酔して朝帰りをしたことを知った瞬間に愕然とした。

メモを読む気にならない私はメモ帳を見ないで休日を過ごし、月曜日の朝に、営業に出かける前にメモ帳を開いた。

昼の私よ。みかけの虚ろな愛の生活を送っている男よ。ドロドロの恋を知らない哀れな男よ。お前の人生はつまらない。

家族の生活を支えるためにあくせくと働いている昼の私よ。愚かなる昼の私よ。お前は虚ろな人生を送っている哀れな男だ。昼の私よ。お前は不自由であるのに不自由とは思っていない。なんて不幸な男なのだ。

私はこれから自由になる。夜の自由だ。私は妻もいない子供もいないひとりの自由な人間になる。好きな女に好きだと言いに行く。マリーに好きだと言いに行く。昼の私にはできないことだ。昼の私よ。夜の私が羨ましいだろう。ざまあ見ろだ。

妻子ある人間が別の女と恋をするということはあってはならないことだ。ドロドロの恋なんて堕落した人間がお互いの傷を舐めあったり、傷をいじりあったりしながら奈落の底へ落ちていく恋だ。そんな恋なんか私はやりたくない。私はドロドロの恋を拒否する。「夜の私」は「昼の私」をあざ笑っているが、逆に私が「夜の私」をあざ笑いたい。私にはドロドロの恋は必要ないし、妻と二人の娘との生活の幸せが第一である。私の生活は虚ろではない。実のある愛の生活を送っている。家族の幸せのために働くのは当然である。私は不幸ではない。その逆だ。私は幸せだ。このメモは悪意に満ちたメモだ。私はメモに腹が立ってきた。なにが自由だ。無責任な自由は自由ではない。わがままで身勝手であるだけだ。妻子のいる私がマリーという女性に愛を告白するということは浮気をするということである。そんな自分勝手なことが許されるはずがない。私は浮気をする気はない。今の家庭生活に満足している。美代とますみが成長していくのが楽しみであるし、美代やますみと一緒に過ごすことに幸せを実感している。マリーという女性に愛を告白することは家族を裏切ることであり、そんな身勝手な行為は私にはできない。マリーがどんなに素晴らしい女性であっても、妻や子供を捨てるほどの価値があるとは私には思えない。

「昼の私」にはマリーに愛を告白することはできないだろうと「夜の私」は書いてある。そうだ。メモに書いてある通りだ。私にはマリーに愛を告白することはできない。妻や二人の娘を裏切ることは私にはできない。妻子を捨ててまで自由になりたいとは思わない。本当の自由はそんなものではない。そんな自由は自分勝手で無責任な自由である。「夜の私」は「昼の私」にはできないことであると書いてあるが、できないというよりやらないといった方が正確な表現だ。私は「夜の私」が羨ましいとは思わない。愛する妻と愛する娘たちのために働くことはすばらしいことだ。私は虚ろな人生を送ってはいない。若い頃の芸術かぶれしていた頃の人生の方が虚ろな人生だった。利枝子という女性と出会うことによって私の人生は虚ろな人生から実のある人生に変わった。二人の娘が生まれて私は充実した人生を送るようになった。「夜の私」よ。お前の酔った自由の方が虚ろな自由だ。

私はメモに憤りを感じながら、メモが書かれているページを引きちぎってシュレッターに入れてから営業に出かけた。

午後一時に目が覚めた。頭ががんがんする。ひどい二日酔いだ。頭の激しい鈍痛は我慢できない。誰かハンマーで私の頭を砕いてくれと叫びたくなる。私はベッドの上で七転八倒していたが、メモ帳のことが頭に浮かんだ。今日のように朝帰りをした時はメモ帳に「夜の私」が書き込みをしている。メモ帳には絶対に利枝子に見せてはいけないメモが書かれているはずだ。最近の私は梨枝子がメモ帳を見るかもしれないという恐怖に襲われるようになった。急いでそのページを隠さなければならない。私は頭の痛みをこらえながらベッドから起き上がりクローゼットの方に行くとスーツの内ポケットを探った。メモ帳を取り出してページを開いた。予想通りに「夜の私」の書き込みがあった。私はそのページを破ってメモ帳をスーツの内ポケットに戻し、紙片をバッグの底に押し込んでベッドに戻った。私が寝ていた間に利枝子はメモ帳を読んだだろうか。気になる。いや利枝子は私に黙って私のメモ帳を読むような女性ではない。利枝子はメモを読んでいないはずだ。読んでいないことを信じる。

私は月曜日の昼休みにバッグから紙片を取り出してメモを見た。

マリーに愛の告白をした。死ぬほどお前に惚れていると告白した。マリーは微笑んでなにも言わなかった。今日はマリーの返事を聞きに行く。多分マリーは私の告白にオーケーだ。ノーなんてあり得ない。十五年以上もマリーに会いに通ったのだ。私の心をマリーは知っている。マリーは必ず私の愛の告白を受け入れてくれる。もし、マリーがノーと言っても私は絶望しない。マリーがオーケーするまで告白し続けるだけだ。マリー好きだ。マリー、惚れているよ。

心がわくわくしてきた。もし、マリーが告白を受け入れてくれたら、二度とあの息苦しい家には帰らない。仕事にも行かない。ずっとマリーの側で暮らす。もう少しで昼の私に私は別れを告げるだろう。

「夜の私」はマリーに愛を告白し、もしマリーが「夜の私」の告白を受け入れたらマリーの側で暮らすとメモしてある。私が家に居るということはマリーという女性が「夜の私」の愛の告白を断ったというということになる。「夜の私」はマリーに振られたのだ。私はほっとした。しかし、「夜の私」は「マリーがノーと言っても私は絶望しない。マリーがオーケーするまで告白し続けるだけだ」と書いてある。振られたからこれで終わりというわけにはいかないようだ。次はどうなるのか。分からない。もしかすると何度も「夜の私」の愛を受け入れて、「夜の私」はマリーとーが「夜の私」の愛を受け入れて、「夜の私」はマリーと暮らすようになるかもしれない。私の肉体はひとつである。「夜の私」がマリーと一緒に暮らすようになると「昼の私」は利枝子、美代、ますみとの生活ができないということになる。そんなことが現実に起こるのだろうか。信じられない。頭が混乱する。心が重たくなる。憂鬱になる。

利枝子はこのメモを読んだだろうか。読んだとは考えられないが、利枝子がメモを読んだ可能性はゼロではない。不安だ。メモ帳にはマリーという女に愛を告白したと書いてあった。そして、「昼の私」に別れを告げると書いてあった。「昼の私」に別れを告げるということは今の家庭生活を捨てるということであり、利枝子や二人の娘たちと別れるということである。もし、利枝子が「夜の私」のメモを読んだら私は厳しく責められるだろう。利枝子に責められるのは辛い、それよりも辛いのは利枝子が私と離婚すると決意をすることである。それ以上に辛いことはない。

私はマリーという女性を知らない。会いたいとも思わない。マリーと恋をしたいとは全然思わない。私は利枝子と離婚したくない。もし、利枝子がこのメモを読んだら、利枝子は私にはマリーという恋人が居て、マリーと結婚するために私が妻子を捨てる考えであると信じるに違いない。最近は利枝子がメモを読んだかもしれないという不安が増している。利枝子が、「離婚しましょう」と言うかもしれないという恐怖に陥ることもある。

ああ、朝帰りをしてしまった。いつまでこんなことが続くのだ。私の心を暗くさせる。不動産売買の仕事は夜の接待をしなければならない。不動産関係の仕事を続けている私は酒を飲まなければならない。私は酒が好きではない。酒を止めることはできる。今の会社を辞めれば私は酒を飲まなくてもいい。会社を辞めるかどうかを真剣に考えなければならない時がきたかもしれない。たとえ、給料が半分になっても家庭が崩壊するよりはずっといい。朝帰りをした時にメモ帳に書いてある「夜の私」のメモは家庭崩壊の危機を孕んでいる。このままずるずると朝帰りをしてしまうような仕事を続けていると利枝子が「夜の私」のメモをいつかは読むだろう。すると家庭崩壊の始まりだ。家庭崩壊をしないためには私は今の会社を辞めた方がいい。しかし、私は新しい仕事を見つけることができるだろうか。不安だ。私はどうすればばいいのだろうか。

昼の私よ。お前の生活は息苦しい。妻と子供に縛り付けられたお前の生活。不自由で窮屈なお前の生活。お前は真実の愛を知らない。お前は義務と愛を勘違いしているのだ。お前は妻や娘たちを愛してはいない。お前は馴れ合いと義務を愛と錯覚しているのだ。

昼の私よ。息苦しいのが分からないのか。昼の私は神経が麻痺してしまった。感覚が麻痺してしまった。昼の私よ。お前よ。気づくのだ。

ああ、マリー。私はマリーを愛している。自由な心でだ。マリー。今から会いに行く。マリーマリー。


私の幸せな家庭を破壊する目的で書いてあるとしか思えないメモだ。私は怒りが込み上げてきた。利枝子と美代とますみとの生活が私の孤独を救ったのだ。「昼の私」のが幸せに過ごしているのは明白であるのに「夜の私」のメモはそれを否定している。愛を知らないのは私ではなく「夜の私」である。このメモはなにも知らない若者のたわ言のようだ。うんざりだ。

私は月曜日に会社でメモをシュレッターーに入れて断裁した。

## 利枝子と私

夕食を終え、九時になったので美代とますみは部屋に戻った。私と利枝子は広間のソファーに座りコーヒーを飲んでいた。

「あなた」　利枝子は私を呼んだ。夕刊を読んでいた私は顔を上げて利枝子を見た。

「お願いがあります」

利枝子は落ち着かない様子だった。

「ああ」　いつもと違う利枝子の様子に私は戸惑いながら新聞をテーブルの上に置いた。私が利枝子の顔を向くと、利枝子は私の視線を避けるように目を伏せた。

暫く黙っていた利枝子は意を決したように顔を上げた。

「あなた。あなたのスーツの内ポケットにメモ帳が入っていますよね」

メモ帳のことを利枝子が話したので私はどきっとした。

「あ、ああ。入っているよ」

私はどぎまぎしながら答えた。少し間があって、

「今も入っているの」

私の心臓の動悸が早くなった。

「入っているよ」

私の声は上ずっていた。

「すみませんが」

利枝子は視線を下に向けて、次の言葉を出すか出さないか迷っている様子だったが、視線を私に向けて、

「メモ帳を取ってきてくれませんか」

と言った。私は悪い予感がした。私はメモ帳を利枝子に見せたくなかったから、

「どうしてだ」

と理由を訊いた。利枝子は、

「うん、ちょっとね」

と言って、もじもじした。

「あのメモ帳は会社の仕事関係のメモをしている。お前

が見てもしようがないよ」

私はメモ帳を取ってくるのを渋った。

利枝子は小さな声で、「そうですよね」と呟いて黙ったが、

「すみません」

意を決したように顔を上げ、

「メモ帳を取ってきてくれませんか」

と言った。そして、「すみません」と私に謝った。

その時、メモ帳には利枝子に見られてはいけないメモは破って捨ててあるから「夜の私」が書いたメモを読まれる恐れはないのに、気の小さい私は、私が一番恐れていた家庭崩壊が始まる日が来たと予感した。私の頭の中は真っ白になり、呆然と利枝子を見たまま何も言えなかった。利枝子は私の視線を避けて顔を伏せた。そして、

「お願いします」と言った。

私は夢遊病者のように立ち上がり、クローゼットのある部屋に行き、スーツの内ポケットからメモ帳を取り出した。メモ帳には「夜の私」が書いたマリーのメモは破って捨ててあるから、マリーのことを利枝子に知られる可能性はない。大丈夫だと自分を納得させようとした私だったが、小心者の私は、マリーのことが利枝子に知られてしまっているという恐怖に襲われ、利枝子が待っている居間に行けなかった。しかし、そのまま部屋に居続けることはできないし、魔法でこの家から消えることもできなかった。私はメモ帳を持って、利枝子がマリーのことを知っていないことを祈りながら、利枝子が待っている居間に向かった。

利枝子に見られてまずいメモがあるページは全て破り捨ててある。このメモ帳を見せても、家庭崩壊に繋がるようなことはないはずだと何度も私は自分に言い聞かせた。しかし、利枝子がこのメモ帳を見たいと言ったのには理由があるはずだ。その理由は私が一番恐れている理由以外に考えられない。私は不安になりながらメモ帳を持ち、利枝子の待つ居間に戻った。

背を丸めてじっとしていた利枝子は背後に私が来たことを知ると、背筋を伸ばした。私はソファーに座り、メモ帳をテーブルの上に置いた。

「見てもいいですか」

利枝子の声は震えていた。利枝子は緊張しているようだ。

私は、利枝子に読まれたくないページはメモ帳から破いてあるから、メモ帳を見られても大丈夫である筈だという思いと、利枝子がメモ帳を見せるように要求したのはメモ帳に書いてあったマリーのことを利枝子はすでに知っているからであり、利枝子がメモ帳を見れば利枝子との関係の破滅の始まりになるかも知れないという恐怖が混じり合い、私は返事をすることができなかった。私が黙っているので、利枝子は、

「見てもいいですか」と再び訊いた。

私はゆっくりと頷いた。利枝子の手が目の前のメモ帳に伸びてきた。利枝子がメモ帳を掴み、メモ帳は利枝子の方に移動すると思っていたが、利枝子の手はメモ帳まで伸びてこないでメモ帳は目の前にあるままだった。私は変に思い利枝子を見た。利枝子と目が合った。利枝子は私をじっと見つめていたようだった。私と目があった瞬間に利枝子は目を伏せた。数秒ほど過ぎると利枝子は顔を上げ、メモ帳を取ろうと手を伸ばしたが途中で止まった。利枝子はメモ帳を見ようかどうか迷っているようだった。

「見てもいいですよね」

と、利枝子は私に言っているのか、それとも自分に言い聞かせているのか分からない言葉を発した。私は頷き、メモ帳を利枝子の方に寄せた。利枝子はメモ帳を取り、ゆっくりとメモ帳をめくった。私は体が凍りつくような恐怖を覚えながらめくられているメモ帳を見ていた。利枝子の手は小刻みに震え、ページをめくるのがスムーズではなかった。暫くして。ページめくりは終わった。

「ありません」

利枝子は呟いた。

「このページを破ってあります」

利枝子はページを破ってある箇所を開いていた。そのページは私が破いて会社のシュレッターーに入れた。

「あなた。どうしてこのページを破ったのですか」

私の心臓は高鳴り、喉が渇いた。私はどぎまぎして、

「あ、ああ」

と言うのが精一杯だった。利枝子はメモ帳を私の目の前にかざしながら、

「どうして破いたのですか」

利枝子の顔は強張り、私を見る眼光が鋭くなっていた。

「説明してください」

利枝子の声は私の心を突き刺した。私は緊張し縮こまった。

「ど、どうして破いたかと言われても」

うろたえた私はどぎまぎするばかりで弁解の言葉が見つからなかった。

「破いたページはどうしたのですか」

利枝子は私がどきまぎしている様子を見て、

「捨てたのですか」

と訊いた。

「捨てた」

うろたえながら私は答えた。

「そう」

利枝子のがっかりした声だった。利枝子の顔を見ることができない私はうつむき、利枝子の次の言葉に戦々恐々としていた。

「どこに捨てたのですか」

利枝子の質問は私が恐れている質問ではなかった。私は

ほっとしながら、

「会社のシュレッターに捨てた」

と答えた。利枝子はなにかを考えているようで、暫くの間黙っていた。そして、

「本当にシュレッターに捨てたのですか」と訊いた。私は利枝子の質問の意図が分からなくて、一瞬答えるのに途惑ったが、

「本当だ。会社のシュレッターに捨てた」と答えた。

「全部そうしたのですか」

利枝子の質問の意味が分からないので、私は、

「え」

という声を発して、利枝子を見た。利枝子はじっと私を見ていた。私は利枝子を見て驚いた。じっと私を見つめている利枝子の目から涙が溢れ出ていた。利枝子の顔は冷静な表情をしていた。それなのに利枝子の目から涙が溢れ出ていた。なぜ、利枝子は泣いているのか。全然予想していなかった利枝子の涙に私は驚いた。

「全部シュレッターに捨てたのですか」

「え」

私は利枝子の質問の意味がよく分からなかった。しかし、その質問に私の本能は恐怖を覚え、さあーっと血の気が引くのを感じた。利枝子は、

「六枚です」

と言った。私は利枝子の質問の意味を飲み込むことができなかった。答えることができなくて呆然と利枝子を見ている私に、

「メモ帳のページは六枚破っています。六枚のページを全部会社のシュレッターに捨てたのですか」

離婚を予感しながら私の体は硬直していった。

「夜の私」が書いたメモのことをすでに知っていたのだ。利枝子は利枝子との結婚生活を非難し、マリーへの熱烈な愛を書いた泥酔した「夜の私」のメモを利枝子は全て読んだかもしれない。激しい衝撃を受けた私は呆然とするだけだった。私が答えないので、

「メモ帳の破った六枚のページは全部会社のシュレッターに捨てたのですか」と利枝子は再び訊いた。私は、

「全部シュレッターに捨てた」

と答えるのが精一杯だった。

「そうですか」

利枝子の声は沈んでいた。

「本当は」

と言った後に利枝子は言葉が詰まった。

利枝子は暫くの間天井を見上げた。大きく肩で深呼吸をして、気持ちを落ち着かせてから私を見た。

「本当は、六枚のページをどこかに大事に隠してあるのではないですか」

利枝子の質問の真意が分からない私は、

「え」

と首をかしげた。

「あなたにはとても大切なメモだから、大事に隠してあるのではないのですか」

私を見つめている利枝子の目から涙が溢れた。利枝子は涙を流しながら無理に微笑んだ。私は微笑みながら涙を流している利枝子にショックを受け、気が動転した。

「か、隠してなんかない。全部会社のシュレッターに捨てた。本当だ。信じてくれ」

私は一気にしゃべった。

「そうですか」利枝子は私から視線を逸らした。

利枝子は私の弁解を信じていない様子である。

「あんなメモは私にとって大切でもなんでもない。だからシュレッターに捨てた。隠してなんかいない。信じてくれ」

利枝子は下を向いて、小さな声で、

「信じたいわ」

と呟いた。

「信じてくれ。全てシュレッターに捨てた。本当だ。嘘じゃない」

私は必死に利枝子に訴えた。利枝子は私を見た。私は利枝子の口から、「信じます」という言葉が出るのを期待したが、利枝子は真剣な顔で、

「マリーという女性は誰なのですか」

と言った。

「え」

利枝子の言葉に、身を乗り出していた私は高圧電流に弾かれたように後ろに退いた。利枝子の口からマリーという女性の名前が出た瞬間、私の頭が真っ白になった。

「マリーという女性は誰なのですか。教えてください」

私は、「マリーという女性を知らない」と言おうとしたが喉が詰まり声が出なかった。私がおろおろして返事をすることができないでいると、

「私たちはあなたを縛っているのですか」

利枝子の目から新たな涙が溢れ出た。

「え」

私の体は硬直した。

「あなたは私たちとの生活が息苦しいのですか」

私は声を発することができなかった。

破ってシュレッターで処理したメモを利枝子は読んでいた。私は頭が混乱した。混乱した頭の中で、いくつもの「離婚」という恐怖の文字が躍った。私は必死に弁解しようとしたが、私ではない「夜の私」が書いたメモについて適切な弁解の言葉を思いつくのは私には無理だった。

「あなたは私と娘たちを愛していないのですか」

私が答えるのを待たないで利枝子立て続けに質問した。私は首を振り、「そうじゃない。そうじゃない」と言おうとしたが、金縛り状態になっている私は首は動かないし

声も出なかった。

「どうなの。答えてください」

「違う、違う」

私は必死に叫んだ。

「なにが違うのですか」

「あのメモは私が書いたのではない」と言おうとしたが、私は出かかった声を呑んだ。メモを書いたのは私ではなく、私とは別人である「夜の私」が書いたのだと弁解しても、そのような非現実的な話を利枝子が信じるはずがない。むしろ、私が問題の本質から逃げようとしていると考え、私をますます疑うだろう。説明不可能なメモをどのように説明すればいいのか見当もつかないで困っていると、利枝子は、

「随分ひどいことが書いてありましたね」と言った。

その通りだ利枝子。あのメモはひどいことを書いてある。私を侮辱し嘲笑っている。私の幸せをけなしている。メモ帳のメモは私の考えとは逆のことを書いている。絶対に許せないメモだ。私は利枝子と同じ側に立つ人間であり、利枝子と一緒になってあのメモを非難したい人間だ。しかし、あのメモを私が書いたと信じている利枝子は私と対峙して、私が利枝子の側につくことを受け入れることはしないだろう。私の心にないことを書いてあるメモの性で私は利枝子に非難されている。

利枝子、分かってくれ。あのメモは私が書いたのではない、と利枝子に必死に弁解したいが、利枝子が私の言葉を信じることはないだろう。私は利枝子に話す言葉を見つけることができなかった。話そうとして話しきれない私にしびれを切らした利枝子は、

「答えてください。あなたは私と娘たちを愛していないのですか」

利枝子の切実な声だった。

「愛している」

と私は叫んだ。そして、

「私はお前を美代をますみを愛している」と言った。

それが私の精一杯の弁解だった。私の声は振るえていた。利枝子は私がもっと話すと思ったのか黙っていたが、私が話さないので、

「だってあなたのメモには、あなたが私と娘たちを愛していないと書いてありました」

と言った。

「あ、あれは」

私でありながら私ではない泥酔した「夜の私」が書いたのであり、私の本心とは反対の言葉だと私は弁解しようとしたが、そんな弁解で利枝子が納得するはずがない。

「あれがどうしたの」

利枝子は私の話を聞きたがっていた。利枝子は私を責めたり非難をしたいのではなくメモの真実を知りたいのだ。利枝子の表情はそのように見えた。しかし、利枝子の知

りたい真実を私はうまく話すことができなかった。

「あれは泥酔した私が書いたもので深い意味はない。信じてくれ」と、私は言い、

「メモは酔った時に書いたものだ。酔っ払いのたわごとだ。たわごと以外のなにものでもない」

と、メモに深い意味がないことを強調した。

「よっぱらいのたわごとなのですか」

利枝子は確かめるように言った。

「そうだ」

と、私が言うと、「そうなの」と言って、利枝子はがっかりしてため息をついた。利枝子は私が本当のことを話してくれないと思ってため息をついたのだろう。

　利枝子は黙った。私になにかを言おうとしたり、下を向いて考えたり、上を向いたり、横を向いたり、首を振ったりしていた利枝子は次第に落ち着きがなくなった。そして、大粒の涙が溢れてきた。私はなぜ利枝子が落ち着かなくなり、大粒の涙を流すのか理解できなくて、呆然と利枝子を見ていた。利枝子は溢れ出る涙を手で拭いた。そして、顔を背けたまま、

「マリーさんは誰なのですか」

と、震える声で言った。利枝子は泣くのを堪えようとしたが堪えることができなかった。鼻水も流れてきた。

　利枝子は「すみません」と言って立ち上がり、ガラス戸を開けてベランダに出て行った。干してあるタオルを取ると、タオルで顔を覆いながら立っていた。利枝子の肩が震えていた。

　私は始めて、利枝子が私のメモ帳のメモのことで深刻に悩み苦しんでいることに気づいた。利枝子から見れば疑いようもなくあのメモは私が書いたものである。利枝子の存在を否定し、子供たちの存在も否定しているメモ帳のメモを読んだ利枝子のショックは計り知れないものだったに違いない。タオルで顔を覆って薄暗いベランダに立ち尽くしている利枝子を見ていると胸が締め付けられた。

　暫くすると利枝子はベランダから入ってきた。

「ごめんなさい」

と言いながら私にタオルを渡しソファーに座った。緊張したり動揺したりした私の手や額は汗で濡れていた。ソファーに座った利枝子は天井を見上げてから大きく深呼吸をした。そして、無理に微笑みながら、

「マリーさんとは誰なのですか」

と、再びマリーについて質問した。私は返事に困った。

　マリーという女性を全然知らないという弁解では利枝子は納得しないだろう。しかし、利枝子が誤解しないように説明するのは私には無理である。利枝子に理解してもらうのは困難であるが、私は素直に話すことにした。

私が一番恐れているのは利枝子が離婚を決心することだった。ベランダで嗚咽していた利枝子を見た私は、利枝

子の私への愛を感じ、利枝子が離婚を望んではいないだろうと推測することができた。そう推測すると私の心が落ち着いてきた。利枝子に素直に話し、マリーについては時間を掛けて利枝子を納得させるしかないと私は考えた。

「利枝子は信じないと思う。でも、本当のことを言う」と言って、私は一呼吸を置いた。そして、利枝子は信じないだろうと思いながら、

「私はマリーという女性を知らない」

とゆっくりと言った。

無理に嘘の弁解をすれば嘘に嘘を重ねていき、話に収拾がつかなくなる恐れがある。そうなると、利枝子との関係はますます悪くなるに違いない。私には嘘を突き通す自信がなかった。だから、正直に話した。

「知らないのですか」

利枝子はけげんな表情をした。

「そうだ。本当に知らない」

「あなたのメモ帳に何度も書いてあった名前です。それでも知らないのですか。」

「知らない。本当だ」

利枝子は暫く考えてから、

「あなたのメモ帳に誰かが書いたということなのですか」

と訊いた。

私は返事をするのに困った。しかし、正直に話すしかない。

「いや、そうじゃない。メモ帳のメモの字は乱れているが私の字だ。他人が書いたものではない。しかし、あのメモは私が泥酔した時に書いたものであり、正常な私が書いたものでない。私はあのメモを書いた記憶がない」

私は説得力がないと自分でも思うような弁解をした。

「記憶がないのですか」

「ない」

利枝子は私の弁解を黙って聞いていたが、

「ああ、マリー」

と口に出し、

「私はマリーを愛している。自由な心でだ。マリー。今から会いに行く。マリーマリー」

感情を殺した淡々とした利枝子の朗読だった。私は利枝子がメモを暗記していることに動揺した。

「そ、それは私が書いたのではない。泥酔した私が書いたのだ。私は書いた記憶がない。本当だ。信じてくれ」

「なにを信じるのですか」

「だ、だから、あのメモは酔っ払いのたわ言なのだ」

私は必死に弁解した。

「たわ言なのですか」と利枝子は言い、

「私はこれから自由になる。夜の自由だ。私は妻もいない子供もいないひとりの自由な人間になる」と、メモの一部を朗読した。

利枝子はため息をついた。

「私だって自由になりたいわ。でもね」

と言って利枝子は私を見つめた。

「家族を捨ててまで自由になりたいと私は思わない。私は子供を愛しているしあなたを大事に思っている。私はあなたと別れることも子供を捨てることもやりたくないわ。夫や子供を捨てる自由なら私は要らない」

利枝子の言葉は私の胸を鋭く突いた。利枝子の鋭い言葉におろおろしながら、

「私だって利枝子と同じ考えだ。メモ帳のメモは私の本心ではない。本当だ。信じてくれ」

私の説得に利枝子は反応しなかった。

「私はみかけの虚ろな愛は嫌なの」

メモ帳に「夜の私」が、利枝子と美代とますみとの生活を、「みかけの虚ろな愛の生活を送っている男よ」と書いてあった。利枝子はそのことを言ったのだ。

「あれは私が書いたのではない」と、私は言ったが、利枝子は私の言葉を無視した。

「あなたの本命はマリーさんで、私との生活は仮の住まいであるなら私は嫌です。私は虚ろな生活はしたくありません」

利枝子は涙を流しながら苦笑した。

「あれは私が書いたのではない」

私は必死になって言った。

『夜の私』が書いたのですか」

利枝子の声は冷ややかだった。利枝子の口から「夜の私」が出たので、私は混乱した。

「そ、そうだ。『夜の私』が書いたのだ。私が書いたのではない」

「あなたは『昼の私』なのですか」

「い、いや。違う。私は私だ。」

「『昼の私』ではないのですか」

「私は私だ。私は『昼の私』ではない。『夜の私』が勝手に私を『昼の私』と呼称しただけだ」

「『夜の私』は誰ですか」

私は答えるのに窮した。しかし、利枝子を愛し、美代を愛し、ますみを愛し、離婚は絶対にしたくないことを利枝子に伝えたい私は内容が支離滅裂であっても必死に話した。

『夜の私』は泥酔した私だ。でも、『夜の私』は私ではない」

「私ではない」

「『夜の私』はあなたではないのですか」

「それでは誰なのですか」

「わからない。でも、私ではない。私ではない誰かだ。『夜の私』も『昼の私』も私ではない。私は私だ。わかってくれ利枝子」

『夜の私』は泥酔した時のあなたなのですか。人間は酔

った時に本心が表れると言われています。『夜の私』があなたの本心なのではないですか」

私が恐れていた言葉だった。

「違う違う。『夜の私』は私ではない。『夜の私』は私の本心ではない。分かってくれ利枝子」

私の必死な訴えに利枝子は反応しなかった。

「私はあなたの知っている通り一バツです」

利枝子が離婚の経験があることは知っていた。しかし、なぜ、急に利枝子はメモ帳のメモとは関係のない過去の離婚の話をするのか、必死に弁解しようとしている私は肩透かしを食わされた気持ちになった。

「私の前の夫は・・・」

利枝子は目を伏せた。暫く黙っていたが大きく深呼吸してから顔を上げた。

「私の前の夫は同性愛者でした」

利枝子の前の夫が同性愛者だったことを聞かされ私は唖然とした。しかし、なぜ、夫が同性愛者であったことを今話すのか。利枝子の真意が見えなかった。

「夫だった人は同じ会社の十歳上の男性でした。仕事は優秀で、とても紳士的な男性でした。一年間交際して私たちは結婚しました」

利枝子は淡々と話した。利枝子は二十一歳の時に結婚して、二人の生活は順調だった。夫のセックスは淡白で回数も少なかったが初婚の利枝子はそれを変に思うことはなかった。夫はやさしかったし、利枝子を家に縛り付けることもなかった。むしろ、女友達と遊んだり旅行したりするのを、「若いうちに遊んだ方がいい」と勧めるほうだった。

利枝子の夫が同性愛者であることを知ったのは利枝子が二十五歳の時であった。友人の薫と二人で一泊二日の予定でやんばるの奥間ビーチホテルに行ったが、薫が急に激しい腹痛に襲われ名護病院に入院したので、利枝子は予定をキャンセルしてマンションに帰ってきた。帰る途中に事情を話すために夫の携帯電話に電話したが、夫の携帯電話は圏外かスイッチを切っているために繋がらなかった。マンションに電話しても留守番電話になっていた。

夫は外に出掛けているのだろうと思いながら利枝子は宜野湾市にあるマンションに帰った。マンションの寝室で利枝子が見たのは夫と見知らぬ男が抱き合っている姿だった。

利枝子の夫は同性愛者であることを隠すために利枝子と結婚していたのだ。

「夫の心は私の方にはありませんでした。それを知った私の心は虚ろな状態になりました。虚ろになった私の心は何年間も埋めることができませんでした。私は男性不信になり、恋愛恐怖症になりました」

利枝子はやさしくてすばらしい女性だ。普通の男なら利枝子と離婚するはずがない。それに利枝子が男性不信でなかったらすでに結婚していただろう。利枝子が三十歳を過ぎるまで独身であったのは結婚した相手が同性愛者だったからだ。

私と利枝子が見合いをしたのは、私の叔母と利枝子の叔母が親しい関係にあったからだった。利枝子は私との見合いにも結婚にも乗り気ではなかったが叔母が強引に私との結婚を承諾させたそうだ。

「あなたと結婚した時、私は早く子供を産みたかった。そして、子供と一緒に充実した家庭を作りたかった。私は虚ろな家庭生活をするのは絶対に嫌です。仮の家庭の人間にさせられるのは絶対に私は嫌です。私は虚ろな存在になるのは絶対に嫌です。マリーさんがあなたの本命ならあなたはマリーさんの所に行ってください。私は離婚します。私は美代とますみの母親として生きていきます」

毅然とした言葉とはうらはらに利枝子の目から涙が溢れていた。利枝子の話に胸を締めつけられた私もいつの間にか涙を流していた。

「ごめん」私は利枝子に謝った。

「私のメモがお前を苦しませてしまった。メモ帳のメモは私が書いたのではないということをお前が信じることができないのは承知している。しかし、本当にあのメモを書いた記憶はないし、あのメモの内容は私の本心と全然違う。信じてくれといっても信じてくれないのは承知している。しかし、信じてくれというしかない。泥酔して朝帰りした時はメモを書いた記憶もないし、どんな行動をしたかも全然覚えていない。本当だ」

利枝子は落ち着いて私の話を聞いていた。でも、私の話を信じているわけではないだろう。

「実は僕は若い頃にアルコール依存症だった。精神病院に入院しなければならないほど重症だった」

私は自分がアルコール依存症であったことを告白した。

利枝子は、

「え」

と、驚きの顔で私を見た。

「私は大学を中退した。それはアルコール依存症になったからだ」

私は学生の頃に芸術家かぶれであったことを話し、詩作にふけりながら毎日酒を飲んでいたためにアルコール依存症になったことを話した。そしてその頃に嶺井幸恵と同棲していたことも話した。

利枝子が隠しておきたい過去を話したので、私も私の恥部であるアルコール依存症について話し、嶺井幸恵と同棲していたことも話した。利枝子は私の告白を聞いているうちに少しずつ緊張が解けてきたようだった。

「泥酔したあなたは詩人であった若い頃の精神に戻るということなのかしら」

と、利枝子はそれもありうるかもという顔をしながら言った。

「メモを書いた記憶が全然ないから私は分からない。しかし、芸術家かぶれしていたのは十五年以上も前のことだ。今の私があの頃の精神に戻るというのは私には考えられない」

「あなたは芸術に未練が残っているのではないのですか」

「いや、それはない。私には才能がなかった。それは歴然としている。だから、未練は全然ない」

「そうですか」

利枝子は納得できない様子で首をかしげた。

「今の私は詩を書きたいという気持ちは全然ない。詩を読む気もしない。私は元々芸術家向きではなかったと思う。大学と言う特別な場所で、周囲に芸術に熱中している学生たちがいて、彼らに感化されたために、私はその気になったと思う」

「そうなのですか」

利枝子は私の説明に半分納得したようだった。

「マリーさんは嶺井幸恵さんなのかしら。いえ、違うわ。確かマリーさんと会ったのは一九八九年の五月二十一日ですよね。あなたが二十三歳の時よ。その時は嶺井幸恵さんとはすでに同棲していたという計算になるから、嶺井幸恵さんとマリーさんは別人だわ」

利枝子は私がマリーと最初に会った年月日をさりげなく話したが、メモ帳のメモを完全に暗記していなければできないことだ。利枝子がメモ帳のメモを完全に暗記していたということは、利枝子がメモ帳のメモに非常に悩み苦しんでいた証拠である。私は利枝子の苦悩を想像して、利枝子にすまないという気持ちが強くなった。

「マリーさんの記憶は全然ないのですか」

利枝子は私が嘘をついているかいないかを見極めるような表情ではなく、単なる確認をするための言葉の響きだった。

「ない。ほんとうにない」

「そうですか」

利枝子の声はさりげなかった。

「ほんとうにない」

私が繰り返し強調したので利枝子は苦笑した。

私と利枝子の目が合った。私と利枝子は目を反らすことができないでじっと見詰め合った。

今までなかった感情が私に湧いてきた。利枝子が今までとは違う女性に見えた。利枝子が仮面を全て脱ぎ捨てた素裸の女に見え、私の欲情が激しく湧いてきた。人間の理性を捨てて獣のようになって利枝子とセックスをやりたくなった。利枝子も私の気持ちと同じになっているのを感じた。利枝子の息が激しくなり、私と向き合っている顔が紅潮していた。「お前とセックスしたい」と私は目で言った。「私も」と利枝子も目で答えた。利枝子の手を握って私が立ち上がると利枝子も立ち上がり、私と利枝子はすぐに体を合わせた。私は利枝子を抱きしめキスをした。利枝子も応じた。私の舌と利枝子の舌がもつれ合った。歩きながら私の右手は利枝子の腰に回り、左手は利枝子の胸をまさぐった。利枝子の体は熱くなっていた。利枝子の下腹部をまさぐった。「あー」と利枝子は喘いだ。今までにない、身も心も解放された女の喘ぎだった。利枝子が喘ぎ声を出したので私は我に帰り、寝室に急いだ。

　私と利枝子は初めて心も体も素裸になった気がした。セックスをする時はおとなしく私の要求に応じるだけの利枝子だったが、その夜の利枝子は今まで見せたことのない燃える体で積極的にセックスをした。こんなに利枝子が情熱的な女性だったのかと私は驚き、私もまた燃えに燃えて二人は獣のように激しいセックスをした。私と利枝子が本当に身も心も結ばれた夜であった。

　利枝子が私のメモ帳の「夜の私」が書いたメモに気付いたのは一年前だったらしい。泥酔して帰った私のスーツを脱がそうとした時に、私が脱ぐのを嫌がったために、もつれてメモ帳が床に落ち、「夜の私」が書いたメモのページが開いていたという。開いているページには乱れた文字のメモがあり、マリーという女性の名前が目に入ったので気になり、メモを読んだという。メモにはマリーへの愛が露骨に書かれていたので利枝子は大きなショックを受け、それからは私が泥酔して朝帰りした日はメモ帳を読むようになったという。離婚をしたくない利枝子は悩んだが、メモ帳に「夜の私」がマリーへ愛の告白をしたと書いてあるのを見たとき、離婚を覚悟して私と話し合う決心をしたという。

　利枝子は、全裸の前夫と見知らぬ男がベッドの上で抱き合っていたのを見た時、その後のことは利枝子の記憶から消えていた。見知らぬ男がどんな顔だったか、どのようにして服を着て部屋から出て行ったのか憶えていなかった。前夫と話したことも記憶になかった。それからの一ヶ月間は記憶が途切れ途切れだったという。だから、私が泥酔した時にメモを書いたことを記憶していないのはあり得ることであると言った。しかし、同じパターンを繰り返しているのは不思議であるし、マリーという女性が実在するのかそれとも泥酔した私の想像が生んだ女性なのか気になると利枝子は言った。

## 奇妙な夢

　夢を見た。

　闇の中。遠い所に蛍の光のような青白い明かりが見えた。酒を飲んで酔いどれている私は陽気に腕や体をくねらせながら歩いていた。青白い光に向かって進んでいるはずなのに、踊っている私は右に曲がって進んだり、左に曲がって進んだりして青白い光になかなか近づいていかなかった。まるで私は躍りながら迷路のような路地を進んでいるようだった。闇の中でたった一人で踊っている私は哀れな気がした。躍っている私は暗い路地をどんどん進んで広場に出た。闇だから広場であるのか路地であるのか分かるはずがないが、私の皮膚感覚が広場であるのを知っていた。青白い光は広場の向こう側にあり、青白い光との距離は縮まっていなかった。広場にはアスファルトが敷いてあった。平らなアスファルトの上で、私は腕や体をくねらせる躍りを続けていた。体をくねらせながら喚いていたが、まるで無声映画のように声は聞こえなかった。

踊りを止めた私は演説を始めた。すると、遠くの青白い光が近づいてきた。青白い光は拡大しながらどんどん私のほうに近づいてきた。巨大化した青白い光はゴーッとジェット機の爆音のようなすさまじい音を発して私を包んだ。真っ白な光に照射されている私は喚き続けていた。一瞬のうちに白い光が消え、仄暗い洞窟になった。口をぱくぱくさせている私の隣に紫色のバンダナを頭に巻いている猫背の若い男が立っていて、彼も口をぱくぱくさせて、闇に向かって演説をしていた。中年の男三人が現れた。三人の男はしきりに喚きながら歩き回っていた。私と若い男と中年の男たちはばらばらに自由に動き回っていた。激しいベース音が聞こえ、スティツクで板を叩く音が聞こえた。キンキンと瓶を弾く音も混ざっている。暗闇の中でベースとスティックが激しい音を発した。マリーが現れた。しかし、深い暗闇の中にいるマリーの姿は見えなかった。姿が見えないのに、マリーが目の前に居るのをなぜか私は知っていた。

「マリー」

私は叫びながら闇の中のマリーに飛びついた。するとマリーはスーッと移動して、私の腕から逃げた。マリーを捕まえ損ねて呆然としていると、マリーが私の背後に現れた。深い闇の中だからマリーの姿は見えない。しかし、わたしにはマリーが居るのが分かった。私は振り返り、「マリー」と叫びながらマリーに飛びついた。しかし、マリーはスーッと移動した。ベースとドラムが激しく鳴る闇の中で私は何度もマリーに飛びついた。

夢の途中で目が覚めた。小便がしたい自覚症状があり、急いでトイレに行き用を足した。まさか、マリーの夢を見るとは。信じられない。マリーの姿は見えなかったが、マリーが夢の中に現れたのだ。マリーは泥酔した「夜の私」の前に現れる女性であり、泥酔していない私には、例え夢であっても現れないと思っていた。しかし、姿の見えないマリーであっても、マリーは私の夢の中に現れたのだ。私はショックを受けた。私のショックをもっと大きくしたのは、私の側に立って口パクの演説をしていた若い男と三人の中年男たちの名前を私が知っていることだった。彼らの名前が浮かんだ瞬間に、彼ら四人に出会ったことがあるかどうかを思い巡らしたが、彼らのような人間と出会ったことは一度もなかった。夢の中で始めて見る人間たちであったにも関わらず、私は四人の人物の名前を知っていた。

若い男の名前は明といい、三人の中年男たちの名前はユー、ヘー、テンという。今まで会ったことのない始めて見る人間たちであるのに彼らの名前を知っていたことに私は戸惑った。明のような青年がテレビかどこかの広場や公園で演説をしている姿を見たのだろうと思ったが、テレビやどこかの広場や公園で演説をしている明のような人間を見た記憶はなかった。見たこともない明の顔を見て彼の名前が明であることを知っているのは不思議なことである。ユー、ヘー、テンについても同じだ。彼らの顔を見た覚えは全然なかった。しかしなぜか三人の名前がユー、ヘー、テンであることを知っていた。なぜ、夢の中で始めて見る彼らの名前がユー、ヘー、テンであるのを私は知っていたのだろうか。とても奇妙なことだ。彼らの名前が明、ユー、ヘー、テンであると知っているだけではなく、彼らの名前に間違いないという妙な確信があった。確信の根拠はどこにあるのか知らないが、とにかく四人の名前に私は確信があった。確信があることにショックを受け、不安になった。

なぜ私はマリーの夢を見たのだろう。私と利枝子は今まで以上に深く愛するようになった。だから、私の精神はマリーから遠ざかりマリーの夢を見るはずがない。それなのにマリーの夢を見てしまった。どうしてマリーの夢を見てしまったのだ。

## 憂鬱な土曜日

今夜は新垣さんを接待する日である。今夜は酒を飲まなければならない。憂鬱な土曜日だ。

那覇市内に別々のマンションに三室所有している稲嶺さんが三室のマンションを売り払って、その金を頭金にしてマンションを建てたいと琉球興産に依頼してきた。私は社長の命令でマンションに適した土地を探すことになった。

私が見つけた土地の地主が新垣さんだった。新垣さんは那覇市の北側にある天久やおもろまちに土地を所有している大地主だ。新垣さんの所有している土地の一帯は以前はアメリカ軍用地だったが、土地は返還されて、広大な土地に次々と新しいビルが建っていった。荒地だった土地が今は莫大なお金を生み出す宝の山になった。新垣さんの所有している土地は稲嶺さんのマンションを建設する企画に適している土地であり、私は新垣さんと土地買収の交渉をしていた。今日の接待は会社が莫大な利益を得るか否かの重要な接待である。新垣さんが今日の接待に満足してくれれば土地買収交渉はうまくいく。会社からも新垣さんの接待は最高の待遇をするようにと命令されていた。ただ、最高の待遇といってもお金をたくさん使えばいいということではない。新垣さんが一番喜ぶ接待をするということである。

新垣さんは五十一歳になるが独身である。若い頃に一度結婚したが、嫁に逃げられたらしい。今は母親と二人で那覇市の牧志のマンションに住んでいる。独身である新垣さんは結婚をしたいと思っているが、粗野で教養のないのが災いして好きな女性には何度も逃げられている。新垣さんは教養のないコンプレックスから知性的な女性を好きになる傾向がある。新垣さんは好きになった女性にデートを申し込み交際を始めるが、次第に新垣さんの粗野で教養のないことが露見していき、女性に嫌われてしまうのだ。教養と品格のある女性に恋をしては逃げられるというパターンを新垣さんは繰り返していた。

新垣さんは音楽とか演劇などの芸術には興味がなかった。本も読まなかった。ゴルフは下手だった。グルメでもないから料亭や高級レストランの接待をしても新垣さんは喜ばなかった。新垣さんの好みは酒と女である。女優の岩下志麻のような品がある女性でありながらざっくばらんな会話のできる女性が新垣さんの好みである。新垣さんと同じ資産家の具志堅さんも新垣さんに似ていて女好きであったが、二人の好みは微妙に違っていた。私はそれぞれの客の好みを分析して、それぞれの客の好みに応じた接待をした。これもまた私の仕事のひとつである。

私はクラブ紫に新垣さん好みのホステスを見つけてあった。三ヶ月前からクラブ紫で働いている源氏名をはるかという二十七歳のホステスである。私ははるかが新垣さん好みの女性と分かったので新垣さんをクラブ紫で接待することにした。

土曜日は、会社は休みであるが、私は午後から会社に行き、書類を整理した。今日は接待の仕事があるので、昨日の残業を今日の午後にまわして昨日は定刻通りに退社した。

午後六時になり、そろそろ新垣さんを迎えにいく時間になった。私は会社を出る前に家に電話をした。利枝子が電話に出た。

「私だ。これから接待の仕事にでかける」

「そう」

利枝子の声は沈んでいた。

「できるだけ早く帰るつもりだが、今日の接待は新垣さんだから何時に帰れるか分からない」

「新垣さんは大事なお客さんだから仕方がないわ」

「ああ」

今夜、新垣さんの接待があることはすでに利枝子に話してあった。私は接待する客の素性や会社との関係も利枝子に伝えるようにしていた。利枝子が接待する客について質問すれば全て答えた。私の朝帰りはまだなくなっていなかったし、メモ帳に「夜の私」がメモを書くのも終わってはいなかった。だから、「夜の私」がマリーのことをメモ帳に書いたり、朝帰りしたりするのが私の本心ではないことを利枝子に理解してもらい、利枝子の不安をなくすには接待する内容を全て利枝子に話すことだった。

　新垣さんを接待する夜は私が朝帰りをする確立が高かった。だから、利枝子の声は沈んでいたのだ。

私は娘たちの声を聞きたかった。

「頼む」

「美代とますみはどうしている」

「テレビを見ているわ。呼びましょうか」

「みよー、ますみー。パパから電話よー」

利枝子が娘たちを呼ぶ声がして、娘たちが「はーい」と言って駆けてくる音が聞こえた。

「パパはねえ。お仕事があるから今日の帰りは遅いって」

という利枝子の声が聞こえ、

「そうなのう」という美代とますみの声が聞こえた。美代が電話に出た。

「パパは帰りが遅いの」

「うん。お仕事があるから」

次にますみが電話に出た。

「パパは帰りが遅いの」

「そうだよ。今日の夕ご飯はママと三人で食べて」

「わかったわ」

利枝子が小さい声で、「パパ。お仕事がんばってと言いなさい」と言う声が聞こえた。美代とますみが、

「パパ。お仕事がんばってね」

と言った。

「うん。がんばるよ」

電話は娘たちから利枝子に代わった。

「お仕事、気をつけてね」

「うん。それじゃ」

私が電話を切ろうとすると、

「朝帰りしないでね」

と、利枝子が小さな声で言った。半分冗談半分本気の利枝子の声に私は戸惑い、

「う、うん。がんばる」

と言って受話器を置いた。朝帰りをしないために私はがんばらなければならない。

　腹が減っていたので、新垣さんを迎えに行く前に食事をすることにした。会社の駐車場を出て十分ほど車を走らせて私はアカバナー食堂の駐車上に車を止めた。アカ

バナー食堂のゴーヤーチャンプルーとかトウフチャンプルーとかナーベーラーチャンプルーなどのチャンプルー料理が好きで、夜の接待がある時はアカバナー食堂で食事することが多かった。

　食事を終わった私は新垣さんの住むマンションに向かった。新垣さんは那覇市中心部のマンションに住んでいる。私の車は国道五十八号線から国際通りに向かって入り、国際通りの近くの十階建てのマンションの駐車場に入った。私は携帯電話を取り、新垣さんに電話をした。

「もしもし」

しゃがれた男の声が聞こえた。

「奥山律夫です。お迎えに来ました。今から新垣さんのマンションに行きます」

「おお、そうかそうか」

新垣さんの浮き浮きした声だった。

　マンションのビルに入るとエレベーターに乗った。新垣さんが住んでいる五階に到着し、エレベーターが開くと新垣さんが待っていた。私が驚いていると、新垣さんは、

「よう」

と手を上げた。エレベーターに乗っているのは私一人だけだったので、新垣さんはエレベーターに入ってきて、一階のボタンを押した。

「遅かったじゃないか」

「すみません」

私は約束の時間通りに来た。「遅かったじゃないか」というのは新垣さんの口癖だ。

　地主は神様である。品が悪く横暴な性格の人間でも私は丁重に応対し、決して地主をたしなめたりはしない。社長の格言は、「仕事は頭だけでやれ。仕事に感情を入れるな」である。お客の性格、知能程度、好み等を徹底して調べて、お客に合わせて商売しろということだ。新人の頃に私は社長に徹底して鍛えられた。そのおかげで、私は私の感情を完全に殺して、お客に合わせた接待ができるようになった。定刻通りに来た私に、新垣さんは、「遅かったじゃないか」と言ったが、私は反発しないで、ごく自然に、「すみません」と謝ることができるのは頭だけで仕事をしているからだ。

## 「夜の私」

　クラブ紫に向かっている車の中で、

「これ、いいのがいるんだろうな」

五十一歳の小太りの男は小指を突き立ててにやりとした。気味の悪い笑いだ。私も小指を突き立てて、

「そりゃあ、もう。新垣さん好みの女が今か今かと新垣さんの来るのを待っています」

と言いながら、大袈裟に笑った。

「そうかそうか」

新垣さんはにたにたしながらタバコを吸った。

「名前はなんというんだ。これは」

新垣さんは小指を突き立てながら言った。

「はるかと言います」

「はるかというのか。なかなかいい名前だ。年はいくつだ」

「二十七歳です。新垣さんは若い子が好きでしょう」

私が思わせぶりにいうと、「いや、そうではないが」と言いながら顔はにやけていた。

「その子はこれもできるのか」　新垣さんは人差し指と中指を折り曲げて指の間に親指を突っ込んだ。つまりセックスができるかということだ。不動産成金の中年男たちは必ずそれを聞く。それが彼らのワンパターンである。そのような質問をされると、私は、

「それは新垣さんの腕次第です」　と答えるようにしている。それが私の返事のワンパターンだった。

「腕次第じゃないだろう。金次第だろう。クックック」

新垣さんは笑った。下品な笑いだ。

「新垣さんに一本取られました」と言って、私も、「アハハハ」と愉快そうに笑った。

にやけた中年男のつまらない話に私は陽気に笑う。笑うには気力が必要だ。私は自分に「仕事だ仕事だ」と言い聞かせながら陽気に振舞う。土地成金たちの接待は楽しいものではない。しかし、辛いというほどのものでもない。新垣さんは会社に利益をもたらしてくれる大事な客であり、私と新垣さんは金で結びついている。私と新垣さんはお金のつながりだけであり心のつながりはない。私は仕事として新垣さんとつきあっている。新垣さんの性格や人生観や知識や感情を客観的に観察し分析して、新垣さんを楽しくする場を設定して、会社の利益になる方向へ新垣さんを誘導する。それだけのことだ。

車は国道五十八号線を右折して、那覇市の社交街の中で一番繁栄している松山の社交街に入った。ネオンの海の通りを暫く進み、私の運転する車はいくつもの派手なネオンが輝いている十階建てのテナントビルに入ると一気に屋上の駐車場まで上って行った。駐車場の入り口に係員がいて、係員の誘導で私は駐車場の一角に車を停めた。

「新垣さん到着しました。心の準備はオーケーですか」

「オーケー牧場よ」

ガッツ石松の口真似をして新垣さんは大笑いした。中年男の下司な親父ギャグにはうんざりだが、私は間髪を入れないで新垣さんと一緒に大笑いした。私は車から下りるとすぐにクラブ紫に電話した。そして、もうすぐ到着するから、はるかと一緒にエレベーターの前で迎えるようにとママに頼んだ。電話を終えると、車から下りて辺

りを見回している新垣さんに、

「新垣さん、こちらからです」

と言って、エレベーターに案内し、ボタンを押してエレベーターが来るのを待った。暫くするとエレベーターのドアが開いた。私と新垣さんはエレベーターに乗ると、クラブ紫のある五階に下りた。

エレベーターが五階で止まり、ドアが開くと、目の前に着物姿のママとミニスカートのはるかが立っていた。

「いらっしゃいませ、新垣さん」

二人は深々とお辞儀をした。美女二人の出迎えを受けた新垣さんは、「おう」と言い、すっかり上機嫌になった。

ママとはるかの二人は新垣さんを挟むように歩き、クラブ紫に新垣さんを案内した。クラブ紫はホステスが十人近くのこじんまりしたクラブであり、落ち着いた雰囲気があった。はるかが新垣さんの右側に座り、左側にもホステスが座った。私の側にもホステスが座った。にこやかな楽しい会話が飛び交い、華やかな時間が過ぎる中で、泥酔してはいけない私の密かな闘いが始まっていた。みんなのグラスにウイスキーが入り、ママの音頭で乾杯した。私がグラスに口をつけてほんの少しだけ酒を飲み、グラスをテーブルの上に置いたままにしていると、新垣さんがすぐに気づき、

「奥山。どうした。遠慮しないでどんどん飲め」

と酒を勧めた。


土地成金の中年男新垣さんはみんなで酒を飲まなければ気がすまない。一人でも酒を飲まないのがいると不機嫌になる。全員が酒を飲んでいるかどうかを見回して、酒を飲んでいないのが居るとすぐに酒を飲めと催促する。

「今日は風邪気味なので飲めません」とか、「明日は朝から用事があります」などと弁解をすればすぐに不機嫌になる。「俺とは酒を飲みたくないのだな」と怒り、「俺と酒を飲めないなら帰れ」と言ったり、「不愉快だ。俺は帰る」と言って、へそを曲げてしまう。下手な対応をしてしまうと、事態はもっと悪化して、「俺と取り引きしたいのはお前の会社だけではない。今後はお前の会社とは取り引きしない。別の会社と取り引きする」という事態に発展してしまう。「お客さまは神様です」という有名な格言があるが、不動産屋にとって、「地主様は神様です」である。地主を怒らせたり不愉快にしたりしてはいけない。とにもかくにも地主を持ち上げ、喜ばせなくてはならない。

「え、私も飲んでよろしいのですか。私は接待係なので飲んではいけないと思っていました。しかし、新垣さんは飲んでいいと言ってくれました。はるかちゃん。新垣さんは思いやりのあるお方ですねえ。私のようなしもべの人間にもお酒を賜るのですよ」

私は明らかなくさい演技をして、「それじゃ遠慮なく」とグラスの酒を一気に飲んだ。そして、「ぬちぐすいやっさ

あ。(命の薬)」と大声で叫んだ。新垣さんとホステスは大笑いして座は一気に盛り上がった。

「はるかちゃん。新垣さんは思いやりのあるお方ですねえ」

と私がいうと新垣さんは得意げな顔をしてはるかを見た。はるかは新垣さんに微笑み、

「素晴らしいお人ですね。尊敬しますわ」と言って、新垣さんとグラスを合わせた。

新垣さんはますます上機嫌になった。新垣さんははるかや他のホステスたちとの会話に夢中になり、私には関心がなくなった。すると私は適当にセイブしながら酒を飲んだ。ところが、時々思い出したように、

「奥山。飲んでいるか」と言いながら新垣さんは私を見た。私は、「飲んでいます」と言って急いでグラスを口に運んで一気に酒を飲んだ。時々、新垣さんは「サキちゃん。奥山にどんどん飲ませて」と言っては、はるかたちとの会話に戻った。

ホステスの仕事は客に酒を飲ますことだから、私が酒を飲まないと、私の相手をしているサキは職務怠慢であるという気持ちになり、「どうぞ」と言って私に酒をどんどん飲まそうとする。飲まなければ、「私が勧める酒は飲めないのですか」と、不機嫌になる。私は断るわけにはいかない。私は楽しく振る舞いながら、酒をどんどん飲んでいるように見せながら泥酔しないためにぎりぎりにセイブするという闘いをした。

私の闘いを誰も知らない。もし、回りの人間たちが私の闘いを知ると笑うだろう。私は孤独で滑稽な闘いをしながら華やかな時間の流れの中で、陽気に振る舞い楽しそうに酒を飲んだ。

九時にママが社長を案内してきた。

「こんばんは、新垣さん」

「よ、社長」

新垣さんはソファーに太った腹でふんぞり返ったまま、片手を上げた。社長は丁寧にお辞儀をして、

「ご無沙汰しております。肌つやもよくて、元気そうですね」

と言った。

「まあ、座って」

私は社長を尊敬している。尊敬している社長を呼び捨てにして、社長より偉そうにしている新垣さんの態度に私は怒りがこみ上げてきた。

社長は母の兄であり、私の叔父である。精神病院を退院した後の私は生きる目的がなく、パートを転々としていた。私の将来を心配した母は琉球興産の社長である兄に頼んで私を琉球興産に就職させた。私の事情を知っていた社長は私に不動産取引の仕事を徹底して教えた。社長は、「仕事は頭だけでやれ。絶対に個人的な感情を入れるな」と口すっぱく私に言った。社長のおかげで私は年

収一千万円近くの収入があり、妻の利枝子と娘の美代とますみに囲まれて幸せな生活を送っている。

　尊敬している社長を見下している新垣さんに私は怒りがこみ上げたが、社長の教えは、「仕事は感情でやるな」である。私は社長の教えを守り、怒りを押さえて楽しく振舞った。

　社長は新垣さんをしきりに持ち上げ、新垣さんと談笑し、カラオケを歌い、十時になるとソファーから立ち上がった。

「それじゃ、新垣さん。私は失礼します。新垣さんはごゆっくり楽しんでください。奥山は残って最後まで新垣さんのお世話をしますので。君、新垣さんが家に帰るまで責任持ってお世話するのだぞ」

と社長が言ったので私は立ち上がり、

「はい、分かりました」

と兵隊のかっこうを真似て最敬礼をした。私の滑稽な格好を見てホステスたちは笑い、新垣さんはご満悦の表情をした。社長は、・・・そう、その調子で仕事をやるのだ・・・というようにウィンクした。私は小さく頷いた。

　酔っていい気分になっている新垣さんは、

「社長さん。もっと飲もうよ」

と言って社長を引きとめたが、社長は、

「明日は朝早くから仕事がありますので、残念なことではありますが、ここで失礼させていただきます。近い内に思う存分飲みましょう」

新垣さんと思う存分飲む気持ちはさらさらない社長はもっともらしい嘘をついてクラブ紫を出て行った。新垣さんは、

「お前の社長は俺の願いを無視してさっさと帰った。お前の社長は常識のない失礼な奴だな」

と、私に絡んできた。社長は新垣さんの機嫌がいいし、後は私に任せても大丈夫であると合理的に判断したから帰ったのである。社長は私に合格点を与えたのだ。私にとっては嬉しい社長の退席であった。私は、

「どうも、すみません。社長は明日の朝が早いものですから」

と弁解した。ふんぞり返った新垣さんは、

「まだ十時ではないか。帰るのは早い。もしかしたら、自分の女がいるバーに行ったのではないのか」

と言ってにやりとしながら、

「お前の社長の顔はすけべな顔だ」

と言って下品に笑った。新垣さんが言ったのは間違っていない。社長には社員に公然の秘密となっている愛人がいる。その愛人は小料理屋をやっていて、社長は愛人のいる小料理屋に行ったはずである。私は、

「とんでもありません。社長はまっすぐ家に帰ったのです。なにしろ社長の家はかかあ天下ですからね。社長は若いぴちぴちした美女に囲まれていたかったのですが、

泣く泣くしわしわのおばさんの所に帰ったのです。もっとも社長が帰ってもしわしわのおばさんは鼾をかいて寝ていて、社長を出迎えることはしないのですが。かわいそうな社長です」

私は冗談混じりのうそ話で社長をかばった。ホステスたちは私のうそ話に大笑いをして宴は華やかになった。

「新垣さーん。ヤボな社長さんのことは忘れて飲みましょう」

とホステスたちは言い、新垣さんの接待をした。美女に囲まれて新垣さんは再び機嫌がよくなり、ホステスたちとの賑やかな宴に戻った。

私は私の存在が新垣さんから忘れられた時に安堵する。そして、詰まらない会話をした私を嫌悪する。暫しの間私はうつ状態になる。暗い顔をしている私に気付いたホステスのひとりが私に声をかけると私はパーっと明るい顔に戻り、ジョークを振りまいてホステスたちを笑わした。ホステスたちが陽気に笑うとすけべな中年男の新垣さんの機嫌がよくなるという方程式だ。

十一時を過ぎる頃になると、新垣さんは説教じみた話をするようになり、

「分かったか」

という言葉をひんぱんに言うようになった。新垣さんが酩酊してきたことを示す現象である。新垣さんは酩酊をしてからの出来事は翌日の記憶には残らない。私はそのことを知っている。記憶に残らないと私の接待は仕事にはならない。新垣さんへの接待が楽しかったと新垣さんの頭に記憶されて私の接待の効果は発揮される。記憶されていなければ私の接待は価値がなくなる。だから酩酊している新垣さんに楽しい体験をさせたとしても、それが記憶に残らなければ接待の価値がない。酩酊した時の行動は新垣さんの記憶に残らないから私は酩酊した新垣さんを接待する必要はない。新垣さんが酩酊した時に、私は接待の仕事から解放されるのだ。新垣さんが酩酊していると知った時から、私は新垣さんの接待を止めた。つまりピエロを演じるのを終えた。私は新垣さんと呼ばずに、

「やい、土地成金野朗」

と呼び捨てにした。

「おい。豚野朗」

とけなしながらお腹を叩いたりした。

「このすけべー野郎」

と言いながら新垣さんの禿げた頭を叩いた。私が新垣さんをからかうたびにホステスたちは拍手をし、大笑いした。私のからかいに新垣さんは怒った。

「会社に言ってお前なんか首にしてやる」

と私を脅すが、翌日になれば今日のことは覚えていないのだから私は平気である。

「密告するなら密告しやがれ、この糖尿病男」

新垣さんの傲慢さに反感を持っていたホステスたちは私の啖呵に拍手した。

「俺は糖尿病じゃやねえ。嘘をつくな」

新垣さんは怒ったが私は新垣さんの怒りをなんとも思わない。

「お前の顔が糖尿病なんだよ。俺が嘘をついているのではない。お前が嘘をついているのだ」

「殺すぞ。俺は糖尿病じゃねえぞ」

新垣さんは顔を真っ赤にして反論した。

「土地成金野郎。とっくに調べはついているんだよ。もうひとつ言ってやろうか。お前はインポテンツになっているだろう」

新垣さんは顔を真っ赤にして私を睨んだ。

「バイアグラを融通してやろうか」

糖尿病と運動不足が原因で六十代からインポテンツになる人間が多い。私が取り引きしている人間は六十代以上の人間が多く、インポテンツの相談をされることがあるので、私はバイアグラを入手してインポテンツで悩んでいる取り引き相手に融通していた。

「すけべーさんよ。お前ははるかとセックスしたいのだろう。バイアグラをあげようか」

新垣さん？ こんなげす野郎にさんづけするのはあほらしい。新垣でいい。

「おい、インポテンツ。私の車のダッシュボードにバイアグラを置いてある。欲しいか」

私は新垣のはげ頭を叩いた。ホステスたちは一斉に笑った。

「はるか。このデブとセックスするか」

「いやあん。恥ずかしい」

「お、お前。たかが不動産屋の分際で俺をからかうな」

「からかってはいない。お前の本心ははるかとセックスしたいのだろう。だから、お前の代わりに聞いてあげただけだ」

「俺はそんなことは思っていない」

充血した目の新垣はうろたえながら酒をあおった。なぜ、こんな下司な男と話をしなければならないのか。新垣を相手にしていると私の苛々はますます高じてきて、もっと虐めたくなっていった。

「へえ、そうかい。それじゃあはるかはお前の側に座らなくてもいいんだな。私の側に座ってもお前は文句を言わないよな」

はるかにめろめろになっている新垣はうろたえて、

「い、いや。それは困る」

「あははは。なにが困る。すけべーめが」

「俺は地主だぞ。俺を馬鹿にしていいのか」

私は急に新垣を相手にするのが馬鹿馬鹿しくなってきた。新垣をからかってもちっとも楽しくない。

「こんなくず野朗を接待するのはあほらしくなってきた。

私は帰る。おい、出るぞ。土地成金」

私は立ち上がった。はるかに抱きついている新垣は、

「嫌だ。俺はここでまだ飲みたい。ねえ、はるか」

新垣はクラブ紫から出ることを嫌がった。

「じゃあ、お前ひとりで飲め。私は帰る」

私が新垣を残して帰ると言ったのではるかたちホステスが慌てた。

「それは困るわ。新垣さんを連れて帰って」

はるかは新垣を引き離そうとしたが、新垣ははるかを掴んで離さなかった。

「このすけべー親父離れてよ」

はるかはしつこい新垣の頭を叩いた。まわりのホステスたちがなだめたりしながらはるかを掴んでいる新垣の腕を振りほどいた。

「新垣さん。帰りましょうね」

ホステスたちが新垣を立たそうとしたが、「俺はもっと飲む」と言って、新垣はソファーから立ち上がろうとしなかった。

「いい加減にしろよ、はげ親父」

私は新垣の腕を掴んで強引に立たせた。「ここでもっと飲む」と言って子供のように駄々をこねる新垣を引きずって、私はクラブ紫の外に出てエレベーターに乗り一階に下りた。テナントビルから出ると新垣はクラブ紫で飲むのを諦めて、ごねなくなった。そして、

「おい、別の飲み屋に行こう」

と、新垣は別の飲み屋に行こうとした。私はこんなうざい男と飲む気はない。こんな男と飲めば苛々するだけだ。

「嫌だ。さっさと家に帰れ」

私はふらついている新垣を抱えながらタクシーを捜した。夢遊病のように頭も体もゆれている新垣は、

「なあ、俺がおごるからよう。どこかかわいい女がいる所に連れて行ってくれよ。金はいくらでもあるぞ。もっとサービスのいい店を知っているだろう。そこへ連れて行けよ」

と言った。

「嫌だね。飲み屋くらい自分で探すんだな。馬鹿」

「お、俺を馬鹿だと言ったな。俺を誰だと思っているのだ。俺のお陰でお前の会社は儲けているのだぞ。たかが平社員のくせに俺を馬鹿呼ばわりしたな。許せん。会社に言いつけるからな。お前は即刻くびだ」

「け、密告したいならやれよ。低脳男。お前は土地を持っているだけのなんの能力もない最低男だ。お前を見ていると吐き気がするよ」

「なにー。吐き気がするだとー。上等じゃねえか。お前の会社とは契約しないからな。契約は取りやめだー」

「契約破棄をするならやれ。土地成金の馬鹿とは話す気にもならない。さっさと帰れ。帰らないと張り倒すぞ」

「言ったな、言ったな。金輪際お前の会社には土地を売

らないからな。社長にそう言っとけ」

タクシーが来たので私は手を上げた。タクシーは停まり、後ろのドアが開いた。

「お迎えが来たぞ」

ぎゃあーぎゃあー騒ぐ新垣を私は強引にタクシーに乗せ、新垣のマンションの場所を教えた。タクシーの中でぎゃあーぎゃあー騒いでいる新垣を乗せたタクシーは去って行った。


土地成金野郎と話をするとどんどん心が汚れていく。あんな教養も品格もない奴となぜ付き合わなくてはならないのだ。下司野郎め。ああ、嫌だ嫌だ。あいつがいなくなってせいせいした。粗野で教養のない男と一緒だったせいでずっと心が重たかった。あいつがいなくなった途端に心は軽くなってきた。私はやっと自由になれたのだ。ネオンと街灯の輝きに通りは活気に溢れている。そして、光の隣でほくそ笑む闇。光と闇の間で酔っ払った連中が喚いている。私の目の前を酔いどれたちが交錯していた。私は松山のネオン街に興味はない。ここはストレスの膿が澱んでいる場所だ。みせかけの笑いが渦巻いているだけの世界に私は居たくない。私の行くところはどこか決まっている。私の胸が急に熱くなった。マリーに会いたくなった。マリーに会いに行こう。マリーに会いに行くんだ。私はマリーのいる所に向かって歩きだした。愛しのマリーへ会いに行くのだ。マリーに会いに行く私の気持ちを書きたくなり、立ち止まった。メモ帳を出した。街灯の下に立ち、メモ帳を広げ、ボールペンを握った。


これからマリーに会いに行く。マリーには振られた。でもそれはマリーの本心ではないと私は信じている。マリーに私の愛を受け入れるわけにはいかない事情がきっとあるのだろう。その事情が解決すればきっとマリーは私の愛を受け入れてくれる。その時まで私は待つことにする。

ああ、マリー。心の底からお前に惚れている。お前なしには私の未来はない。これからマリーに会いに行く。マリーは今夜も私をやさしく迎えてくれる。


書いたメモを読み返した。フンフン、なかなかいいできばえの文章だ。哀れな「昼の私」への「夜の私」からのささやかなメッセージだ。悩めよ。混乱しろよ、「昼の私」。フフフ、笑いがこみ上げてくる。愉快だ。

メモ帳を内ポケットに入れると歩きだした。午前一時を過ぎた松山飲食街はまだ活気に満ち溢れている。繁華街の通りはスーツ姿のサラリーマンたちが大声で喚きながら歩いている。スナックを探している者たちや家に向かっている者たちが通りで交錯している。行き交うサラリーマンたちに、「やあ。元気か」「やあ、がんばれよ」「やあ、くそったれ」「やあ、死に損ない」などと言いながら歩いた。私の挨拶に、「やあ」「やあ」「やあ」という言葉が返ってきた。

明るい交差点を過ぎ、薄暗い路地に入った。うす暗い路地を歩いていくと国道五十八号線に出た。数十メートル先に陸橋が見えた。陸橋に行き、陸橋に上った。車のタイヤが車道を踏む音だけが聞こえる、誰も歩いていない陸橋を渡り、歩き続けた。歩き続けていると喉が渇いてきた。酒が飲みたくなった。路地を左に曲がり、暫く歩いて今度は右に曲がって進んだ。コンクリートのビルに挟まれて存在している小さな赤瓦の木造家があそこにある。その家はタケばあさんの商店だ。あの電信柱の隣にある。あれ、暗い。電信柱の後ろから道路に漏れているいつもの光がない。おかしい。なぜだ。急いで歩いた。タケばあさんの商店は閉まっていた。コンビニエンスが増え、時代の波に押しつぶされて潰れたのか。それともタケばあさんが死んだのか。とにもかくにも、閉まっている商店から酒は買えない。酒を売っている店を求めて歩き続けた。

路地を右に曲がり、大通りに出て歩き続けた。ぱーっと明るい光を発している場所が見えた。コンビニエンスストアだ。コンビニエンスストアに入った。店の奥にある酒コーナーに行き、あわもりの三合瓶を取った。瑞泉、菊の露などあわもりの種類は色々だが、どれでもいい。酒は酒であればいい。カウンターで精算を終わった時に店員が酒をビニール袋に入れようとした。「ビニール袋は駄目だ」　三合ビンをビニール袋に入れるのを止め、茶色の紙袋に入れるように指示した。歩きながらラッパ飲みする時は茶色の紙袋と決まっている。茶色の紙袋に入れて飲むとしっくりとくるがビニール袋ではしっくりとこないのだ。

コンビニエンスストアを出ると、三合ビンの蓋を外して、ごくごくとあわもりを飲んだ。うう、すっきりするー。飲んでは歩き、歩いてはごくごくと酒を飲んだ。私は旅人だ。酔いどれの陽気な街の旅人だ。明るい路地から暗い路地へ、暗い路地から明るい路地へと夜の旅を続ける。

酒を飲みながら路地を歩き続けた。やがて久茂地川に出た。急ぎ足で久茂地川の橋を渡り、シャッターが下りている静かな通りを歩き続けた。ゆるやかな坂を上っていくと国際通りに出た。

国際通りを横切って路地に入った。ゆるやかに曲がりくねっている路地を歩き続けた。

マリーのいるところ、それはマリーの館と呼ばれているところ。路地にはマリーの館へ続く一本の糸がある。いくつもの分かれ道でもマリーの館へ続く糸は一本だ。私はその一本の糸に導かれながら歩き続ける。分かれ道に来るたびにマリーの館へ繋がっている糸を見ながら歩いた。その糸は私の本能しか見ることはできない。本能に任せて歩き続けるだけだ。

暗い路地の角を何度も曲がり、そろそろマリーに会えるとわくわくして歩いていると、マリーの館に繋がっている路地では見たことのない大通りに出てしまった。

「くそー」

ここはどこだ。外灯の明かりが黒いアスファルトを白く照らしている。見たことがあるような気がする。しかし、ここはマリーの館につながっている通りではない。ここはマリーの館に繋がっている糸からはずれた場所だ。くそ。マリーの館にもう少しで辿り着くと思っていたのに。どうしてマリーの館とは違う場所に来てしまったのだ。私の本能は途中でミスを犯してしまったようだ。ここはどこの通りなのだろうか。見たことはあるような気がする。しかし、分からない。どこへ歩いていけばいいのか分からなくなってしまった。立ち往生した私は苛々してきた。しかし、苛々していては駄目だ。ここは那覇の街のどこかだ。ここに来たことがあるかもしれない。落ち着いて回りを見ることが大事だ。私は自分に言い聞かせ、ゆっくりと辺りを見回した。

小さな店舗がずらーっと並んでいる。若い頃によく見た風景だ。ああ、分かった。ここは多分平和通りの一角だ。道の真ん中に立ち、通りのずっと向こうまで見た。やはりここは平和通りだ。いつの間にか平和通りに出ていたのだ。私の本能は路地のどこかでマリーの館に行く道を間違えたようだ。

来た道を振り返った。小さな暗い路地の外灯の光が家々の壁を照らしている。引き返して再びマリーの館へつながっている路地を探さなければならない。長い間歩き続けている肉体は疲れているようだが、マリーに会いたい情熱は全然疲れていない。酒をかなり飲んでいる本能は活力があり、マリーの館への道を間違えるはずはない。道を間違えたのは何かが邪魔をしたのだ。私とマリーの間を断ち切ろうとした邪悪な何かが邪魔をしたのだ。フン。そんな邪悪なものを恐れる私ではない。マリーに会うのだ。マリーに会うのが私の運命だ。

見失ってしまったマリーの館へとつながっている糸を見つけようと、歩いてきた路地を引き返した。しかし、迷路のような路地で一度見失った糸を見つけるのはかなり難しい。

探し続けた。路地から路地へ歩き続けた。三合瓶の酒をラッパ飲みし、右によろよろ左によろよろしながら歩き続けた。マリーのところへの道はどこだ。マリーの館へ繋がっている糸は一体どこにあるのだ。

運命の糸は必ず見つかるはずだ。私は本能に任せて歩き続けた。しかし、マリーの館に繋がっている運命の糸はなかなか見つけることができなかった。しかしあきらめるわけにはいかない。見つけるまで歩き続けるのが私の運命だ。歩いて歩いて歩き続けるのだ。路地から路地へ歩き続けた。しかし、マリーの館へ繋がっている運命の糸を見つけることはできなかったし、見覚えのある道路や広場に出ることもできなかった。歩き続けているうちに自分のいる場所がどこなのか分からなくなっていた。

どこに向かって歩いていけばいいのかわからなくなり、立ち往生した。迷路のように複雑に絡み合った路地を一筋の糸を手繰って辿りつくのがマリーの館だ。一筋の糸を見失ってしまったらマリーの館に辿り着くのは不可能に近い。糸を見失った私は迷子になってしまっていた。迷子になったら、一般的には迷路から脱出するのが第一の課題であるが、私にとってはマリーに会うことが第一の目的だったから、迷路から脱出したいという気持ちは全然なかった。

迷路から脱出するためにではなく、マリーに会うために再び歩き始めた。酔っている性で目がぐるんぐるんと回る。道は左右に揺れて道路沿いのシャッターが急に間近に迫ってきた。シャッターを避けることができなくてシャッターにぶつかった。ガシャーンという音が路地の闇に流れた。マリーのところに最初に行った夜も目がぐるんぐるんと回るくらいにひどく酔っていたのを思い出す。喚いて那覇の迷路を歩き続けた青春時代。酔っ払って喚いて、迷路のような路地を歩き続けた酒の日々の青春時代。曲がりくねった迷路を当てもなく、どこまでもどこまでも永遠に歩き続けた果てにマリーの館に辿りついた。なつかしい青春の一ページだ。ああ、マリー。永遠の青春。

若い頃を思い出しながら歩きつづけた。那覇の迷路は永遠に脱出できない迷路ではない。歩き続けていれば、国際通りに出るかそれとも開南通りに出るか、とにかく大きな通りに出る。歩き続ければどこかに出る。私はどこに出るのだろうか。大道か、牧志か、開南か、松尾か。それらの場所に出るのは簡単だ。しかし、マリーの館に辿りつくのは簡単ではない。

マリーに会うために歩きつづける。マリーに会った時の喜びを思い描きながら歩きつづける。

しかし、歩いても歩いてもマリーの館に辿りつくことができなかった。大道、牧志、開南、松尾などの、知っている場所に出ることもできなかった。まるで無限大に広がっている迷路を歩き続けているような気がする。なぜ、迷路から抜け出すことができないのだ。歩いている場所は那覇の街の一キロ四方もない広さの地帯であるはずだ。それなのになぜ私は迷路から出ないのだ。もしかすると私は同じ道を何度も歩いているのかもしれない。それはありえる。酔っているから足元はふらつき、路地を右左によろよろと歩いている。それに視力も衰えていて目の前しか見ることはできない。同じ路地をぐるぐると歩いているのだろうか。マリーの館に繋がっている糸は一体どこにあるのだ。マリーよ。私をマリーの館に導いてくれ。

くそ、私の本能よ。しっかりしてくれ。マリーの館に繋がっている運命の糸を見つけるのだ。本能を活性させるためにごくごくと酒を飲んだ。

この路地はさっき歩いたのではないだろうか。分からない。どこもかしこも似たような情景だ。この路地を二度歩いたのかどうかを確かめることができない。しかし、そんなことはどうでもいい。歩き続ければマリーのところに辿りつくはずだ。本能に任せて歩くことが今の最良の方法だ。とにもかくにも歩き続けるしかない。

ゆるやかに曲がっている暗い路地にぽつんと赤い灯りが見えた。闇の中のさびしそうな灯りだ。マリーの館かも知れないと思って一瞬心が騒いだが、すぐにその思いは打ち消された。マリーの館はこんな路地にはなかった。マリーの館にあんな赤い灯りはなかった。赤い灯りの方に進んだ。どうやら赤い灯りは立て看板の光のようだ。なおも赤い灯りに近づいていった。予想した通り赤い灯りは立て看板だった。立て看板は喫茶店かスナックの看板のようだった。もっと近づいていった、看板の文字が読めた。看板にはスナックカジマヤーと書かれていた。どうやら迷路の中を歩いているうちにひっそりと佇んでいるスナックに出会ったようだ。酒が切れていたのでほっとした。スナックカジマヤーで酒の補給ができる。それに歩き続けてひどく疲れていた足に暫しの休息を取らせることができる。

赤いペンキを塗った鉄製のドアを開けてスナックカジマヤーの中に入った。部屋は薄暗く赤っぽい照明が部屋全体を覆っていた。カウンターには六つの椅子があり、テーブルは二つだった。客は初老の男が一人だけで、カウンターの奥に座っていた。カウンターには二十歳そこそこの若いホステスと五十歳を超えている中年のホステスの二人が居た。若いホステスはカウンターの奥の客とぼそぼそと話していた。年寄りのホステスは居眠りをしていた。

私が入ってくると、若いホステスが、「いらっしゃいませ」と言った。若いホステスの声に居眠りをしていたホステスが顔を上げた。疲れ果てていた私はカウンターの椅子に座わった。すると、赤い口紅をした若いホステスが近寄ってきた。

「なにを飲む」

ホステスは素っ気無く言った。

「あわもりをくれ」

ホステスは黙ってカウンターから離れ、グラスにあわもりを注ぎ、あわもりの水割りを作るとカウンターに置いた。そして、カウンターの奥の方に戻って初老の客と話を続けた。サービスの悪いスナックだ。頭にくる。しかし、今はアルコール補給が必要だ。酒を一気に飲んだ。

そして、

「あわもり」

と言った。若いホステスが面倒くさそうにやってきて、グラスを取り、あわもりの水割りを作ってカウンターに置いた。私はあわもりを一気に飲んで乾いていた喉を潤した。

「おい」

若いホステスを呼んだ。若いホステスは前に立った。

「あわもり」

若いホステスはあわもりをグラスに注いでテーブルに置くと、奥に戻った。

「おい」

若いホステスを呼んだ。若いホステスは前に来た。

「ここはどこか」

若いホステスに訊いた。

「ここはどこかって」

若いホステスは鼻で笑った。

「本気で訊いているの、お客さん」

フン。ここがどこか分からないから、ここはどこかと聞いたのだ。本気で聞いているのは当然だ。私は生意気な若いホステスに怒りがこみ上げてきた。

「ああ、本気で聞いている。本気で訊くのが悪いか」

若いホステスは私の顔をまじまじと見た。

「あんたはウチナーンチュ（沖縄人）だろう。ナイチャー（本土人）の真似するなよ」

若いホステスは私がウチナーンチュなのかそれともナイチャーであるかを区別するために私の顔をまじまじと見たようだ。「ここはどこか」と聞くのはこの場所が分からないからであってウチナーンチュとかナイチャーとかは関係ない。失礼な奴だ。

「私はウチナーンチュだ。ナイチャーの真似なんかしていない。お前の言っている意味が分からない。なぜ私がナイチャーの真似していると言うのだ」

「ウチナーンチュならここがどこであるか誰でも知っている。知らない振りをしているからナイチャーの真似をしていると言ったのさ」

若いホステスにナイチャーの振りをしていると言われたのに私はカチンときた。

「私がウチナーンチュというのは一目で分かる。マジマジと見る必要はない。臭い芝居をする女だ。ここは牧志か松尾かそれとも開南であるだろう。私は酔って迷路のような路地を歩き続けたので正確な場所が分からなくなっただけだ。女、臭い芝居をしないでここがどこか教えろ」

若いホステスは、私が「臭い芝居をする女だ」と言ったことにカチンときたらしく、私を睨んだ。

「なにが臭い芝居よ」

「見え見えの臭い芝居さ。私は全然ナイチャーの振りはしていない。酔っ払って曲がりくねった路地を歩き続けたからここの場所が分からなくなっただけだ。私の顔を見ろよ。どう見てもナイチャーには見えないだろう」

「それは分からないよ」

「分かるよ」私は吐き出すように言った。

しかし、若いホステスは気が強いようで私の怒った声にたじろがないで、

「ふん」

と、反発して一歩も下がらなかった。頑固で頭の悪い女だ。苛々する。

「私はどこから見てもウチナーンチュだ」

「どうだかねえ」

ホステスの居丈高の態度に私はカチンときたから、

「おい。どうだかねえとはどういうことだ。私のどこがナイチャーの真似をしていると言うのだ。はっきり言え。いいか、私はウチナーンチュだ。前から見ても横から見てもウチナーンチュだ。どうだかねえとは一体どういうことだ。答えろよ」

私の声は大きくなっていた。大声に驚いて、中年のホステスがやってきた。

「すみませんねえ、お客様」

お辞儀をして、

「ナビー。お客様を怒らせてはいけないでしょう。お客様に謝りなさい」

中年のホステスはナビーという若いホステスを叱った。

ナビーは黙ってお辞儀をした。

「ちゃんと声を出して、すみませんと謝りなさい」

「はい。ママ」

ナビーはママに注意されて、「すみません」と謝った。

「すみませんねえ、お客さん。躾がなってなくて。ナビー。ちゃんとお客さまの相手をしなさいよ」

ママはお辞儀をすると奥の方に去って行った。私とナビーの間には気まずい空気が流れた。こんな態度の悪いホステスを相手に酒を飲む気にはならない。私はマリーのところに行く途中だ。体力が回復したのでスナックカジマヤーを出て行くことにした。

「ナビー。マリーという女を知らないか」

私はナビーに聞いた。するとナビーは、

「知らないわ」

あっさりと答えた。もしかすると知っているかも知れないと淡い期待をしたのだが駄目だった。

「豊さんはマリーという女を知っているか」

ナビーは奥に座っている初老の男に聞いた。豊という男は「ううん」と腕組みをした。

「マリーという女か。聞いたことがあるなあ。コザ市の仲ノ町にマリーという女がいたような気がする」

私が聞きたいのはここら一帯に居るはずであるマリーで

あって遠く離れたコザ市に居るマリーではない。

「コザ市の仲ノ町だとう。俺にコザまで行けというのか。冗談じゃない。那覇だ。那覇の街に居るマリーを探しているのだ」

「マリーという女はスナックで働いているの、お客さん」とママが訊いた。マリーのところはスナックなのか洞窟なのか、それともスナックのような洞窟なのか、洞窟のようなスナックなのか、それともライブハウスなのか私ははっきりとは知らなかった。マリーのところは館と呼ぶのがふさわしいが、館といえばこいつらは目を丸くした後に那覇には館なんかないといい、私がふざけていると笑うだろう。だから、館と言うわけにはいかない。

「スナックだろうな。さもなければライブハウスだ」

「豊さんは知っているか」

ナビーは奥の男に聞いた。男は腕組みをして「ううん。マリーの居るスナックかライブハウスが」と言いながら考えた。

「確か、三原あたりにあったと思うな」

私ははっとした。私は那覇の旧中心街にマリーは居ると思っていたが、もしかしたら三原あたりに居るのかも知れない。

「三原のどのあたりだ」

私は訊いた。

「それは知らない。三原あたりではないかも知れない。もしかすると国場あたりかもしれない」

豊という男は暫くの間考えていたが、

「ううん。知らないなあ。でもけっこう美人だった。目が細くてぽっちゃりとして可愛かったよ」

私はかーっと頭にきた。その女はマリーとは違う。

「マリーは目は大きくしなやかな体をしている。目が細いだとう。ぽっちゃりだとう。冗談はいうな。その女はマリーじゃない。私が聞いているのは本物のマリーについてだ。真剣に答えろよ」

腹を立てた私に豊という男は、

「すみません」と体を小さくした。

ナビーは私に逆切れした。

「なに勝手なことを言っているの。いきなり店に入ってきて、他所の店の女の名前をたずねて、親切に考えてあげたら怒って。あんたさあ、なに様なのよ」

「私は私様さ。私はマリーのことを聞いただけだ。分からなければ最初から分からないと言えばいい。分からないのに分かったふりをするのは私を馬鹿にしている。だから腹が立ったのだ。腹が立ってなにが悪い」

ナビーは、

「出て行け」

と出口を指した。

「ああ、出て行く。マリーは自分で探す。ところでだ」

私は三合ビンを出してカウンターに置いた。

「これに酒を入れろ」

「はあ」

ナビーは私の要求していることが理解できないようできょとんとしていた。

「だから、三合ビンの酒が空になったから酒を入れろと言っているのだ。」

私の要求に憮然としたナビーは棚から五合瓶をカウンターに置いた。「お客さん。一本一万三千円だよ」と言った。

「それはスナックで飲む時の値段だろう。私はここでは飲まない。この三合ビンに酒を入れろ。千円を払ってやる。それでも商店の二倍以上の値段だ」

ナビーは、

「ここはスナックよ。五合瓶で一万三千円。買わないなら出て行け」

「酒を入れろ」

「いやよ」

私とナビーが言い争っていると、ママが、

「ナビー。喧嘩はやめなさい」

とナビーをいさめた。

「お客さんの三合ビンに酒を入れなさい。千円でいいから」

「はーい」

ナビーはママの命令には素直だった。ナビーが三合ビンに酒を入れたので、私は金を払ってスナックカジマヤーを出た。

スナックカジマヤーを出て数歩歩いた時に、ここはどこなのかをナビーに聞き損ねたことに気づいた。スナックカジマヤーに引き返して、ここがどこなのかを聞きたかったが、生意気な小娘と顔を合わすのは嫌だったから、スナックカジマヤーに戻るのをやめた。

再び薄暗い路地を歩き続けた。しばらく歩いているとスナックのネオンが見えた。私はスナックに入り、マリーのことを尋ねた。しかし、誰もマリーのことを知らなかった。暫く歩いていると再びスナックのネオンが見えた。私はスナックに入り、マリーのことを尋ねたが誰もマリーのことを知らなかった。スナックを出て私はマリーを求めて歩き続けた。暫く歩いていると緩やかな坂を下っていた。いつか歩いたことのある坂だ。なぜこんな所に私は来たのだろう。不思議だ。私は見覚えのある緩やかな坂をよたよたと下っていった。坂は緩やかなカーブになっていて、カーブを過ぎて坂を下りきると平和通りに出た。私はマリーのところを求めて迷路のような路地を歩き続けたあげくに再び平和通りに来ていた。私は愕然とした。なぜだ。マリーのところへなぜ行けないのだ。私は、

「わー」

と嘆きの叫びを空に向かって放った。

マリーの館へ行けないくやしさと苛立ちと失望に襲われ、私は当てもなく歩いた。平和通りをきまぐれに左に曲がり、よろよろと歩き続けた。暫くすると左側に急な坂が見えた。なつかしい坂だ。この坂は桜坂飲食街に通じている坂である。私は坂を上った。坂を上り切ると急に疲れがどっと出た。私は道路の端にへたり込んだ。回りは光の部分と闇の部分が交錯していた。

十五年以上前のことだ。桜坂のおでん屋で酒を飲んでいた私はおでん屋を出てこの坂を下って当てもなく路地から路地へ歩いていているうちにマリーに出会った。美しいマリー。この那覇の街のどこかに居るマリー。マリーに会いたい。しかし、マリーのところに繋がっている一本の糸を見失ってしまった私は、この坂を下って行ってマリーのいる所に行くことができそうにない。疲れ果て、マリーを求めようとする本能も萎えてしまった。今日はマリーに会うのを諦めざるをえない。

涼しい風が吹いた。汚れた街のにおいがアスファルトに浸み込み、アスファルトに浸み込んだにおいを道路の表面を走る風が舞い上げて私の鼻に送ってきた。そのにおいは昔と同じにおい。青春時代と同じにおいだ。急に青春時代の情感が胸に蘇ってきた。ボードレール、エドガー・アラン・ポー、カミュー、ブルトン、バタイユ、ベケット・・・・・・脳裏に十五年前に熱中していた詩人や小説家の名前が浮かんできた。胸が甘酸っぱい何かで締め付けられるような感じがした。理由もなく切なくなり、目から涙が溢れ出ていた。今も昔と同じ生活をしていたらどんなによかっただろう。貧乏でもいい。孤独でもいい。無名でもいい。ただただ詩人でありたかった。詩人として生きようとしていたあの時代が最高に幸せな日々だった・・・詩と酒の日々・・・なんて美しい響きだろう。純粋な精神が純粋なままでいられる世界が詩と酒の日々だ。世の中の汚れに引きずり込まれるのが嫌だった。純粋なまま生き続けたかった。社会の汚れに交わらないでひっそりと生き、自分が書きたいことを自由に書く。そんな生活をやりたかった。

私は大学を中退しても定職に就かないでアルバイトをしながら詩作に没頭する生活をしていた。おんぼろな貸家で質素な生活をしていた私は幸せだった。しかし、親が私の詩と酒の生活を許さなかった。親に内緒で大学を中退した私を責め、詩と酒の生活を自堕落な生活と決めつけ、私を強引に実家に連れ戻した。そして、精神病院の医者は私にアルコール依存症というレッテルを一方的に貼りつけて私を精神病院に閉じ込めた。私は自分から酒の日々を求めたのであり、詩の世界とアルコールは切っても切れない強い絆だったのだ。私は一般常識でいうアルコール依存症ではなかった。それなのに、俗人であった親と医者はアルコール依存症を治療するという名目で私の詩の魂を奪った。

半年で、冷酷で無慈悲な精神病院を退院した。詩人の魂を抜かれた私は抜け殻のような人間になり、一年間はなにもしないで実家でぶらぶらした。それから、アルバイトや臨時職員などをしながら会社を転々としていたが、定職に就かない私を心配した母親は母親の兄である叔父に頼んで、叔父が経営している琉球興産に無理矢理就職させた。アルバイトや臨時職員をしながら、家賃の安いアパートを借りて以前のような詩と酒の生活に戻りたかったが、家族も親戚も、詩と酒の生活を自堕落な生活と決めつけ、私が詩と酒の生活をすることを絶対に許さなかった。

大学を中退した時に、親に内緒で首里の古い貸家に引っ越した。そして親に連絡をしないで、酒と詩の日々を過ごしていた。私は親の世話にならなければ私の生きたいように生きることができると信じていた。しかし、親は私を探し出し、強引に家に連れ戻した。沖縄のどこに住んでも親は私を探し出して家に連れ戻していただろう。そして、精神病院に私を入院させていただろう。今、考えると、家族や親類の束縛が強い沖縄を脱出して東京に行けばよかったと思う。家族や親類の目の届かない大都会東京に住んでいれば自由に生きることができ、詩と酒の日々を送ることができただろう。東京には私と同類の人間が何人も居るだろうから、新しい仲間と出会い、充実した詩と酒の日々を過ごすことができたに違いない。

しかし、あの時は親に連れ戻され精神病院に入れられることを予想していなかったので、東京に行こうとは考えなかった。それが私の人生の大きな失敗だった。

二度と戻らない私の詩と酒の日々。私の自由。私の青春。言いようもないさびしさと切なさがこみ上げてきて、溢れ出る涙は頬を流れてアスファルトに落ちた。涙は私が私を哀れみ悲しんでいる涙だ。嗚咽がアスファルトに跳ね返って耳の鼓膜を振るわせた。

いつまでも夜であればいいのにと思う。しかし、いつまでも夜が続くことはない。夜が刻まれていく果てに必ず朝がやって来る。残念であるが、今は闇が次第に明るさに支配されていく前兆の夜明け前の刻だ。ちっぽけな私は冷酷な社会の束縛に抗うことはできないし、自然の流れに抗うこともできない。やがて、夜は朝になる。私は社会の束縛と自然の法則にせかされて立ち上がった。

冷酷な自然の流れに抗うことはできないと知っていながら、

「どうして朝がやってくるのだ」と心はくやしがる。「朝なんかやって来ないほうがいい」とくやしがる。

「いつまでも夜であったほうがいい」とくやしがる。

しかし、どんなにくやしがっても、冷酷な自然は夜の世界から昼の世界に変貌させる。私は歩きながら苛つき、冷酷な自然の時の流れに不平を吐いた。

孤独を破壊する昼の世界がやってくるのは嫌だ。朝が来ると家に帰らなければならない。朝は来るな。朝が来るとマリーを探し回って闇の路地を歩き回ることができない。明るくなればなるほどマリーから遠ざかっていかなければならない。自然の法則に不平を言いながら、暗い気持ちの私は国際通りに向かって歩いた。

国際通り。二車線の狭い狭い国際という名の通り。小さな島の狭い道路で国際を名乗るずうずうしさには笑えてくる。暗い気持ちとふてくされの気持ちで、私は国際通りに苦笑する。タクシーが来た。私は手を上げた。タクシーは停まり、タクシーに乗った。

「なぜ、朝がやって来るのだ。くそ、おもしろくない。朝なんか永遠に来なければいいのだ」

タクシーの中で、朝がやって来ることにぶつぶつ文句を言った。自然の法則は冷酷である。時間の法則は残酷である。時間は確実に動き、夜は必ず明けていく。そして、朝の明るさに私の自由は縮んでいく。

タクシーは走り続け、心は次第に重くなっていった。タクシーはある家に向かって走っている。その家に近づけば近づくほど私の心は重くなるのに、家に向かっているタクシーを先導しているのは私だ。皮肉だ。ますます憂鬱になる。歩道橋が見えた。私は指示をする。

「歩道橋を過ぎてから左に曲がって」

タクシーは左折する。心と体が次第に重くなる。このまま、当てもなくタクシーを走らせたいが、現実の重さが自由を許さない。

「あの十字路を右に曲がって」

出したくない言葉を出す。私の言葉を忠実に守るタクシーは右折した。そして、緩やかな坂を上った。生きる気力が弱くなってきた私はとても眠くなる。しかし、眠るのを我慢して、

「次の十字路を左に曲がって」

と指示する。坂を上り切ったタクシーは左折した。

「そこで停めて」

タクシーは停まった。私はタクシーから鉛のように重たい体を下ろした。重たさで地上に這いつくばりそうになった体をゆっくり立ち上がらせて家の前に立った。

五十坪の敷地を灰色のブロックが囲っている。ここが利枝子という女と美代という子供とますみという子供が住み、私が仕事をして給料を稼ぐ義務を強制するアットホームというわけだ。彼女たちの幸せを、私の犠牲的愛と給料が保証している。

灰色のブロックに囲まれた二階建ての建売住宅。隣とその隣とまたその隣りと全く同じ形の住宅だ。世の平均的な生活と平均的な家族愛が築かれているアットホーム。家族愛という鉛のように重たい義務を私に強制するためにこの家は建っている。私の孤独と自由の世界を犠牲に

することによって築かれているアットホームよ、くそくらえと叫びたくなる。でも鉛のように重たい義務に圧されている私は黙っている。

　やがて、明るい朝になる。私は家に入らなければならない。それが私が守らなければならない社会的義務というやつだ。社会的義務か。フフ。笑わせる。鉛のように重たくなった肉体を動かしてアルミサッシュの門を開けた。ポケットから鍵を取り出しながら玄関に近寄った。玄関の扉の鍵穴に鍵を入れ、ぐいっと右に半回転させてロックを外して扉を開けた。玄関に入ると利枝子という女が立っていた。

「お帰りなさい」

表面はやさしい愛のこもった声であるが、その裏には冷たい皮肉が込められていることを私は知っているのさ。フフ。しかし、黙っておこう。

　利枝子というこの女は芸術を知らない。この女は文学を知らない。この女は私の詩を知らない。そんな女のくせに私のことを知っている積もりでいる。フフ。笑わせる。私のことを全然知らない女とは一言も話したくない。だから、利枝子と言う女を無視して、黙って靴を脱いだ。

「お早いお帰りですね。どこに行っていたの」

利枝子という女は私に棘のある皮肉交じりの質問をした。なんて詰まらない質問だ。馬鹿らしいから私は答えない。利枝子は私が答えないことを知っている。利枝子は利枝子の質問に私が答えないことを知っていながら質問をしたのだ。だから私が答えなくても利枝子はなんとも思わない。そんな女だ。

「俺がどこに行こうと俺の自由だ。芸術の世界を知らない女は黙れ」と私は叫びたかった。

　しかし、私は我慢した。芸術を知らない女にお前は芸術を知らないと言ったところでそれは意味のないことだ。

　この女はボードレールの「パリの憂鬱」を知らない。カミューの「シューシポスの神話」を知らない。エドガー・アラン・ポーの「大鴉」を知らない。ジャン・ジュネの「花のノートルダム」を知らない。ブルトンの「ナジャ」を知らない。ベケットの「勝負の終わり」を知らない。この女は不条理を知らないしシュールリアリズムを知らない。この女は私の詩を知らないし文学を知らない。この女は芸術の世界を全然知らない。ぜーんぜんだ。フン。げす女め。こんな女が私に、「お早いお帰りですね。どこに行っていたの」などと皮肉を言う資格なんかない。私は利枝子という女を睨んだ。

「おかゆを食べますか。大分酒を飲んだようだからおかゆで胃の荒れを癒した方がいいですよ」

利枝子という女は澄ました顔で言う。おかゆ、おかゆ、おかゆ。くそ。なにがおかゆだ。マリーに会えなかった私の深い悲しみを知らないこの女は私におかゆを食べますかなどと平気で言う。無神経な女だ。なにがおかゆを食べますかだ。胃がただれようと胃が傷つこうと私はかまわない。そんなことは大した問題じゃない。マリーに会いに行ったのにマリーに会えなかったことが大事な問題だ。マリーに会えなかった私の悲しみを知らない女は私を皮肉なまなざしで見ている。なぜ、こんなくだらない女が私の目の前に居るのだ。芸術を知らない女。私が会社の奴隷となって給料のために仕事をするのを喜ぶ女。私を牛か馬のようにみている女。げすな女。ああ、苛々する。

「お風呂に入りますか」

げす女の声が聞こえた。「お風呂に入りますか」だって、どうしてそんなことを平気で言うのだ。私が疲れ果てているのが分からないのか。私の体は鉛のようだ。歩くのも辛い。私は眠い。とても眠い。そんな私がなぜ風呂に入らなければならないのだ。どうしてこの女は私の心情を逆撫ですることだけを言うのだ。私の体を一から十まで管理しようとする女め。どうせお前の目的は私の体を健康にして牛馬のようにばりばり働かすことだ。私を詩と酒の世界へ行かさない女。芸術を少しも愛していない女。私はこんな女と結婚するべきではなかった。

詩を書く極貧の生活。自堕落な生活。酒びたりの生活。私が安住できるのはそんな生活だったのだ。おかゆは要らない。風呂には入らない。胃を丈夫にすることも体をきれいにすることも嫌だ。芸術を知らない女の声はなんて冷たいのだ。利枝子という女の声は機械的で冷淡な声だ。その声を聞くと私の体は凍っていくようだ。嫌だ嫌だ嫌だ嫌だ嫌だ嫌だ。この女の声を聞くのは嫌だ。

私は顔を伏せて寝室に向かった。寝室に入るとスーツを脱ぎ捨ててベッドに入った。

「あなた。靴下は脱いでください」

嫌な女の嫌みの声が聞こえる。

「もう、靴下を抜がないで寝るのだから。仕様がない人」

やさしさを装った嫌みな女の声なんか聞くものか。私は布団を被って耳を覆い目を瞑った。闇の中。嫌みな女の声が遠のいていった。

目が覚めた。ここはどこだろう。一瞬、私は私がどこにいるか不安になった。布団の感触や天井を見て、私は家のベッドに寝ていることを知った。私はほっとした。

昨夜はクラブ紫に新垣さんを案内した。新垣さん好みのはるかがクラブ紫にいたからだ。私の計画はうまくいっていた。新垣さんははるかが居たので喜んでいた。私の接待は成功していた。それから、どうしただろう。記憶がない。いつの間にか私は私の家に帰っていた。ああ、私は朝帰りをしたようだ。どうして私は朝帰りをしてしまうのだ。自分が嫌になる。情けなくなる。昨夜もまた私はマリーという女性に会いに行ったのだろうか。気持ちが重たくなる。自分に呆れてしまう。どうして私はこんな愚行をやってしまうのだろうか。体が重い。気が重い。憂鬱だ。起き上がる気になれない。

昨夜の何時頃から私の記憶はないのだろう。私は昨夜のことを思い浮かべた。私は新垣さんをクラブ紫に連れて行った。車はテナントビルの屋上に駐車した。そして、クラブ紫に行き、はるかは新垣さんの側に座った。はるかに一目惚れした新垣さんは上機嫌で、座は盛り上がった。九時に社長が来た。社長は十時に帰った。それからも座は盛り上がった。しかし、クラブ紫を出た記憶がない。私はクラブ紫を出た頃から泥酔していたのだろうか。新垣さんはどうしたのだろう。無事に家に帰っただろうか。クラブ紫を出た後の行動について私は全然覚えていない。どうしても思い出すことができない。情けない。どうして私は朝帰りをしてしまうのだろう。

私は私に失望し、利枝子や美代やますみにすまない気持ちで一杯になった。メモ帳にはマリーへの恥ずかしいほどのあからさまな愛を「夜の私」が書いてあるかもしれない。利枝子はメモ帳を見ただろうか。私との信頼が深まった利枝子はメモを読んでも動揺はしないと思うが、朝帰りをしないと決心をしながらも朝帰りをやってしまう自分が情けなくなる。私は起き上がりスーツの内ポケットからメモ帳を出した。あってほしくない「夜の私」が書いたメモはやっぱりあった。


これからマリーに会いに行く。マリーには振られた。でもそれはマリーの本心ではないと私は信じている。マリーに私の愛を受け入れるわけにはいかない事情がきっとあるのだろう。その事情が解決すればきっとマリーは私の愛を受け入れてくれる。その時まで私は待つことにする。

ああ、マリー。心の底からお前に惚れている。マリーなしには私の未来はない。これからマリーに会いに行く。マリーは今夜も私をやさしく迎えてくれる。


うんざりするメモだ。「夜の私」はマリーに振られたようだ。おめでとう「夜の私」。マリーに愛を打ち明けたが振られ、それでもマリーに愛を打ち明ける「夜の私」。低俗な恋愛ストーリーを「夜の私」は展開しているようだ。「マリーなしには私の未来はない」とは安っぽい芝居のセリフだ。私はメモを見て、「夜の私」が品のない下司な人間に思えた。泥酔していたとはいえ、「夜の私」が私の中に存在するとはどうしても納得できない。泥酔した私が繰り返す三流ロマンのメモには呆れてしまう。利枝子はこのメモを読んだだろうか。とにかく、このメモは会社のシュレッターで処分しよう。

メモ帳をスーツのポケットに入れた後に、私は家の中の異変に気がついた。家の中が静か過ぎる。私は耳を澄ました。やはり静か過ぎる。娘たちの動く気配が感じられない。利枝子と娘たちは家には居ないようだ。家の中はしーんとしている。誰も居ないので家族でどこかに出かける予定があったかも知れないと一瞬ひやっとしたが、今日は家族で出かける予定はなかったことを思い出してほっとした。

冷蔵庫からお茶のペットボトルを取り、コップに注いでいる時に電話が鳴った。私は急いで電話を取った。

「もしもし」

「もしもし。利枝子です。今起きたの」

利枝子は私が起きた頃を見計らって電話をしたようだ。

「ああ、今起きた。今日はすまない」

「え、なんのこと」

「朝帰りしたこと」

「そのことですか。仕事のせいですもの。仕方ないわ」

「ああ」

「頭は痛くありませんか」

「少し痛い」

「頭痛薬を飲んだら」

「いや、そんなに痛くないから、薬を飲まなくても大丈夫だ。お前はどこから電話しているのだ」

「那覇の四越デパートからよ。北海道の物産展をやっているから見に来たの」

「子供たちも一緒か」

「一緒よ。あなたも一緒に来たかったけど、ぐっすり寝ていたから起こすのがかわいそうと思って起こさなかったの」

「そうか」

「タラバ蟹を買おうかどうか迷っているの。どうするあなた」

「タラバ蟹か。たらば蟹と聞いてよだれが出て来たよ」

利枝子がくくっと笑った。

「それじゃタラバ蟹を買うわ。他に食べたい物がありますか」

「ううん。北海道と言えばじゃがいもとどうもろこしくらいしか思い浮かばない。お前に任せるよ」

「分かったわ。あなたの食事は準備してあります。テーブルに書き置きがありますから」

「そうか。ありがとう。あ、ちょっと待って」

「なに」

「私のメモ帳は見たか」

利枝子が数秒黙った。

「まだ見ていないわ。でも」

「でも、なんだ」

「メモはいつものように会社のシュレッターで処理するつもりなの」

「そうだ」

「それじゃあ、処理してください。私は見ないことにしたの」

「え、ほんとか」

「あなたを信じることにしたから。じゃ、電話を切るわ」

利枝子との電話は終わった。

　私はキッチンに戻った。テーブルには置手紙があった。


　娘たちと一緒に四越デパートの北海道物産展に行ってきます。鯖のおかずは冷蔵庫に入れてあります。レンジでチンしてから食べてください。味噌汁もあります。おかゆも作ってありますのでごはんを食べるのがきつかったらおかゆを食べてください。

利枝子

　私が朝帰りしたことに利枝子は腹が立って当たり前である。それなのに怒らないどころか食事だけでなくおかゆも作ってある。やさしい利枝子には頭が下がる。

　頭の痛みが取れた私はお腹が減ってきた。最初におかゆをあたためて小さいお椀に入れて食べた。それからレンジで鯖のおかずを温め、コンロで味噌汁をあたためて遅い朝食をとった。

　食事をした後に、私は新聞を読んだ。新聞を隅々まで読んだ後は何もすることがない。利枝子たちが帰ってくるまでまだ時間があるので、私は松山に行き、テナントビルの屋上にある車を取りに行くことにした。私は利枝子に電話した。

「もしもし」

電話には雑音が入った。

「私だ。今どこに居るのか」

「四越デパートにいるわ」

「私はこれから松山に行って車を取ってこようと思っている。どこかで待ち合わせして、家族で食事をしに行かないか」

「いいわね。どこで会いましょうか」

「松山に行ってからもう一度電話する。その時に待ち合わせの場所を決めよう」

「分かりました」

電話を切ると、着替えて外に出た。坂を下って団地から大通りに出て、タクシーを待った。陽射しがまぶしい。陽射しから身を隠す物がない歩道で私は立っていた。なかなかタクシーは来なかった。二十分ほどしてやっとタクシーが来た。

「松山まで」　タクシーに乗ると私は行き先を告げた。運転手はなにも言わないでタクシーは走り出した。タクシーの中は涼しい。

　松山に着き、テナントビルの屋上から利枝子に電話をした。しかし、利枝子はなかなか電話を取らなかった。三十秒ほど経過しても利枝子は電話を取らなかった。利枝子は電話に出られない状況のようだ。私は電話を切り、車に乗ると一階に下りていった。一階に下りた時、携帯電話のベルがなった。

「もしもし、あなた、ごめんなさい。車を運転していたの」

「そうか。今どこに居るのか」

「松尾の路地よ。車を停めるために国際通りから路地に入ったの」

「そうか。私はテナントビルから出たところだ」

「あなた。家で食事しませんか。だって北海道物産展でタラバ蟹とかおいしいものを買ったのよ。早く食べたいわ。美代とますみも早くタラバ蟹を食べたいって」

「そうだな。そのほうがいいな。私もタラバ蟹が早く食べたい」

「うふふふ。それじゃあ、私は家に向かうわ」

「分かった」

私は電話を切り、家に向かった。

## 利枝子は八重山の石垣島に行く

木曜日、机に向かって書類の整理を始めようとしている時に利枝子から電話が掛かってきた。

「もしもし」

「あ、あなた。私よ」

利枝子の声は震えていた。私は美代かますみに事故が起こったのかもしれないと不安になった。

「どうしたんだ」

「お母さんが倒れたって」

利枝子は八重山の石垣島出身で、利枝子の母親は長男である弟夫婦と一緒に石垣島に住んでいる。

「本当か。どうして倒れた」

「脳梗塞らしいの」

「え」

脳梗塞と聞いた瞬間、私の血の気が引いた。脳梗塞は死に至る確率が高い。もしかすると義母は危篤状態ではないかと心配になった。

「本当に脳梗塞なのか」

「ええ。父さんが電話でそう言ったわ」

「お母さんは大丈夫なのか」

「分からないわ。今集中治療室で治療しているらしいわ」

「そうか。心配だな」

「私、石垣に行ってみます」

沖縄で心配するより、石垣島に行き、直接母親に会ったほうがいい。

「そうだな。その方がいい」

「美代とますみも連れて行こうと思うけど」

私が二人の娘の面倒を見るのは難しい。利枝子が連れて行った方がいい。

「その方がいい」

義母は重病かも知れない。最悪の場合は死ぬ恐れもある。利枝子は心細いだろう。私も行った方がいい。

「私も行こうか」

私が言うと、

「仕事に差し支えがあるのではないですか」

利枝子は私の仕事のことを気にした。明日は金曜日でけっこう忙しい。午前中はマンション購入を希望している三人の顧客に浦添市と那覇市のマンションを案内する予定があり、午後は二人の顧客に西原町にある建売住宅を紹介し、その後、会社で飲食関係のテナントビルを建てたいという客と商談するスケジュールになっていた。しかし、私にとって大事なのは家族であり利枝子だ。明日の仕事は他の社員に代理を頼み、頼めない仕事は来週に変更することにした。明後日は土曜日なので会社は休日だ。土曜日には接待の仕事がよくあるが、今度の土曜日は接待のスケジュールは入っていなかった。

「それは大丈夫だ」

「できるなら一緒に行ってほしいわ」

利枝子はほっとしたようだった。

「わかった。私も行く」

「お願いします。私は航空便の空きがあるかどうかを調べるわ」

「そうしてくれ」

利枝子との電話を切り、私は社長に事情を話して、会社を早退することにした。

マンション案内は同僚の上地に頼み、飲食関係のテナントビルの商談は社長がすることになった。手配を済ませた私が会社を早退しようとしていた時に利枝子から電話が掛かってきた。

「もしもし」

「もしもし、利枝子です。今弟から電話があったの」

利枝子の声が落ち着いていたので、義母の死の危険は免れたと予感した。

「そうか。お母さんの容体はどんな状態だ」

「命に別状はないみたい。父さんが集中治療室で治療していると言ったから、お母さんの症状は重いかもしれないと心配したけど、それは父さんの勘違いで、実は治療ではなくて検査をしていたらしいの。医者が脳梗塞の疑いがあると言ったので、お母さんが死ぬかもしれないと父さんはパニック状態になったらしいわ」

「そうか、命に別状がなくてよかった」

「ほっとしたわ」

「半身不随になるようなことはないのか」

「そんな心配はないって」

利枝子の弟は母親の脳梗塞の症状は軽かったので見舞いに来なくてもいいと言ったという。

「どうしましょう」

利枝子は母親の病気が軽いと聞いても母親のことが気に

なるらしく落ち着かなかった。「どうしましょう」と私に言ったのは私に相談しているというより、母親のことが心配だから石垣島に行きたいという心情を表していた。

利枝子は私に石垣島に行けけと言ってほしいのだ。

「お母さんの様子を直接見ないとお前の不安はなくならないだろう。ここで心配しているより石垣に行ってお母さんの顔を見た方がいい」

私は利枝子の気持ちに応えた。

「でも、あなたは大丈夫なの」

と、利枝子は私の心配をした。

「なにが」

「食事よ」

私は苦笑した。

「食堂で食べるよ。心配しなくていい。それより飛行機のチケットは大丈夫か」

「それは大丈夫よ。予約を入れたわ。全日空の十三時十五分の便よ。」

「そうか。それじゃ、私の分はキャンセルしてくれ」

「そうします」

利枝子と娘たちは日曜日に帰る三泊四日の予定で八重山に行くことになった。私は会社を早退して利枝子たちを那覇空港に連れて行くことにした。社長室に行き、社長にいきさつを話した後に、会社を早退したいというと、社長はにやにやしながら、

「奥さんに頼まれたのか。お前は奥さんに甘い。那覇空港にはタクシーで行けと言えばいいじゃないか。わざわざ仕事を休んで連れて行く必要はない。お前は家族を甘やかしすぎる」と言った。

それは社長の勘違いだ。梨枝子はタクシーで行くと言ったが、私は梨枝子たちを連れて行くことにした。私が利枝子と美代とますみを那覇空港まで連れて行きたいのだ。私はにやにやしている社長に黙礼をして社長室を出た。

家に着くと利枝子は出かける準備をして、私が来るのを待っていた。美代とますみは石垣島に行けるのではしゃいでいた。ボストンバッグを車のトランクに入れ、利枝子は助手席に乗り、美代とますみは後部座席に乗った。

空港通りに入った時に助手席に座っている利枝子が声を潜めて

「あなた」

と、言った。そして、私の膝に何かが置かれた。私は左手でそれを掴んでハンドルの上にかざした。それはカセットテープだった。

「これはなに」

「そのテープに録音してあるのを聞いてください」

と、利枝子は言った。

「なにが録音されているのだ」

利枝子は黙っていた。私は気になって利枝子を見た。利枝子は苦笑していた。

「なにが録音されているテープなのだ」

私は利枝子に訊いた。

「あなた。前を見て運転して。危ないわよ」

私が利枝子の方を向いたので利枝子は注意した。私は前を見ながら、

「だから、なにが録音されているテープなのだ」

と聞いた。

「それは言えないわ」

「どうして」

「ううん、説明するのがややこしくて難しいの」

と言いながら利枝子は子供たちを指さした。つまり、子供たちの前では話せないという意味だ。

「とにかく、テープを聞けば分かるわ」

利枝子は苦笑するだけで、テープの内容についての説明はしなかった。私は子供たちの前では話せないというテープの内容が気になった。一体テープにはなにが録音してあるのだろうか。私はテープの内容に心当たりが全然なかった。

なぜ、利枝子は苦笑しているのか。なぜ利枝子はテープの中身について説明をしないのか。私は嫌な予感がした。私が黙っていると、

「かつおの塩漬けを買ってくるわね」

と、利枝子は言った。かつおの塩漬けというのはかつおの肉や内臓を塩漬けしている石垣島の特産である。私の大好物だ。しかし、利枝子が渡したカセットテープが気になる私は黙っていた。

「深刻なテープではないわよ。あなたは心配性なんだから」

と、利枝子は私の太腿を叩いて陽気な声で言った。

那覇空港に到着した。美代とますみは飛行機に乗るのではしゃいでいた。別れ際に利枝子は私の手を強く握って、

「私は全然気にしていないから」

と言い、笑いをかみ殺しながら、

「落ち込まないでね」

と言い、

「でも反省してね」

と言った。それから、

「それじゃあ行ってきます」

と言って、手を振っている美代とますみを連れて、搭乗口に去って行った。

私は三人の乗った旅客機が滑走路から飛び立ち、空の向こうに見えなくなるまで見送った。利枝子と美代とますみが乗った旅客機が空の彼方に見えなくなった時に、私は一人だけ取り残されたような一抹の寂しさを感じた。

## 恥ずかしい録音テープ

利枝子と美代とますみの三人を見送った私は会社に行き、明日のスケジュールの確認や書類の整理をした。仕事をしている時に利江子から電話が掛かってきた。

「もしもし」

「あなた。利枝子です。石垣空港に着きました。これからお母さんが入院している病院にむかいます」

「そ、そうか」

「ちゃんと食事は取ってくださいね」

「うん」

「お母さんの面会が終わったら電話します」

「うん。分かった。あのう」

「え、なにか」

私はもっと利枝子と話したかった。しかし、利枝子は母の待つ病院に行かなければならない。

「い、いや。なんでもない。お母さんによろしく言ってくれ」

「わかりました。それじゃ、電話を切ります」

利枝子が電話を切った時、一抹の寂しさを感じた。利枝子は家にはいない。遠い石垣島にいる。

仕事を終えた私は会社を出た。車に乗ると、利枝子も美代もますみも居ない寂しい家に向かった。

車を運転しながら、利枝子から渡されたテープになにが録音されているか気になった。利枝子は「私は全然気にしていないから」と言い、私を励ますように、「落ち込まないでね」と言った。しかし、「でも反省してね」とも言った。利枝子の謎の言葉に悪い予感がして、テープを聞きたくないという気持ちもあった。しかし、利枝子に渡されたテープなのだから聞かなければならない。

我が家に着いたが、家に誰もいないと思うと、車から下りて玄関に向かう私の足取りは重かった。玄関を開いても私を迎えてくれるのは誰もいない。私は、「ただいま」と言わないし、「お帰り」という梨枝子、美代、ますみもいない。今夜は私一人で過ごす。今夜だけではない。明日も明後日もだ。美代が産まれてから、誰も居ない家で過ごすのは初めてだった。誰もいない家は空虚が漂っていた。


家に入った私は着替えをしないで、利枝子が渡したテープをテープレコーダーにセットして、再生のスイッチを押した。

テープレコーダーのスピーカーから玄関の閉まる音が聞こえ、次に男の唸っている声が聞こえた。男は、「うう」と低い声で唸っている。驚いたことに、それは私の声だった。

「お帰りあなた」

利枝子の声だ。私が家に帰った時の様子を録音してあるようだ。テープレコーダーは利枝子の服のポケットに入れてあるのだろうか、雑音が多く声がはっきりとは聞こえない。利枝子の声に反応して、「ただいま」という私の声が聞こえると思ったが、私は、「ただいま」と言わないで、発音がはっきりしない低く唸るような声を出していた。

「大丈夫ですか」

がたがたという雑音と一緒に利枝子の心配そうな声が聞こえた。私の声も聞こえる。しかし、私は唸っていてなにを話しているのかはっきりしなかった。

「あなた。食事をしてから寝た方がいいわ」

「黙れ。げす女。うう」

私の声には憎しみや怒りがこもっていた。声は低くかすれている。酔っている私は利枝子を罵倒しているようだ。私は愕然とした。これは本当に私なのだろうか。いくら泥酔しているとはいえ、こんな醜い声で私が利枝子を罵倒するなんて考えられない。これからどんな展開になるのだろうか。酔っ払っている私はひどい醜態を見せるのだろうか。きっとそうだろう。私は自分の醜態を聞きたくないのでテープレコーダーを止めた。

テープを止めた私は恥かしさで顔がほてり、心臓の鼓動が激しくなった。酔っ払っている私は苛ついていた。そして、意味不明の言葉を低い声で吐いていた。利枝子が「お帰りあなた」とやさしい声で迎えているのに私は利枝子を罵倒していた。私が利枝子を罵倒するなんて考えられない。気が弱い私を支えてくれたのは利枝子であり、私は利枝子に感謝している。利枝子は家の炊事洗濯をきちんとやり二人の子供をしっかりと育てている。

私の体を気遣って、「あなた。食事をしてから寝た方がいいわ」と言った利枝子に私は、「黙れ。げす女」と利枝子を罵倒したのだ。本当に私なのだろうか。信じられない。テープには悪魔のような私が録音されていた。

酔っ払って朝帰りをした時はテープに記録されているようなことが毎回繰り返されているということなのだろうか。テープの中の私は横暴になり利枝子を罵倒していた。信じられないことである。テープに記録されているのだから私が利枝子を罵倒していたことは否定することはできない。私が利枝子を罵倒しているのは事実である。テープを聞いた私のショックは大きかった。暫くの間はテープを聞く勇気がなかった。冷蔵庫からお茶のペットボトルを出し、額に当てて熱くなった頭を冷やした。それからお茶をコップに入れて、私はゆっくりお茶を飲んだ。私は心を鎮めてから再びテープを聞いた。

どたどたと足音が聞こえた。乱暴な足音である。

「あなた。寝る前にシャワーを浴びた方がいいですよ」

利枝子の声だ。

「黙れげす女。私に命令するな」

寝室のドアが開く音が聞こえた。

「あなた。寝巻きに着替えてください。せめてスーツは脱いでください」

私はスーツを着たままベッドに横たわったのだろう。

「あなた。スーツを脱いで」

「私に触るな。出て行け。くそ。胸糞悪い女め」

利枝子がスーツを脱がせようとして私に触れたのだろう。私は怒っていた。

「もう。それじゃあ、自分でスーツを脱いでください」

「黙れ黙れ。うるさい。げす女」

暫く声が途絶えた。

「ほら。これでいいだろう」

私はスーツを脱いだようだ。多分、私は床にスーツを投げ捨てたのだろう。

「あなた。靴下も脱いでください」

「うるさい。触るな」

梨枝子が私の靴下を脱がせようとしたのだろう。

「私に触るなと言っただろう。私のことを馬鹿にしやがって。一体、お前はなに様なのだ」

「私は利枝子。あなたの妻よ」

「私の妻だと。笑わせるな」

「私はあなたの妻ではないのですか」

利枝子は落ち着いて話していた。

「ふん。お前は私の自由を奪った女だ。芸術のげも知らないくせに私を知っている振りをしやがって。お前はなあ。私のことを全然知らないのだ」

「そうですか」

「そうだ」

声が途絶えた。にらみ合っているのか。それとも、利枝子はスーツを片づけているのだろうか。

「ポーを知っているか」

「え」

私の質問に利枝子は途惑っているようだ。

「ここに来い。げす女」

利枝子の、「はいはい」という声が聞こえた。

「お前は『アナベル・リー』を知っているか。『大鴉』を知っているか」

アナベル・リーと大鴉はエドガー・アラン・ポーの詩で若い頃の私が熱中した詩である。

「知りません」

利枝子はさらりと応えた。

「ジュネの『泥棒日記』を知っているか。『花のノートルダム』を知っているか、ボードレールの『パリの憂鬱』を知っているか」

私の声は激しかった。口角泡を飛ばす勢いでしゃべっているだろう。

「知りませんわ」

『ナジャ』を知っているか『不合理ゆえに我信ず』を知

っているか」

「知りませんわ」

利枝子は私の質問に興味がないようで軽くあっさりと答えている。私は興奮しながら若い頃に読んだ詩や小説の名前を次々と言い、利枝子に知っているかどうかを聞いた。利枝子は「知りませんわ」を繰り返した。

「だろうだろう。お前は詩も小説も知らない。芸術のげも知らないげすな女なんだ。そんな女がなぜ私の妻なんだ。おかしいだろう」

私は勝ち誇った声をしている。

「靴下を履いたまま寝るつもりですか」

利枝子は私の話を無視して淡々とした声で言った。

「俺が文学の話をしているのにお前は靴下の話か。最低最低最低。お前は最低の女だよ。お前はげす女だよ」

「私を責めるのはいいですけど。これから寝るのなら靴下を脱いでください」

「笑わせるな。芸術を知らない女が私の妻の振りをして私に命令するな。私を馬鹿にするなげす女。芸術を知らない最低女が私を指図するなんて百年早い。お前は私を支配していい気になっているが、いつまでもお前の思い通りにはさせないからな」

「そうですか。靴下を履いたまま寝るつもりですか」

「黙れ黙れくそ女。いいか。よく聞け。お前は私の人生を駄目にした女なんだぞ。そうだろう」

「そうですか」

「私の人生を駄目にした女としての自覚を持てよ。私の自由を奪った女。朝から晩まで私を指図しやがって。私に指図するな。いいか。私に指図するなと言っているのだ。分かっているのか。返事をしろ」

「はいはい」

「はいはいだと。なんだその返事は。私を馬鹿にしているな」

「馬鹿にしていません」

「馬鹿にしている。いいか。よく聞け。私は芸術家だ。私は詩人だ。私は自由だ。私は誰にも束縛されないんだ」

「あなた。声が大きいです。子供たちが起きますよ。声を小さくしてください」

「子供だとう。誰の子供だ」

「あなたの子供よ」

「私の子供だとう。笑わせるな。いいか、よく聞け。よく聞けと言っているんだ。私の顔を見ろ」

「はいはい。」

「私には子供なんていない。いいか、私には子供はいない。私の言っていることを聞いているか」

「聞いています」

「俺にはこーどーもーは居ない。分かったか」

「はいはい」

「私には父もいない母もいない兄弟もいない。私は独りだ。私は雲なんだ。流れて行く雲なんだ。私は詩を書くんだ。自由な詩、闇の詩、酒の詩、愛の詩。俺は詩人なんだ。私は自由に生きる詩人なんだ」

声が途絶えてその代わりに鼾が聞こえてきた。私はしゃべりながら眠ったようだ。テープは終わった。

テープを聞いている間、私は恥かしくなって顔がほてっていた。テープにはずうずうしくて威張っている私が居た。酔っ払った時の私がこんなに粗野でわがままな人間になるとは予想しなかった。私は若い頃に文学に熱中して酒に溺れた生活をした経験がある。あの頃の私は世間知らずの青二才であり、酒に溺れた生活をすれば一流の詩人になれると錯覚していた。今から考えると浅はかであり滑稽である。詩人としての才能は全然ないのに自分は詩人であるという過信から酒に溺れていきアルコール依存症になった。私は生活破綻者になっていただけなのに、アルコール依存症の私は芸術の頂点で生きているつもりの妄想の世界にいた。両親が廃人寸前になっていた私を精神病院に入院させていなければ、私はすでに死んでいたか廃人になり精神病院の牢獄のような部屋に閉じ込められていただろう。芸術は才能のある者には素晴らしい自己表現となる。しかし、才能のない者が芸術に熱中すれば精神を破綻させる麻薬になる。

私は半年間精神病院に入院してアルコール依存症を治療した。アルコール依存から脱却した私は私には詩人としての才能がないことを自覚した。だから、私は詩の創作活動を一切止めた。今の私は詩を書きたいとは全然思わないし、詩を読みたい欲求も沸いてこない。今の私は詩人気取りの頃を思い出すことも全然ない。

私が詩人きどりだったのは遥か昔のことだ。若い頃に熱中していた詩や詩人の名前が泥酔して朝帰りした私の口から出たのは信じられないことであった。才能のない者には身を滅ぼしてしまう魔界のようなものである芸術の世界から私は脱したのだ。芸術に未練は全然ない。詩人かぶれのアルコール依存症から脱したから今の私は幸せな家庭を築いている。現在の私は詩を書こうとは全然思わない。私に才能がないことを私がよく知っている。

なぜ泥酔した私は自分を詩人呼ばわりするのか、どんなに酔っ払っても私が自分を詩人呼ばわりするのはありえないことだ。テープの私は私ではない。そうとしか考えられなかった。

朝帰りをした私は利枝子を罵倒していた。利枝子をげす女とも言っていた。とても恥かしい。利枝子と顔を合わせることができない。もし、家に利枝子が居たら、私は外に飛び出して団地の回りをうろうろ歩いていただろう。私はどうしてあんなひどいことを言ったのだろうか。考えられない。

泥酔して朝帰りをした私は居丈高になって利枝子に芸

術の話をし、利枝子が芸術を知らない女だとあざ笑い、平気で利枝子を罵倒していた。泥酔した私が利枝子へ罵声を浴びせたことが私には信じられなかった。泥酔した私には若い頃の心情が蘇るのだろうか。いや、まさかそんなはずはない。

テープを渡した後に利枝子が、「私は全然気にしていないから」と言ったことを私は思い出した。利枝子は本当に全然気にしていないだろうか。あれだけ罵倒されれば気にしないということはあり得ない。朝帰りした私は利枝子の心をとても傷つけたはずだ。

もしかしたら利枝子は離婚しようと考えてはいないだろうか。不安になってきた。テープの中の私はひどい人間だった。朝帰りの私をやさしく介抱している利枝子に一方的に芸術の話をやり、芸術を知らない利枝子を罵倒していた、あんなふうに罵倒されたら怒るのが当然だ。利枝子は怒ったはずだ。利枝子が離婚を考えていても不思議ではない。利枝子はテープを聞いた私がどんなに落ち込むかどんなに不安になるかを予想したから私のことを心配して「私は全然気にしていないから」とか「落ち込まないでね」と言ったのだろうか。もしかすると利枝子は離婚をする気はないのかもしれない。私は利枝子が言ったことを思い出してほっとした。

しかし、暫くすると私は再び不安になってきた。利枝子は、「私は全然気にしていないから」と言った。気にしていないのになぜ利枝子は私にテープを聞かせたのだろうか。テープを聞かせた利枝子の目的はなんだろう。利枝子の本心は利枝子を罵倒した私に詫びてもらいたいのだろうか、それとも利枝子をげす女とまで言った私を嫌いになり離婚をしようとしているのだろうか。利枝子は、「私は全然気にしていないから」と言ったが、全然気にしていなければ、録音をして私に聞かすことはしなかったはずだ。録音をして私に聞かしたということは利枝子が本当は気にしている証拠であり、利枝子になにか魂胆がある証拠だ。利枝子は私に愛想をつかし離婚するつもりではないだろうか。

考えれば考えるほど悪い方向に考えていき、不安が増していった。私は利枝子と離婚したくない。今の幸せな家庭を持続したい。離婚を食い止めるには一秒でも早く利枝子に私の非を詫びることだ。私は利枝子に私の非礼をひたすらに詫びようと決心した。

そろそろ利枝子から電話が来る頃だ。いや、もし、義母の症状が軽くて話すことができるのなら、久しぶりに会った義母と積もる話があるだろうし、美代とますみの二人の孫に会った義母は孫たちとの会話を楽しんでいるだろうから、利枝子が病院から出るのはもっと遅くなるかも知れない。

私は一刻も早く利枝子に電話をして私の非を謝りたかったが、義母との面会を終えれば利枝子から電話をすると言っていたから、利枝子が電話をしないのはまだ義母と話しているからであり、私は利枝子に電話をするわけにはいかなかった。

私は利枝子からの電話を待った。利枝子から電話が来るまで私は落ち着くことができなかった。利枝子にどのように話せばいいのだろうか。とにかく私はひたすら謝るしかない。弁解なんかできるような問題ではない。利枝子は私がなぜあんなひどいことを言ったのか聞くだろう。しかし、なぜあんなひどいことを言ったのか私はわからない。いくら酔っているとはいえ、利枝子をあれほどまでに愚弄する私を私自身が信じられない。私とは別人が話しているような錯覚を起こす。泥酔していた私はまるで芸術家を自負しているような口ぶりであったが、私は芸術家であると全然思っていないし、芸術にかぶれていた若い頃の自分に未練はない。

文芸サークルの仲間たちは大学を卒業すると公務員や教諭になり、三十代を過ぎて生活が落ち着いてきたので、再び文芸サークルを作って一年に一度のペースで同人誌を発行するようになったことを、彼らの同人誌を紹介している新聞の記事で私は知った。彼らのようにしっかりとした生活を確保してから趣味として文学をやる生き方が正しい生き方であり、私のように才能もないのに詩人になる夢を見続けて、酒の日々を暮らしていった挙句にアルコール依存症になるというのは間違った生き方である。エドガー・アラン・ポーなどの先人達のように酒浸りの生活を真似れば偉大な芸術家になれると信じていた若い頃の私は大きな勘違いをしていたのであり、愚かな人間だったのだ。私は自分の詩人としての才能に見切りをつけて酒を断って、勉強に打ち込み、ちゃんと大学を卒業するべきであった。

若い頃の私は間違った人生を歩こうとしていたのだ。アルコール依存症が治った時に、私には芸術の才能がないことがはっきりとわかった。だから、私はすっぱりと文学の世界から足を洗った。昔の仲間の同人誌を書店で見つけても私は買わなかったし読まなかった。彼らの生き方は正しいが、私はすでに詩を書けなくなっていたし、彼らのように生きることはできなかった。私は芸術かぶれの世界から足を洗ったのだ。若い頃に詩や小説になぜあんなに熱中したか今の私には信じられない。あれははしかのような熱病であった。熱病は大学を卒業する頃には治るものなのに、私の熱病は重症化していって、とうとう大学を中退するはめになった。中退しても私の熱病は猛威をふるい、私は廃人同様になり精神病院に入院させられた。入院してアルコール依存症の治療を受けて、やっとのことで私の芸術かぶれの熱病が治ったのだ。

酔っ払ったらアルコール依存症時代の私に戻るのだろうか。そして、若い頃の芸術かぶれの熱病が蘇るのだろうか。日常の生活では思い出すことが全然ないのにどうして泥酔した時には若い頃の熱病が復活するのか。分からない。信じられない。

利枝子にどのように話せば納得してくれるのだろうか。酔った時になぜあんなひどいことを話したか私にも理解できないと弁解したら利枝子は納得してくれるだろうか。いや、納得しないかもしれない。利枝子は私が嘘をついていると思うかもしれない。

考えれば考えるほどに私の心は沈んでいった。メモ帳のメモといい、朝帰りした時の罵声といい、泥酔した私は随分利枝子にひどいことをしている。泥酔した時の私の行為は弁解するのが不可能なほどの傍若無人な行為だ。弁解をすればするほど利枝子は私を軽蔑するかもしれない。私にできるのはひたすら謝ることだけだ。

突然、リリリリリリリと電話がけたたましく鳴った。私はびっくりして思わず悲鳴を上げそうになった。私は立ち上がり慌てて受話器を取った。

「もしもし」

「もしもし、私よ」

利枝子からの電話だった。やっと利枝子から電話がかかってきたので私はほっとした。しかし、利枝子が渡したテープを聴いて落ち込んでいたから、私は安堵と不安が混ざった複雑な気持ちだった。

「お母さんと久しぶりに会ったから長話になってしまったわ。電話するの遅れてごめんなさい」

「い、いや」

私の心臓の鼓動は早くなった。

「お、お母さんの容体はどうだった」

緊張している私はどもってしまった。

「大丈夫だったわ。病状はとても軽くて後遺症は全然ならしいの。よかったわ。とうさんは高い飛行機賃を払ってわざわざ来る必要はなかったと怒ったのよ。娘が心配して飛んで来たというのに失礼だわ」

「そうか。症状が軽くてよかった」

私はテープのことについて話さなければいけないと思いながら、しかし話を切り出すことを躊躇した。

「これから病院を出て実家にいくところよ」

「そ、そうか。あ、あの」

私はテープについて謝ろうとしたが、テープについて話そうとすると言葉が喉につかえて声が出なかった。

「え、なあに」

「あ、い、いや。こ、子供たちはどうしている」

「そばにいるわ。代わりましょうか」

「え、あ、うん」

私はテープについて利枝子にどのように弁解すればいいのかを思い巡らすのに精一杯だった。

「もしもし」

美代の声だ。

「パパ。石垣についたよ。これからおばあちゃんのお家に行くって」

「そうか」

テープのことで頭が混乱している私は美代になにを話せばいいか分からなかった。

「パパも来たらいいのに」

「うん。でもパパは仕事があるから」

「そうか。じゃ、ママに代わるね」

美代の「はい、ママ」と電話を渡す声が聞こえた。

「もしもし。代わったわ」

私は今が謝るチャンスだと思った。石垣島の天気やこれからの予定などのことを聞くと、テープの話を切り出しにくくなる。私は、

「ごめん」

と、ストレートに謝った。

「え、なんのこと」

利枝子は私が突然謝ったので途惑った。

「テープのことだ。ごめん」

「ああ、テープのことね」

利枝子の苦笑している声が聞こえた。

「もう、聴いたの」

「あ、ああ」

私が、「本当にごめん」と言おうとしたら、利枝子が、

「反省しましたか」

と言った。利枝子の声は明るかった。しかし、あんなに侮辱されたのだから怒っていないはずがない。利枝子は明るく話しているが、心の中では怒っているかもしれない。利枝子の声が明るくても私の不安は消えなかった。

「私は本当にひどいことを言った。謝っても謝り足りない。ごめん」

私は遠い石垣島にいる利枝子に向かってお辞儀をした。

「反省したのね」

「反省した。本当にすまない」

利枝子はククと笑った。

「私は気にしていないわ。でも、私が心配しているのは美代とますみに聞かれることなの。あんな罵声を美代とますみに聞かれたら大変よ。あなたは美代とますみに嫌われるわよ」

私は利枝子の予想外の話に途惑った。利枝子の言おうとしていることが私は飲み込めなかった。

「あなたが大声を出すから美代とますみが起きないかといつもひやひやしているのよ。美代とますみはいつまでも赤ちゃんではないですから。あなたの声が大きくて美代が起きた時もあるのよ」

「そうか」

「美代は小学生ですからね。朝帰りをしたあなたを見たらきっとあなたを嫌いになるわ。それでもいいの」

あんな罵言を美代やますみが聞いたら二人は私を恐がり嫌うだろう。私は父親失格になる。利枝子はそれを私に伝えたかったようだ。

「いや、よくない」

「でしょう。だから、あなたに反省をしてほしくてテープを聞かせたのよ」

利江子は美代やますみのことを心配したが、私は利枝子がどのように思っているのかが一番気になっていた。

「お前は平気なのか。」

利枝子は苦笑した。

「仕事のストレスが溜まったら、たまには発散したくなる気持ちは私にも分かるわ。人はそれぞれ発散の仕方が違うでしょうし、それがあなたのストレスの発散方法だと思えば、それもありと考えることができるわ」

「いつ頃から私は朝帰りをした時に喚くようになったのだ」

利枝子が笑った。

「驚かないでね。結婚して二ヶ月が過ぎた頃からよ」

「え、本当か」

私は絶句した。

「本当よ」

結婚して最初に朝帰りをしたのは結婚してから二ヶ月の頃だ。私は朝帰りをした最初の頃から利枝子を罵っていたのだ。私は信じられなかった。


「私は朝帰りする度に喚いていたのか」

「そうではなかったわ。私を睨んだままなにも言わない時もあった。ベッドに直行してすぐに寝る時もあったわ。騒ぐのは三、四回に一回のペースくらいだったかな」

「なぜ、私に言わなかった」

「あなたに言ったら大喧嘩になるかも知れないと思ったから言えなかった。だって新婚早々離婚話に発展するかも知れないもの」

「あんなにひどいことを言っていたなんて信じられない」

「そうでしょう。私はひどく落ち込んだのよ。あなたに言おうかどうか迷ったけど、私は離婚をしたくなかったから言うのを躊躇したの」

「本当にすまないことをした」

「あなたに話そうかどうか迷っている内に、あなたは私に話したことを全然覚えていないことに気がついたの。それに泥酔したあなたは同じ話の繰り返しだったし、そのうちに私はあなたの愚痴に慣れていったわ」

「あんなことを言われてショックを受けなかったのか」

「最初はショックを受けたけど、何度も同じことを繰り返したから慣れていったし、そんなに深刻なこととは思わなくなったわ。今ではおかしくて笑っちゃうわ」

利枝子は屈託なく笑った。

「え。どういう意味だ」

「だって。あなたの青春時代の話でしょう。芸術とか詩とか小説の話をされても私にはちんぷんかんぷんだった。芥川龍之介とか夏目漱石とか学校で習った文学の話なら少しは分かるけど、酔った時のあなたは私が全然知らない詩や小説の話をするもの。私に分かるはずがないのに、私には分からないだろうなんてあなたは威張って言ったわ。私が知らないことを自慢している時のあなたはまるで駄々っ子だった。私はあなたのお母さんじゃありませんからねと言いたかったくらいよ。

あなたがわけのわからないことを話すのは数ヶ月に一度くらいですから。仕事で溜まったストレスの発散と考えればむしろあなたの精神の健康を保つためには必要なことだと思うようになったの」

利枝子は笑った。テープの声は利枝子を罵倒していると私は思ったが利枝子は私が駄々っ子になっていると軽く考えていた。私はほっとした。私は恐る恐る聞いた。

「まさか、離婚を考えたりはしていないよね」

「え。どうして」

利枝子はびっくりした。

「あんなにひどいことを言ったから」

利枝子は苦笑した。

「まさかでしょう。離婚なんて考えたことはありません」

「本当か」

私の不安な声に利枝子はあきれたようだった。

「あなたは酔っ払って青春回帰をしているだけでしょう。離婚なんかするわけはないわ。なに馬鹿なことを言っているの」

「そうか。ほっとした」

「もう、あなたは心配性なんだから。でも、忠告しておくけど朝帰りで意味不明なことを喚かないようにした方がいいわ。メモ帳のメモは美代とますみが読むということはないけど、朝帰りの大声は聞いてしまうわ。美代とますみはこれからどんどん成長していくのよ。二人の教育にとってもよくないし、もし、あんな姿を見られたらあなたは美代とますみに嫌われますからね。ようく反省しなさい。あなたにテープを聞かせたのはそれが目的なの」

「わかった」

私は安堵した。私は利枝子の心の広さとやさしさに感謝した。

利枝子は義母の症状が軽いので、金曜日は美代とますみを連れて石垣島をドライブし、土曜日は竹富島を見物して、日曜日の午後の便で帰ると言い、那覇空港に到着するのは夕方になるので迎えに来て欲しいと言った。私は利枝子が怒っていないのでほっとした。日曜日には必ず迎えに行くと言って私は電話を切った。ほっとしたら、急にお腹が空いてきた。私は握り寿司が食べたくなったので割烹で食事をすることとした。

高台にある家の庭には夕暮れの涼しい風が吹いていた。空を見上げると雲ひとつない空に一番星が見えた。これからどんどん暗くなり、多くの星が夜空に輝くようになるだろう。

私は車に乗ると団地を出た。二十分ほど車を走らせて、那覇市と浦添市の境にある割烹須美の駐車場に車を停めた。

割烹に入るとカウンターの椅子に座った。

「にぎり並みを一人前ください」

「へーい、にぎり並み一丁」

目の前のにぎり職人が元気はつらつの声で言った。若い女店員がお茶を持ってきて、

「どうぞ」

と、私の前に置いた。暫くすると、

「へーい、にぎり並み一丁」

という威勢のいい声がして、私の前ににぎり寿司を乗せた皿が置かれた。

「はい、どうぞ」

すし職人はすまし汁の入ったお椀も置いた。にぎり寿司とすまし汁とお茶が今晩の私の夕食である。私はゆっくりとにぎり寿司を食べた。利枝子も美代もますみもいない家に帰れば独りでテレビを見てから寝るだけである。さびしい家に居る時間を短くするために私は家に帰る時刻を少しでも延ばそうとゆっくりとにぎり寿司を食べた。

「律夫じゃないか」

割烹の喧騒の中で、私の名を呼ぶ声がした。聞き覚えのない声だった。声の方を振り向くと、スーツに紺のネクタイをし、髪を七三に分けている男がなつかしそうに私を見ていた。私は声に聞き覚えがなかったし、男の顔にも見覚えがなかった。男は、

「やっぱり律夫だったか。久しぶりだなあ」

話す口ぶりに聞き覚えがあるような気がしたが、男が誰であるかを思い出すことができなくて、私は男の顔を見つめた。

「まさか俺を忘れたのか。そんなことはないだろう」

男は苦笑いをした。苦笑いの顔を見て、私は思い出した。

「仲間か」

「そうだよ、仲間だよ。なつかしいなあ」

仲間秀志は大学時代の文芸サークルの仲間だった。一緒に酒を飲み、詩や芸術について語り合い、そして、一緒に遊び回った。

「奇遇だな」

本当に奇遇だった。十六年以上会ったことのない人間と街はずれの割烹で会ったのだ。仲間秀志は私を上から下まで眺め回して、

「立派なスーツを着て、見違えたな。まさかお前だとは最初は気づかなかったよ」

私も仲間秀志も学生の頃はよれよれの服を着て、ぼさぼさ頭に無精ひげだった。私に「立派なスーツを着て」と笑った仲間秀志も立派なスーツを着ていて、今は二人とも身奇麗なスーツ姿になっていた。仲間秀志が私に気付いたのが奇跡と言えた。

「元気か」

「あ、ああ」

「どこに住んでいるんだ」

「浦添に住んでいる」

「結婚しているのか」

「あ、ああ。結婚している」

「子供は何人だ」

「二人だ」

「そうか、俺は一人だ」

「え。」

「独身という意味じゃない。子供が一人いるということだ。会社はここから近いのか」

「いや、那覇市内にある」

「そうか。なんという会社に居るのだ」

「琉球興産だ」

「なんの会社だ」

「不動産関係の会社だ」

「へえ、不動産関係の会社か。学生の頃には想像できなかった仕事をしているな」

仲間秀志は私が不動産関係の仕事をしていることに驚いた。

「俺は高校の教師をしている。しかし、こんなところで律夫に会えるなんて奇跡だ」

私は仲間秀志に会ったことに戸惑い、仲間秀志の立て続けの質問に答えるのが精一杯だった。

「来いよ」

仲間秀志は私を奥の座敷に誘った。

「え」

「昔の仲間も来ている」

仲間秀志は座敷に向かって、

「おい。律夫が居るぞ」

と、言った。

「へー、律夫だって」

二人の男の声が聞こえた。城間秀雄と真志喜宏平だった。二人とも学生の頃に伸ばしていた髪を短く調髪し、すっかりサラリーマン姿になっていた。

「今夜会えたのは運命のお導きだ。久しぶりに語り合おうじゃないか。来いよ」

仲間秀志は私を誘った。私の体は硬直し心臓の鼓動が早くなってきた。私は「あ、ああ」と言い、立ち上がろうとしたが、硬直した体は立ち上がることを拒否した。私が座ったままなので、「来いよ」と再び仲間秀志が呼んだ。私は「分かった」と言い、立ち上がった。私が座敷に上がると、城間秀雄と真志喜宏平がそれぞれに私との再会の喜びを口にした。

「なつかしいなあ」

真志喜宏平は言った。

「ああ、なつかしい。こんな所で律夫に会えるとはな」

城間秀雄が言った。二人はスーツの上着を脱いで、ネクタイを緩めてあわもりを飲んでいた。私は城間秀雄の隣に座った。

「どれ、顔を見せてみろ。なつかしいなあ。元気だったか」

が、本当に律夫だ。なつかしいなあ。元気だったか」

城間秀雄が私と握手をしながら言った。私は、「ああ」と生返事をした。

「こんな所で会うとは珍しい。ひとりか」真志喜宏平が訊いた。

「いや、結婚したらしいよ」と仲間秀志が言うと、

「俺が聞いているのは割烹に一人で来たかという意味だよ。相変わらず仲間は早とちりだ」真志喜宏平は苦笑した。

「なつかしいな。何年振りだろう」

「学生時代依頼だから十六、七年振りじゃないか」

「そうか。いやあ懐かしい」

「お前だけは全然連絡がなかった。今はどうしている」

「琉球興産という不動産屋にいるらしいよ」仲間秀志が私の代わりに答えた。


「へえ、不動産屋か。意外だ。文芸サークルの仲間だった人間の中では異色な仕事だな」

「俺は県庁だし、仲間は高校の教師だろう。それから、真志喜は○○市の職員だ。波照間は××市にいる。律夫がアルコール依存症で入院したという噂は聞いたが、それから後は律夫の噂を聞かなくなった。だから、律夫がどうしているのか気になっていた。でも無事な姿を見れてうれしいよ。しかし、不動産屋とは以外だったなあ。学習塾の講師とか出版会社あたりに勤めていると思っていた」

城間秀雄の話に仲間秀志と真志喜宏平は頷いた。

「波照間が居れば五人組の勢揃いだな」

文芸サークルは十人ほどいたが、私と城間秀雄、真志喜宏平、仲間秀志に波照間進一の五人は同期生であり仲がよく一緒に行動することが多かった。私たちはグループを五人組と称して、芸術を語り合い、酒を飲み、遊んだ。真志喜宏平がコップにあわもりの水割りを作って私の前に置いた。私は、「酒は飲まないので」と断ろうとしたが、せっかく水割りを作ってくれたのに断ると座が白けるかも知れないと思い、黙っていた。

三人は酒を飲みながら話した。緊張している私は残ったにぎり寿司に手をつけないで両手を膝に置いたまま会話に参加した。

「不動産の仕事は長いのか」

「十年を越す」

「そんなに長いのか。不動産は儲けるだろうな。給料も俺たちと違って高いのだろう。いくら貰っている」

「それは、ちょっと・・・」

私が口ごもっていると、仲間秀志が、

「城間。突っ込み過ぎるぞ。そんな下らん質問はするな」と城間を叱責した。

「すまんすまん。久しぶりに律夫に会ったものだから、色々聞きたくなって、詰まらん質問までしてしまった」

城間秀雄は頭を掻いた。

「俺たちは一年に一回同人誌を出している。律夫は知っていたか」

真志喜宏平は私に訊いた。私は、彼らが同人誌を出しているのは新聞の紹介記事を読んで知っていた。しかし、

「い、いや。知らなかった」と口ごもりながら返事した。

「俺たちの同人誌は書店で売っているからさ、読んでくれ」

「あ、ああ。必ず読むよ」

詩や小説を読まなくなった私は彼らの同人誌を読む積もりはなかった。

「同人誌の発行は五年年前から始めた。それまでは仕事や生活のことで大変だったからね。なかなか書くことに時間をかけることができなかった。三十代になって、書ける時間が作れるようになったので同人誌を出すことになった。律夫に連絡することができれば誘っていたが、律夫の会社も住所も分からなかったから連絡することができなかった」

「今日の集まりは次の出版に向けての会合だ。今度の同人誌には律夫も参加するか」

真志喜宏平は同人誌への参加を勧めたが、私は詩を書かなくなって十五年以上になる。それに詩の才能がないことを知った私は詩を書く気はなかった。

「い、いや。とんでもない」私は手を横に振りながら断った。

私がコップに手を触れていないことに気づいた城間秀雄が、

「酒を飲まないのか。今日は具合が悪いのか」と訊いた。

「車を持っているから」

「車なんて置いていけばいい」

「しかし、酒は・・・」私は首を振った。

「酒をやめたのか」不思議そうに真志喜宏平が訊いた。

「あ、ああ」

「あんなに酒が好きだった律夫が酒を止めるなんて考えられないな。」

「アルコール依存症で病院に入院したのだろう。その性ではないのか」

「そうなのか、律夫」

「あ、ああ」

「今は酒を飲みたいとは全然思わないのか」

「うん、まあ」

「へえ、酒を断つことができるとはすごいなあ」

「しかし、不動産の商売は接待とかなんとかで酒を飲む機会が多いのではないのか。不動産商売は酒が飲めなければ勤まらないというのを聞いたことがある。律夫は酒を飲まなくても仕事をやっていけるのか」と城間秀雄は訊いた。

「うん、まあ」

城間秀雄の言った通り、地主やスポンサーを接待するのが不動産売買の商売にはつきものだ。酒を飲むのも仕事のひとつであり、私は接待の仕事以外に酒を飲まないが、接待をする時は泥酔するほどに飲むこともある。しかし、そんな私の事情を説明して、三人に理解させるには詳しい説明をしなければならない。彼らに私の事情を理解してほしいとは思わなかったから、私は生返事をして私の事情の説明を避け、私は酒を飲まない人間であることにした。

「酒のことはいいじゃないか。律夫が酒を飲みたくなければ飲まなければいい。それだけのことだ」

仲間秀志は私をかばった。そして、

「次はお前も同人誌に参加してくれよ。誌は書いているんだろう。一遍でいいから投稿しろよ」

私は手を振って、

「いや、とんでもない。誌は書いていないし、仕事も忙しいし」

と断った。

「仕事が忙しいのはみんな同じだ。律夫、詩を書けよ」

と、真志喜宏平は私の肩を軽く叩きながら言った。


大学二年生の時、私はR大学の近くのアパートに住んでいたが、私の隣の部屋に住んでいたのが真志喜宏平であった。真志喜宏平は大学一年生の時から文芸サークルに入っていて、詩を書いていた。真志喜宏平はきさくな男で、私と真志喜宏平はすぐに親しくなり一緒に酒を飲むようになった。酒を飲んでいるときに彼は自分の詩を私に見せて私の感想を求めたりした。しかし、彼のシュールな詩は私にとって難解なものであり、感想を述べるどころか詩の内容が理解できなかった。同じ年齢の人間が書いた詩を理解できないことは私を惨めにしたし、私はシュールな詩を書く彼が羨ましかった。

週末になると文芸サークルの仲間である仲間秀志と城間秀雄が真志喜宏平の部屋にやって来たが、その時は私も誘われて一緒に酒を飲みながら語り合った。彼らは文学だけでなく、映画や音楽、それに女性の話など幅広い会話をしていた。

高校時代は進学塾に通い、勉強に明け暮れていた世間知らずの私にとって、彼らの会話は斬新だった。映画や音楽を語り合う時も、彼らは映画の映像としての芸術性を語り、ジャズやクラシックの芸術性を語り合った。彼らは不条理やダダイズムやシュールリアリズムなどについて白熱した論争をよくやっていた。私には彼らの話は非常に刺激的であり、彼らと同じ世界に入るのがあこがれとなった。彼らの刺激を受けた私は芸術を意識するようになり、彼らの勧める詩や小説を読み、映画や音楽も芸術性の高いのを見聞きするようになっていった。真志喜宏平の勧めもあって、私は詩を書くようになった。次第に私は彼らと肩を並べて語り合うようになっていった。

真志喜宏平、仲間秀志、城間秀雄、波照間進一と私の五人は頻繁に一緒に行動するようになった。映画や演劇を観たり、那覇の街をあてもなく歩き回ったり、バイトで貯めた金でやんばるや離島を旅行したりした。

学生の頃に真志喜宏平は、「律夫も詩を書けよ」と私に詩を書くことを勧めたので、私は詩人にあこがれて詩を書く気になったが、今の私にはその気が全然なかった。三人は同人誌への投稿を進めたが、「いや、無理だ。私には詩の才能はない。誌は書けない」と断った。

「そんなことはない。若い頃はどんどん詩を書いていたじゃないか。書こうという情熱が蘇れば今でも書けるだろう」

真志喜宏平は私に詩を書く情熱を取り戻せと説得した。しかし、詩は情熱があれば書けるというものではない。才能が必要だ。私は詩の才能がない。それに情熱もない。

「いや、とにかく私には詩の才能がない」

「詩を書くのに才能は関係ない。詩は麻薬のようなものだよ。詩を書いた人間は一生詩を書き続けるし、書き続けることに意義がある」

真志喜宏平は詩を書く意義を主張し、私が詩を書かないことを責めた。若い頃の真志喜宏平も、「詩を書くのに才能は関係ない」と言っていた。「とにかく書けばいい。書けばそれが詩なのさ」と詩は楽に書けるものと言っていた。真志喜宏平の考えは昔とそれほど変わってはいなかった。昔と違うのは、詩を麻薬のようなものであると話したことだ。若い頃の真志喜宏平は、「気楽に自由に書いて、止めたければいつ止めてもいいもの」が詩であると言っていた。今の真志喜宏平は詩の世界にがんしがらめになっているようだ。

詩が麻薬であるなら、私はその麻薬中毒から脱却した人間ということになる。私の体内には詩という麻薬は存在しなくなっているし、どのように説得されても誌を書きたいという気持ちが私の心に湧いてくることはなかった。それよりは妻の利枝子と美代、ますみの二人の娘と幸せな家庭を築くのが私にとって一番大切だった。私が返事に詰まっていると、

「律夫、詩を書けよ。詩を書いて俺たちの同人誌に掲載

やれよ。俺たちは大歓迎するよ」
三人はしつこく私に詩を書くことを勧めた。
「詩を書くのは無理だ。勘弁してくれ」
私は懸命に断った。しかし、三人は、「無理なことはないだろう。その気になれば書けるよ」と、納得しなかった。

私は皮肉な運命を感じた。私が彼らの刺激を受けて次第に詩の世界にのめりこんでいき、大学の講義を受けないで詩作に没頭するようになっていたのが大学四年の時だった。卒業が近づいてくると、冷静な彼らは文学の情熱が急に冷えていき、酒と詩の世界とは疎遠になっていった。彼らは公務員試験や教員試験の勉強に励み、見事に難関を突破して公務員や教諭になった。彼らのように利口ではない私は就職活動をする気もなく酒と詩の世界に溺れていた。気がつくと、彼らは大学を卒業して公務員や高校の教師となり、私は大学を卒業することができなくて留年していた。そして、翌年には大学を中退して貧しい暮らしをするようになっていた。

私はひとりだけ文学の世界に取り残されて孤独な生活を送った。文芸サークルの活動を中断した彼らに私は裏切られた気持ちになり、私は去っていった四人を軽蔑し恨んだ。彼らへの反発と孤独はますます私を詩と酒の世界に埋没させていった。のんだくれの日々を送り続けた私はアルコール依存症になり廃人になりかけていた。

精神病院でアルコール依存症の治療をした私は半年後に退院することができた。退院した私への母親の監視は厳しくなり、母親は私に詩を書くことを固く禁じたが、精神病院を退院した私は詩を書く情熱が完全に失せていて、母親が厳しく禁じる必要もなかった。私は詩作だけでなくすべてに無気力になっていた。定職に就かない私を心配した母親は琉球興産の社長をしている母親の兄に頭を下げて私を琉球興産に就職させた。無気力だった私は琉球興産の社員になり、社長に仕事を一から叩き込まれ、利枝子と結婚をし、美代とますみが生まれる流れの中で、私は次第に生きる気力を回復させていった。

私が詩の世界に没頭していた時に三人は私から去っていったのに、私が詩の世界から完全に離れている今になって、三人は私を詩の世界に再び誘っている。それは皮肉な運命だ。

私は詩が書けなくなったと言い、同人誌に参加することを頑なに拒んだ。
「無理に勧めるのも大人気ないことだ。まあ、そのうちに律夫も詩を書きたくなるさ。それまで待とう」城間秀雄は私を同人誌に参加させることを諦めた。真志喜宏平と仲間秀志も、「そうだな」と言った。

三人は暫くの間は私との会話を優先させていたが、次第に彼らの同人誌の話題に移っていった。

「仲間の『闇の中の骨』はよかった。戦争で死んで土に埋もれた骸骨が六十年以上も土の中の闇の中で反戦を訴え続けるというのは感動ものだったよ」

「今でも、戦争犠牲者の骨が発掘されるからね。それをヒントにして書いた」

「城間の『辺野古の海のおばあとジュゴンの嘆き』もよかった。ジュゴンと座り込み闘争をしている老婆が月の夜に語り合うというモチーフはいいね。ジュゴンは海が汚れていくのを嘆き、老婆は辺野古の海にアメリカ軍事基地が作られ、孫たちが戦争にひっぱられるのを嘆き、ジュゴンと老婆が自然と平和のために頑張ろうと誓い合うくだりに俺はじいーんときたよ」

「そうか。そう評価されるとうれしいね」

「次はなにをテーマにした詩を書こうとしているのだ」

「まだ決まっていない。戦後はいつまでも続くというテーマか、アメリカの横暴に耐えなければならない沖縄の人々をテーマにしようと考えている。しかし、まだ、俺のイメージとぴったりと重なる題材が見つからないんだ」

「ウチナー方言で書いた詩もいいんじゃないか。俺はウチナー方言詩を実験的に書いてみようと考えている」

「それはいい。ウチナー方言は消えつつあるからねえ。ウチナー方言の灯を消さないためにも書くべきだよ」

酒を飲みながら語り合う三人は次第にボルテージが上がり、会話がはずんでいった。


沖縄戦、戦争犠牲、集団自決、反戦平和、軍事植民地、沖縄差別、ひめゆりの塔、普天間飛行場、辺野古、ジュゴン、戦後は終わらない、日の丸、君が代、天皇、琉球処分、日本軍・・・三人の口から次々と出てくる言葉は学生の頃の言葉とは異質な言葉に感じられた。学生の頃は人間の本質的なことに関心があったが、今は学生の頃には興味のなかった沖縄の戦争や基地問題に興味が移っていた。変わってしまった三人の言葉に私は途惑った。三人は私の頭の中には存在しない言葉で語りあい、彼らの世界に入っていけない私はその場にいるのが苦痛だった。

「沖縄の悲劇はまだまだ続いている。それをもっと深くえぐり取らないとな。そうだろう」

「城間のいうことは分かる。根本的に沖縄は世界から虐げられている。それを跳ね返す爆発力が俺たちの詩には必要だ」

「沖縄の本当のニライカナイを見つけなければな」

「俺はさあ。デイゴこそが沖縄の本質だと思う。赤い花を咲かすデイゴがな」

「いやいや、それは違う。沖縄は野のゆりだよ。山野の土に埋もれた骨の上で黙して咲く野ゆりこそが沖縄の花だよ」

酔ってきた三人はますます話に熱中していった。私は退散するチャンスと思った時に、「それじゃ、私は失礼する」

と言って、退散しようとしたが、三人は私が退散するのを許さなかった。時々、思い出したように、

「律夫はこのことに対してどう思うか」と訊いたりした。三人の話に入っていくことができない私は首をかしげて、

「さあ」と答えるしかできなかった。

私が座を退散できたのは十時近くなった頃だった。

「城間じゃないか」という声があり、声のする方を見ると三人の男たちが私たちの方を見ていた。

「よおー。内間」　三人の男は近寄ってきた。

「何をしているんだ」

「友人たちとざっくばらんに酒を飲んでいる。どこの帰りか」

「スナック・ルルからの帰りだ」

三人は城間の同僚だった。

「上がれよ。一緒に飲もう」

内間と言われた男が、

「お前たちは意味のわからん文学の話なんかをしていたのじゃないか」と、笑った。

「そんなことはないよ」

「そうかあ」と言いながら三人の男は座敷に上がってきた。

三人が加わると座が一変した。仕事や家族の話になり、賑やかになった。私は退散する絶好のチャンスが来たと考え、

「じゃ、私は失礼します」と言って立ち上がった。今度は誰も私を引き止めなかった。

「じゃ、また会おう」と三人は口々に言った。私は黙ってお辞儀をして、座敷を出た。割烹を出た瞬間に疲れがどっと出た。

私の頭は混乱していた。割烹で出会った学生の頃の文芸サークルの仲間であった城間秀雄、真志喜宏平、仲間秀志の三人は大きく変貌していた。学生の頃の彼らではなかった。昔、熱中していたランボーやシュールリアリズムの世界は彼らの感性から消えていた。そして、沖縄戦や沖縄に駐留しているアメリカ軍に関係する世界が彼らの詩のテーマになっていた。なぜ、彼らはそんな詩の世界に入ったのか私は理解できなかったが、彼らが今もなお詩を書き続けている現実を私は見せつけられた。私は詩を書いていない。詩を書き続けている者と詩から離れた者の現実を私は彼らに見せつけられた。

三人は詩を書いている。三人は彼らの詩の世界を築いている。しかし、私は詩の世界を築いていない。私にはなにもない。

私は歩きながらひどく孤独を感じた。「詩はもういい。芸術はもういい」と私は無意識に呟いていた。私は詩を書けないし詩を読まない。私は小説を書けないし小説を読まない。もう、芸術とか詩はいい。詩の世界は私の心

を路頭に迷わせるだけだ。

　私は三人のように器用ではないことを改めて痛感した。彼らのように詩を書き続けるには仕事や家庭と詩の世界をうまく調整しなければならない。それに詩の方向性も変える柔軟性が必要だ。私には彼らのような器用さはないし、詩の才能もない。それに詩を書く資格もない。

　私の精神は詩を書くには汚れてしまった。不動産屋の社員である私は大地主が金を儲けるのに手を貸す人間だ。そして、大金持ちをより大金持ちにさせて、そのおこぼれの報酬で生活をしている。多くの詩人は大地主やブルジョアジーを嫌っていた。私は詩人が嫌悪した地主とブルジョアジーの手先だ。そんな私に詩を書く資格はない。私はアルコール依存症を治療してからは詩を書くことに興味がなくなり、詩の世界から去った人間であるが、それだけでなく、私は詩を書く資格さえない人間であるのだ。

　私は仲間秀志たちのように、詩を書く生活はできない。それに私は元々詩のセンスもなかった。だから、もういい。詩はもういい。詩を書かなくても私は生きていける。詩を書かなくても私は幸せになれる。私には利枝子という素晴らしい妻がいて、美代とますみという愛すべき娘たちがいる。私には彼女たちとの幸せな家庭がある。私は芸術よりも家庭の幸せを選んだのだ。家庭の幸せがあればそれでいい。詩なんか私には必要ない。私は必死に自分の生き方を正当化していた。

　しかし、どんなに自分の生き方を正当化しても、城間秀雄、真志喜宏平、仲間秀志の三人が詩を書き同人誌を出している現実を見せられた私の心は動揺し、彼らへのコンプレックスを押さえることはできなかった。彼らは詩を書き、私は詩を書いていないという現実はあるわけで、私が詩を書かない理由をどんなに正当化しても、詩を書いている彼らへのコンプレックスから逃れることはできなかった。私は孤独と惨めさを感じないではいられなかった。

　利枝子や美代やますみにとても会いたくなった。利枝子のやさしい微笑みが浮かんだ。美代が首をかしげて笑っている姿が浮かんだ。ますみが私に駆け寄ってくる姿が浮かんだ。利枝子、美代、ますみの三人は家に居ない。利枝子や美代やますみが家にいたら私は急いで家に帰っていただろう。三人の顔を見れば私の孤独はあっという間に消える。仲間秀志、城間秀雄、真志喜宏平たちへのコンプレックスも詩のこともすぐに消える。でも利枝子と美代とますみは家にいない。三人は遠い石垣島にいる。石垣島が車で行ける場所であるなら私は一目散に三人のいる石垣島に行っただろう。しかし、石垣島は海で隔てられている。車で行くことができない。私は三人の遠さをとても感じた。

城間秀雄、真志喜宏、平仲間秀志の顔が私の頭から離れなかった。私は三人に嘲笑されているように感じた。今頃は私が詩を書かなくなったことを、「あいつは元々詩の才能はなかった」と話し合い、私が不動産会社の社員であることを、「あいつは金儲けに勤しんでいる金亡者だ」と、私を軽蔑しあざ笑っているような気がした。私はますます落ち込んでいった。

利枝子の声が聞きたくなった。時計を見ると夜の十時半を過ぎていた。利枝子はまだ起きているだろうか。それとも疲れて寝ているだろうか。私は電話をするかどうか迷いながら車を運転した。しかし、この孤独感を癒すには利枝子に電話して利枝子の声を聞く以外に方法はなかった。我慢しきれなくなった私は車を路肩に停めて、石垣島にいる利枝子に電話した。

「もしもし、あなた。どうしたの」

利枝子のやさしい声が聞こえた瞬間に、私の緊張が解けた。孤独感から解放された私は泣いていた。

「もしもし、あなた。どうしたの。大丈夫」

私が黙っていたので利枝子は心配した。

「うん、大丈夫だ。寝ていたのか」

「起きていたわ。おとうさんや弟たちと話していたの。あなたは家に居るの。」

「い、いや。割烹からの帰りだ。家に帰る途中だ」

利枝子は私の異変に気付いたようだった。

「なにかあったの。あなた大丈夫」

「割烹で学生時代の知り合いに会った。私は大丈夫だ。ちょっと疲れているだけだ。美代とますみは寝たか」

「とっくに寝たわ」

「そうか。それじゃ電話を切るよ」

「運転は気をつけてね」

「うん、じゃ」

利枝子と電話したら孤独感は薄れ元気が回復した。

人生とは不思議なものだと思う。永遠に続くと思っていた文芸サークルの仲間との友情はあっけなく崩れ、心の底から愛し愛されていると信じていた嶺井幸恵ともあっけなく別れた。そして、打算的に見合い結婚をした利枝子が私の最愛のパートナーとなった。

アルコール依存症から脱却した私は生きる気力を失っていた。無気力な日々を送っていた私を心配した母親は叔母と協力して利枝子という女性と私を見合いさせた。母親は私と利枝子はお似合いだろうと確信し利枝子と私を見合いさせたようだが、自分の子供の性格を知っている母親の第六感というものは正しいのかも知れない。私は見合いした利枝子に恋のときめきはなかった。結婚したいとも思わなかった。しかし、利枝子と結婚をすれば私に生きる気力が生まれるだろうと直感した母親は利枝子との結婚を強引に勧めた。私はそれに従っただけだった。

　利枝子との結婚は淡々としたものだった。嶺井幸恵と愛し合った時のような燃える熱情は私にはなかった。しかし、利枝子との生活を送っているうちに、女性と融合する生活の中で安堵の世界があることを知るようになった。恋する気持ちが生まれていないのに結婚という契りを結んだ利枝子という女性は私が予想していた以上に暖かくてやさしかった。利枝子との結婚生活は私に安堵と生き甲斐を生みだした。美代が生まれ、ますみが生まれると、無垢で可愛い子供たちに新鮮な喜びを感じた。家族の幸せが私の生き甲斐となった。

　私は不動産会社で働き、給料をもらうために土地の売り買いに汗水を流している。商売はきれいごとではない。特に土地は莫大な金が動くから欲望が渦巻き汚いことが多い。不動産売買の仕事はやりがいはないし楽しい仕事でもない。しかし、私は妻子のために頑張ることができる。家族の幸せのために仕事をしているという思いは仕事にやりがいを持たせてくれる。やさしい妻の利枝子と可愛い娘の美代とますみと暮らしている私は幸せである。

　利枝子と電話で話した私は心が落ち着き冷静になった。城間秀雄、真志喜宏平、仲間秀志に割烹で十六年振りに会ったことを冷静に振り返ることができた。私は詩から足を洗ったのだから、学生の頃の彼らとの絆は切れている。彼らにコンプレックスを感じる必要はない。それなのにコンプレックスを感じたのは私の気の弱い性格のせいだ。私は首を振り苦笑した。

　家に着き、ペットボトルのお茶を飲んでいると電話が鳴った。

「もしもし」

「もしもし。利枝子です。家についたのね」

利枝子はほっとした声をした。

「ああ、どうした。なにかあったのか」

「ううん。なにもないわ。あなたのことが気になって。さっき電話した時、声が震えていたから、心配だったの。なにかあったの」

「なにかあったというか・・・学生時代の知人にあった。彼らは公務員とか高校の教師になっていて、こっちはしがない不動産会社の社員だろう。惨めな気持ちになってしまった」

利枝子は笑った。

「それで泣いたの。おかしいわ」

私が泣いていたのを利枝子は感づいていた。それで利枝子は心配して電話してきたのだ。私は利枝子のやさしさに幸せを感じた。

「泣いてはいないよ。惨めな気持ちになっただけだよ」

私の声は甘え声になっていた。

「まあ、そういうことにしておきましょう」

私の声を聞いて利枝子は安心したようだ。

「そういうことなのだから、そういうことだよ」

「ふふ。おやすみなさい、あなた」

「おやすみ。」

私が受話器を耳から離した時に、「ああ、おかしい」という利枝子の笑い声が聞こえた。私は苦笑しながら受話器を置いた。

そうだ、幸せな家庭生活を送っている私に詩は必要ない。今の私にとって詩は無縁な存在だ。今の私は詩を書く必要はないし詩を読む必要もない。私はゆったりした気分になり、心に余裕が出てきた。今夜はぐっすり眠れそうだ。

## 金曜日　夜の接待　悪い予感

利枝子たちは石垣島に行っているので、私は朝食を取らないで会社に行った。家を出る前に利枝子に電話した。

「もしもし、私だ。これから会社に行く。美代とまさみはどうしているか」

「呼びましょうね。」

利枝子は美代とまさみを読んだ。

「おはようパパ」

「おはよう、美代」

美代の声は浮き浮きしていた。私と話す気がないらしくすぐにまさみに電話を渡した。

「おはよう、パパ」

「おはよう、ますみ。ぐっすり眠れたか」

「うん、眠れた。これからドライブに行くの」

「ドライブか。いいね」

「じゃね、パパ。はい、ママ」

ますみも私と話す気がないらしくすぐに利枝子に電話を渡した。

「これから弟の車を借りてドライブするの」

電話に美代とますみが、「ママ、早く行こう」という声が聞こえた。娘たちは初めての石垣島見学に心を躍らせているようだ。

「運転には気をつけて。それじゃ、行ってらっしゃい」

「あなたも行ってらっしゃい」

私は電話を切って家を出た。

今日は週末の金曜日だからけっこう忙しい。午前中はマンション購入を希望している三人の顧客に浦添市と那覇市のマンションを案内する予定があり、午後は二人の顧客に西原町にある建売住宅を紹介する予定になっていた。

会社に着いた私はマンションを購入しようとしている三人の顧客と電話で連絡を取りながら、時間をずらして喫茶店やファミリーレストランで待ち合わせをやった。

三人まとめて案内するのは楽であるが、一人は中古マンションを希望し、もう一人は郊外の新築マンションを、三人目は市内の高層マンションを希望していて三人の顧客の希望するマンションの性質が違うので、それぞれ別々に案内しなければならなかった。三人にマンション案内を終わったのが午後一時だった。私に食堂で昼食を取り、それから、会社に戻り、会社で待ち合わせをしていた山内さんと知念さんを西原町にある建売住宅に案内した。午後五時に会社に戻ると、飲食関係のテナントビルを建てたいという下門さんと商談をした。六時に下門さんとの商談が終わった。下門さんが今日の最後の客だった。私は会社の側に設置してある自動販売機でコカコーラを買った。コカコーラを飲みながら私は書類の整理を始めた。

六時半に携帯電話が鳴った。利枝子からの電話と思ったが、携帯電話を開いて画面を見ると金城さんからだった。

「まいど、ありがとうございます。琉球興産の奥山です」

「もしもし、金城だ。」

「金城さん。久しぶりです。奥山です。お元気ですか」

「ああ、元気だ。頼みがある」

金城さんの頼みというのはすぐに予想できた。

「何でしょうか」

「この前行ったクラブに行きたい」

私の予想通りだった。金城さんは一ヶ月前に連れて行ったクラブ美奈に行きたくて私に電話したのだ。金城さんは美人系でざっくばらんな性格の女性が好きだ。クラブ美奈のヨシミというホステスが金城さんの好みの女性だろうという私の推測は的中した。ヨシミというホステスは三十三歳である。金城さんは五十六歳であるがヨシミは金城さんとの会話を上手にこなせた。

「この前のクラブというと美奈ですよね」

「美奈というのか。店の名前は覚えていない」

「そうですか。この前行ったのはクラブ美奈だけですから。クラブ美奈に間違いありません」

「そうか、クラブ美奈というのか」

金城さんは独り言のように呟いた。

「それでな、クラブ美奈にいきたいのだが、行く前にクラブ美奈に確認をとってほしいのだ。そのう、確かヨシミと言ったかなあ。そういう名前のホステスが今日は出勤するかどうかを確認してくれ」

私の狙い通りに金城さんはヨシミを気に入り、クラブ美奈に行きたくなっていた。

「ヨシミですね。分かりました。確認をとってみます。後で電話しますので。ではのちほどに」

私は営業用の陽気で明るい声で金城さんに対応したが、電話を切った瞬間に私のテンションは一気に下がり憂鬱になった。私の心は沈み、深いため息をついた。今日はクラブ美奈で金城さんを接待しなければならなくなった。大地主である金城さんを愉しくさせるために私は太鼓持ちになって、酒宴を盛り上げなければならない。今夜は酒を飲まなければならない。

もしかすると私は泥酔して、メモ帳に意味不明のメモを書き、朝帰りをするかもしれない。家に利枝子はいないから利枝子に迷惑をかけることはないが、泥酔して朝帰りをするかもしれないと思うと私は憂鬱になった。しかし、接待は重要な仕事のひとつだ。私は気を取り直してクラブ美奈のママに電話した。

「もしもし、クラブ美奈のママですか。私は琉球興産の奥山です」

「いつもお世話になっています。文代でございます」

ママは丁寧に挨拶した。私は金城さんを連れてクラブ美奈に行くことを伝えた。そして、ヨシミは出勤するかどうかを確かめた。

「ヨシミは出勤します」

私は金城さんがヨシミを気に入っていることを伝え、ヨシミにもそのことを伝えて、金城さんをうまく接待してほしいと頼んだ。そして、金城さんの性格や好みの会話を説明し、趣味はゴルフと沖釣りであることを伝えた。後は接待のプロである彼女たちに任せればいい。

「それから、金城さんはマチの刺身が大好物だから準備してくれればありがたいのですが」

「分かりました。準備します」

私はママとの電話を切って、呼吸を整えた。ギアーをチェンジして、明るいキャラクターになり、金城さんに電話した。

「金城さんですか。琉球興産の奥山です。ヨシミさんは出勤します。ママさんの話ではですね。ヨシミさんも金城さんと話した時は楽しかったと言っていたらしいですよ。だから、金城さんが来るのをヨシミさんは大歓迎だとママさんは言っていました」

「そうか。ヨシミは出勤するんだな」

金城さんのはにかんだ声が聞こえた。

「はい。間違いなく出勤します」

「それじゃあ、俺をクラブ美奈に連れて行ってくれ。今日は俺がおごる。」

「分かりました。何時に迎えに行きますか」

「八時頃がいい」

「それでは八時に迎えにいきます」

電話を切ると私のテンションは一気に下がった。

暫くして、私は携帯電話を取り出した。利枝子に金城さんとクラブ美奈にいくことを話すためだ。私は接待がある時は必ず利枝子に話している。

「もしもし、私だ」

「利枝子よ。声に元気がないわ。今日は忙しかったの」

「少し忙しかった」

「そう」

「実は、今夜は金城さんと一緒にクラブ美奈に行くことになった」

「だから元気がないのね」

私はため息をついた。

「元気を出して。接待も仕事なのだから」

「うん。美代とますみはどうしているのか」

「寝ているわ。ドライブで疲れたみたい」

「そうか」

「元気を出して」

「うん」

利枝子は私を励ました。しかし、憂鬱な気分は晴れなかった。利枝子は石垣島にいる。家には誰もいない。私の心の深層には、利枝子が家にいないことで自由な気分になっている部分があるかもしれない。もしそうであれば、私が泥酔する可能性が高いはずである。そう考えると憂鬱になった。しかし、私の不安を利枝子に見せるわけにはいかなかった。私は梨枝子から元気をもらったと言い、無理に元気を取り戻した振りをし、「頑張るから」と言って電話を切った。


すっかり暗くなり、ネオンの光が目立つようになった道路を私の運転する車は走り、泊十字路を通り越してから右折して住宅街に入った。すっかり暗くなった住宅街の緩やかな坂を上り詰めると金城さんの家がある。私は坂をゆっくりと上り、金城さんの家から五十メートルほど離れた道路沿いに車を停めた。時計を見ると七時半である。私はラジオを聴きながら八時になるのを待った。


大学三年生の時に、真志喜宏平と仲間秀志の三人で那覇の街を放浪したことを思い出した。私と真志喜宏平と仲間秀志の三人は那覇にある古本屋を回って、好きな詩集や小説を探した。私たち三人は喫茶店でコーヒーを飲みながら話しているうちにランボーの放浪が話題になった。ランボーは放浪癖があり、家出をして放浪をしては家に連れ戻されたという。

「ランボーは十五歳で何日間も当てのない放浪をやった。たった十五歳でだ」

天才詩人アルチュール・ランボーに熱をあげている真志喜宏平が興奮しながら話した。

「放浪は詩の原点かもしれないな」と仲間秀志が言うと、

「家族や社会からのしがらみから解放されて、自由になるからな。詩の自由な表現は放浪にあるというのは真実かもしれない」と、真志喜宏平は言い、さらに、

「それにだ。荒野を放浪するだけが放浪じゃない。ランボーの三回目の放浪はパリだった」

と目を輝かして言った。

「へえ、それは以外だな」と私は言い、仲間秀志は頷いた。

「ランボーは一八七一年二月に三回目の家出をした。家出をしたランボーは二週間ほどパリの街を放浪した」

「ランボーが何歳の時だ」

「十七歳だったと思う。その年にパリ・コミューンが樹立されて、パリは内乱状態になっていた」

「パリ・コミューンというのはなんだ」

「あまり詳しくは分からないが。共産主義革命の始まりみたいなものらしい。ほら、ロシア革命があるだろう。それの原点だと思うよ」

私たち三人はランボーが動乱のパリに居たことに会話は盛り上がり、

「どうだ。俺たちも那覇の街を放浪しないか」と、真志喜宏平が提案した。

「それはいい」

私と仲間秀志は賛成した。

「俺はナジャを探すぞ」

と仲間秀志は言った。仲間秀志はブルトンの小説に出てくる繊細で自由奔放な女性ナジャにあこがれていた。

「それじゃあ、俺はアナベル・リーを探す」

私はエドガー・アラン・ポーの「天使もうらやむ恋をした」と書いてある詩「アナベル・リー」のアナベル・リーに憧れていた。


「よし、俺たちは那覇コミューンの街を放浪だ」

若い私たちは気まぐれに那覇の街を放浪することになった。

三人は安里三叉路に行き国際通りの北端に立った。那覇市の最も賑やかな通りである国際通りは南北に走っている二車線道路で、戦後の焼け野原から目覚しい発展を遂げたので、長さがほぼ一マイルであることから、「奇跡の一マイル」と呼ばれていた。安里三叉路からパレット久茂地前交差点までが国際通りと呼ばれ、距離が一マイルつまり一、六キロメートルあった。

「那覇市の国際通りを南北に歩いたら通り抜けるのにそんなに時間は掛からないと思うぜ。それではおもしろくない」

と、真志喜宏平が言った。

「ゆっくりと歩いて、国際通りの裏側にも回ったりしたら時間を稼げるのではないのか」

と、私が言うと仲間秀志が反対した。

「いや、真志喜がいう通りだ。それではおもしろくない」

「じゃ、東西に歩きながら南下するというのはいいじゃないか。俺たちは国際通りや平和通りは分かるがそれ以外の場所は知らないからおもしろい放浪になると思う」

私がそう言うと、

「そうだな。そいつはおもしろい」

と二人は賛成した。私たちは東西を往復しながら南下することによって那覇市全体を隈なく歩き回ることにした。

私たちは安里三叉路から大道を通って松川に入った。松川の路地に入ると私たちにとって未知の領域となった。繁多川や真地や識名、寄宮、与儀、開南と私たちは知らない路地を歩き続けた。那覇市の路地は予想していた以上に曲がりくねっていて、東に向かっているつもりが北に向かっていたりして、気がつくと元の場所に戻っていたり、南風原町などの那覇市と隣の市町村を区切る国道五〇一号線に出たりした。若い私たちは迷子になりながら、そして、迷子になることを楽しみながら那覇の街を放浪した。


学生時代の頃を思い出している内に八時前になった。私は金城さんに電話した。

「奥山です。迎えに来ました」

「そうか。五分後に家の前に来てくれ」

「わかりました」

私はゆっくりと車を移動して金城さんの家の前に車を停めた。金城さんは敷地が二百坪ある二階建ての豪邸に住んでいた。金城さんは車から下りて、門の側に立った。

「おう、待ったか」

金城さんが出てきた。金城さんはスーツに眼鏡、腕時計、革靴と高級な物を纏っていた。ほのかに匂ってきた香水は高級な香りがした。私はドアを開けて後部座席に金城さんを乗せた。

私と金城さんがクラブ美奈に入るとヨシミが駆けて来て、

「いらっしゃいませ。金城さん。ずっとお待ちしていました」

金城さんが来たのがとても嬉しいという風に笑顔を振りまき、金城さんの手を握った。

「どうぞ」

ヨシミは金城さんを店の中央にあるソファーに案内した。金城さんの右側にヨシミが座り、左側にはクラブ美奈のナンバーワンであるユキナが座った。私の隣にはマユミというホステスが座った。

「なにをお飲みになりますか」というヨシミに、金城さんはおしぼりで手を拭きながら、

「まかせるよ。」と言った。ヨシミがなにを注文すればいいか、迷っているので私が、

「十五年ものの泡盛の古酒をお願いします」と助け舟を出した。

「ママ、十五年もののあわもりをお願いします」

とヨシミが言うと、

「君たち、あわもりが飲めないなら、別のものを飲んでいいよ」と金城さんはホステスたちに言った。ヨシミは、「金城さんはやさしいわー」と甘え声を出しながら金城

さんの腕に抱きついた。

「お言葉に甘えまして、私はブランデーを飲みたいわ。飲んでいいですか金城さん」

とユキナが甘え声で言った。

「いいよ」

「私もブランデーを飲んでいいですか」とマユミは言った。金城さんは、

「いいよ。飲んで飲んで」と言った。

ユキナとマユミはブランデーを注文した。

「ヨシミもブランデーを飲むのか」

「私は金城さんと同じアワモリを飲むわ」

「ほう、そうか」

ユキナとヨシミの巧妙なコンビネーションにより金城さんはますますヨシミに魅かれていった。

「すごい腕時計だわ。私はこんな素晴らしい時計をみたことがないわ。いくらするの」ユキナが訊いた。

「いくらだったかなあ。この時計はスイス製でね。日本に十個しかないらしいよ。たしか、三百万円くらいだったかなあ」

と金城さんは言った。

「すごーい」

「腕時計で三百万円するのもあるんだ。びっくりだわ。ねえ、ヨシミさん」

といいながら、ユキナは腕時計をはめている手をヨシミに回した。ヨシミは、「すごいわ」と言いながら、金城さんの手を握った。

「三百万円もする時計は初めて見るわ」

と言いながら、ヨシミは掴んでいる金城さんの腕を自分の胸の方に引き寄せてまじまじと時計を見た。ヨシミは時計を見るのが目的ではない。女のやわらかい手で金城さんの膚に何気なく触り、金城さんを興奮させるためだ。

「私もはめてみたいわ。金城さん。いいかしら」

「うん、いいよ」

ヨシミは金城さんの腕から時計を取り、自分の腕にはめた。

「すごいわ。どう」

ヨシミは腕を翳してユキナやマユミに見せた。金城さんはホステスたちが羨ましがるのを見て悦に入った。

「どうも、ありがとうございます」

ヨシミは必要以上に金城さんの手に触れながら腕時計を金城さんの腕に戻した。次はべっ甲の縁の眼鏡の話になった。

「金城さんの眼鏡の縁は他の眼鏡と違うみたい」

「ああ、これはべっ甲だ」

「べっ甲で作った眼鏡の縁があるの。知らなかったわ」

金城さんはべっ甲の眼鏡の縁は特注で作らしたと言い、

「私はプラスチックとか金属の縁は駄目なんだ。違和感があってね。しかし、べっ甲だとしっくりくる。べっ甲

は亀の甲羅でつくってあるからねえ。人間は生き物だからね。やっぱり同じ生き物から作られたものがしっくりとくる」

高いからではなく膚にしっくりするからべっ甲の縁を使っているということを金城さんは強調した。金城さんの説明を三人のホステスは信じてはいなかったが、三人とも頷き、金城さんの話を信じている振りをした。ヨシミは、金城さんの話に感心し、

「金城さんの膚は繊細なんですね」と金城さんを持ち上げた。

べっ甲の縁の眼鏡、蛇皮のバンド、高級スーツ、ネックレス等、金城さんが身につけている高級な装飾品を話題にしながら酒宴は進んでいった。ナンバーワンのユキナは時々別の席に呼ばれたりしたが、ヨシミはずっと金城さんの側に座りつづけた。金城さんの接待は順調に進んだ。

明るくて陽気なヨシミとナンバーワンの美人のユキナに囲まれた金城さんは満足していた。私は酒を飲むペースを押さえていたが、金城さんは思い出したように、時々私に酒を飲め飲めと言った。その時は、私は金城さんに感謝の言葉を言い、酒を一気に飲んだ。

酒宴が進んでいくうちに、私は妙な気分になってきた。金城さんやホステスたちが薄っぺらな皮だけの人間であり、皮の裏は空洞であるように感じるようになったのだ。皮だけの金城さんは皮の上に高級なスーツを着け、べっ甲の縁の眼鏡、蛇皮のバンド、高級スーツ、ネックレス等の装飾品を付けている。金城さんの皮を包帯のように引き剥がすと内側は透明になり、金城さんの肉体は存在しないように思えた。ホステスのヨシミ、マユミ、ユキナも皮の上に白粉を塗り、その上に華やかな衣装をまとっているように思えた。大げさに振舞い、笑っている彼女たちには脳みそも肉体も内臓もなく、表面の皮だけであり、皮の内側は空洞になっている。人間の形をした皮たちが人間のように振舞っているという妄想に襲われた私はその妄想を打ち消そうとしたが打ち消すことができなかった。彼女たちが大笑いすると口の奥の空洞を見てしまうのではないかという恐怖に襲われた。人間の形を装っている皮たちに囲まれているという妄想に襲われながら私は作り笑いをやり、冗談を言って懸命に金城さんを接待した。

鋭くなった私の嗅覚は目の前の人間たちの皮から発してくる悪臭と金城さんが発している高級な香水の悪臭がまるで水と油のようにアンバランスに混ざっているように感じ、高級な香水の悪臭と下品な悪臭が不規則に私の鼻に入ってきた。私は気分が悪くなってきた。しかし、気分が悪いことがばれると坐が白けてしまう。私は気分の悪さを我慢しながら酒宴を盛り上げた。

午前0時。閉店時間になった。金城さん、いや、金城

は品のない中年男だ。金城さんと呼ぶのにふさわしくない。金城でいい。金城はヨシミに割烹に行こうと誘った。ヨシミは喜んで賛成した。ユキナは約束があると言って断った。マユミは喜んで行くと言った。ヨシミは私を誘ったが、金城にとって私はお邪魔虫である。私は、明日は家族サービスがあるからと嘘をついて断った。マユミも割烹でにぎり寿司を食べた後に退散するはずである。

クラブ美奈を出て、タクシーに乗ろうとしたときに、金城は私に、「お前も行こうよ」と誘ったが、金城は私が断るのを期待しているから、私は丁重に断った。頭が弱い金城は白粉だらけのヨシミに頭を撫でられて気持ちよさそうだ。ふん、エロ親父めが。

去って行くタクシーに深くお辞儀をして、タクシーが見えなくなると緊張から解放されて私は安堵した。安堵した私はよろよろとよろめいた。私はよろめきながら歩いた。

## 赤い服の女

私は皮だけの連中から開放されて、次第にすっきりした気分になってきた。しかし、悪い酒を飲んだ性でまだ気分がすぐれない。私には高級なブランデーも十五年古酒のあわもりも要らない。高級な酒は私には合わない。私に合うのは安いあわもりだ。いわゆる腸に沁みるアルコールというやつだ。高級な酒は腸には沁みないうわっつらの酒だ。私は三合ビンのあわもりを求めて歩いた。クラブ美奈から出た私は大通りを歩き、右に曲がって暗い路地に入り、それから右に歩いていくと五階建てのオフィスビルの角にくっついている三角形の建物に到着した。たった三坪の三階建ての建物には婆さんが住んでいて一階は商店になっている。婆さんは深夜まで店を開いていた。一階が商店で二階が寝室で、三階が物置になっているらしい。オフィスビルの角に建っている三角形の婆さんの住む建物は金魚の糞のようで異様であるが、昔、婆さんはオフィスビルの地主だった男の妾だったらしい。地主は婆さんが一生食っていけるように、三坪の三階建ての建物を与えたそうだ。そんな噂を聞いたことがある。私は三角形の商店のドアを開けて、

「あわもりのカップをくれ。冷えたやつを」

とカップ酒を注文した。婆さんは何も言わないで立ち上がり、側の冷蔵庫からあわもりのカップを取り出して私に渡した。私は、幾らだと聞き、

「百七十五円」　婆さんが言うと、私は二百円を出して、

「つりは要らない」と言って、商店から出た。

私はオフィスビルの階段に座りカップ酒を飲んだ。カップ酒を飲み干すと、私は立ち上がり商店に戻った。ドアを開けて店に入った。

「婆さん。カップ酒をくれ。冷えたやつを」

婆さんは私の顔をじろじろ見ながら、

「お兄さん。気分が悪いのかい」

と、言った。そして、心配そうな顔をして。

「顔色がだいぶ悪いよ」

と、言った。ククク、棺桶に半分足を突っ込んだ老婆に心配されるとは私も落ちたものだ。私は金を払いながら、

「そうかい。私の顔色は悪いのか。でもな婆さん。生憎私は元気だ。婆さん。婆さんは目が悪いな。病院に行ったほうがいいな。色盲かもしれないな。あははは」

私は勢いよく商店を出ると、婆さんに心配されたことにかっとなり、カップ酒を一気に飲んだ。しかし、体の芯はまだ暖まらない。くそ、もっと酒だ。もっと血をたぎらさなければならない。そうしないと、棺桶に半分足を突っ込んだ老婆にもなめられてしまう。私は血をたぎらせ、闇の中の孤独の炎を燃え上がらせるのだ。カップ酒を飲み干した私は三度商店に入った。

「婆さん。あわもりの三合ビンをくれ」

カップ酒は終わりだ。歩きながら飲むのは三合ビンがいい。

「顔色悪いよ。病院に行った方がいいよ。酒は飲まないほうがいいよ」

婆さんは私を心配していた。

「婆さんよ。心配するな。悪酔いしただけだ。体の中に私の血液に合わないアルコールが入っているから悪酔いした。今、あわもりで私の血液を浄化している。だから、心配するな。婆さん。あわもりの三合ビンをくれ」　婆さんはあわもりの三合瓶を出した。

「三合ビンを紙袋に入れてくれ」

婆さんは、「大丈夫かねえ」とぶつぶつ言いながら茶色の紙袋にあわもりの三合ビンを入れた。婆さんの言動にかちんときた私は紙袋をふんだくるように取ると千円札を投げ捨てて商店を出た。私はあわもりをラッパ飲みしながらオフィスビルの前を通り過ぎ、暗い路地に入った。


体が温まってきた。気分もよくなってきた。路地を歩きながら昨夜割烹須美で出遭った昔の文芸サークル仲間だった連中のことを思い出した。城間秀雄は県庁の職員だと言っていた。仲間秀志は高校の教師だという。そして、真志喜宏平は市の職員だという。波照間進一は離島の役所の職員だと言っていた。私は昨夜のことを思い出して苦笑した。みんな公務員だ。みんなお上になっちまって安定した中流生活を満喫している人間たちになっている。それはそれでいい。安定した生活を望むのは人間の本能だ。彼らが公務員になったのを非難はしない。しかし、あいつらは公務員でありながら詩を書き同人誌を出している。あいつらの詩なんてなんなのだ。あいつらの同人誌なんて芸術的な価値があるのか。あいつらは税

金から給料をもらっている公務員だ。あいつらは、今日が無事だったから明日も無事であるとは限らない不安定な生活を送りながら税金を払って生きている庶民とは違う。あいつらは庶民ではない。あいつらはお上だ。支配者だ。支配者でありながら庶民の顔をして詩を書いている連中だ。あいつらは詩の精神を汚す奴らだ。俺は空を見上げた。

「お前らはー」

空に向かって吠えた。

「若い頃の純粋な詩の精神をー」

天の星たちに向かって叫んだ。

「どこに捨てたのだー」

星たちは苦笑した。

あいつらは庶民の税金を貪っている連中だ。庶民から搾取した税金で中流生活をしている公務員だ。あいつらはお上であり支配者なのだ。権力者なのだ。支配者が庶民のふりをして詩を書いてなんになる。支配者は支配者らしい詩をかけばいい。優雅な花鳥風月の世界を楽しめばいい。ククク、笑えてくる。あいつらは支配者のくせに庶民の振りをしているだけだ。あいつらは庶民じゃない。お上だ。支配者だ。権力者だ。支配者である公務員が虐げられた庶民の振りをするなんて馬鹿げている。あいつらには庶民の振りをする詩をかけても、庶民の真の詩は書けない。あいつらには詩人の魂なんかない。搾取者が仮面を被っているにせ詩人だ。公務員であるあいつらの詩なんてくそ食らえだ。

「くそくらえー」

私は天の星たちに叫んだ。星たちは苦笑した。

私は路地から路地へと歩き続けた。外灯で照らされた明るい路地。外灯のない暗い路地。ネオン看板に照らされた明るい路地。高層ビルの陰になっている暗い路地。私は歩き続けた。三合ビンの酒が切れた。私は新しい三合ビンを手に入れるために、急いで商店に向かった。お、商店の灯りが見えた。電信柱の隣に立っているトタン屋根の木造の商店だ。

私は古い木作りのガラス戸を開けて商店に入った。婆さんは私が入ってきたのに気付かないでみかんを食べながら白黒の十三インチのテレビを見ていた。

「おばちゃん。三合ビンのあわもりをくれ」

老婆であるが、私はおばちゃんと呼んだ。私の声が大きいので婆さんは驚いた。

「おや、まあ」

婆さんは目を丸くして私を見た。婆さんは私の注文は聞いていなかったようで、動かないで私を見つめているだけであった。

「おばちゃん。あわもりの三合ビンをくれ」

婆さんはよろよろと立ち上がり、あわもりの三合ビンを持ってきた。

「おばちゃん。紙袋に入れてくれ」

婆さんはあわもりを茶色の紙袋に入れて私に渡した。

「ありがとう。それじゃな」

私はお金を渡しおつりをもらうと商店を出た。私は歩きながらあわもりの瓶の蓋をぐいっとひねって開けて、酒をラッパ飲みした。なんだか心が浮き浮きしてきた。

　同人誌を出しただと。ふざけている。城間秀雄、真志喜宏平、仲間秀志、波照間進一には詩を書く資格なんてない。あいつらは若い頃にランボーを語り合ったではなかったか。ランボーに感動し、ランボーのような詩を目指していたのではなかったか。あいつらはエドガー・アラン・ポーを語り合ったではなかったか。あいつらはジュネを語り、ボードレール、カフカ、サド、バタイユを語りあったではないか。彼らは社会に反抗し、自由を謳歌したのではなかったのか。あの頃の詩への情熱はどこに行ったのだ。

　あいつらは中流生活をするために公務員になった。あいつらは人生を無難に生きることを選んだ。なぜ、あれほどに詩に情熱を燃やした連中が公務員になったのだ。なぜ、あれほどに詩に情熱を燃やした連中が社会に出ると生活の安定を最優先するのだ。フン。所詮あいつらの詩はまやかしだ。まやかしの詩だ。あいつらにランボーを語る資格はない。詩は情熱だ。詩は血だ。詩は叫びだ。あいつらにエドガー・アラン・ポーを、ボードレールを、サドを、バタイユをジュネを語る資格はない。あいつらは詩を侮辱している。

　あいつらには孤独の美徳を生きる勇気がない。惨めさと闘いながら生きる根性がない。同人誌を出しただと。詩の根源を見失ったやつらが同人誌を出して嬉々とするのはちゃんちゃらおかしい。滑稽だ。滑稽すぎるほど滑稽だ。どんなにあいつらが同人誌を出しても、それは芸術としての詩じゃない。自由の代わりに中流生活を得た連中の虚ろなたわごとだ。なにが詩だ。なにが同人誌だ。あいつらの同人誌なんてくそったれの字の固まりだ。それで、詩人としての実績を重ねているつもりか。そして、沖縄の文学史に名を残すつもりか。くそったれだ。同人誌を出して詩人として世間に名が知られるのがそんなにうれしいか。フン。くそったれだ。

　私は苛々しながら路地の街燈の灯りの下や闇の中を歩いた。誰も通っていない裏通りを、「くそ、くそ」と呟きながら歩いていると駐車場に出た。駐車場に沿って歩いていると十階建てのオフィスビルがあり、私は誰もいない静かなオフィスビルの階段に座った。

　割烹で彼らに会って動揺したのは馬鹿らしいことだ。仲間秀志か、城間秀雄か、真志喜宏平か。十六年振りに見たあいつらは弛んだ顔にしまりのない声をしていた。まのびした話し振り。日々のんびりと生きている中年太りの三人。仲間秀志は太鼓腹になっていた。彼らには学生の頃の凛とした姿はなかった。芸術について真剣に論争していた果敢な姿は消えていた。彼らは詩を書くべき人間ではなくなった。あいつらは生活に安住して詩人ぶっている醜い中年男たちだ。

体の芯はすっかり暖まり私の心は落ち着いた。足元はふらついているが意識ははっきりしている。空を見上げた。夜の空は星たちが鮮やかに輝いている。

本気で詩人になるなら妻や子を捨てなければならない。命のぎりぎりで表現しなければ本物の詩なんて生まれて来ない。酒を飲み、堕落して落ちるところまで落ちないと真の芸術は生まれない。それが詩の真実であり芸術の真実だ。昔、私は詩人になることを志して酒を飲み、自堕落な生活をやっていた。私は堕ちるところまで堕ちた。奈落の底に堕ちて、女にも愛想をつかされ、絶望の日々を生きていた。奈落の底を這いずり回り、これから私の詩が始まるという瀬戸際まで来ていた。ところが奈落の底を生きていた時の私の棲家が父母に見つかってしまった。非情な父母によって私は奈落の底の棲家から引きずり出されて、強引に実家に連れ戻された。詩を書き溜めたノートや詩集は取り上げられ、実家の庭で全て燃やされた。私は冷酷な父母によって詩から切り離されてしまった。母親の涙の説教と父親の情け容赦ない怒りに私の精神はがんじがらめに縛られた。そして、私は精神病院に放り込まれた。鋭くて繊細な神経を鈍感にする薬によって私の神経は麻痺し、医者による、酒は悪であり、詩は役立たずであるという催眠術によって私は強引に詩を捨てさせられた。私は父母や精神病院の医者によって魂を抜かれてしまった。私は不平も不満も怒りもない従順な人間に改造された。

フン。しかし、それは表面だけのことだ。本当の私は魂を抜かれていなかった。抜かれたように見せただけだ。私の心の底にはまだ詩の魂は棲息している。ざまあみろ。ふん、ざまあみろってんだ。

公務員をしながらほそぼそと同人誌を出しているあいつらはじめじめと生きている人間たちだ。回りに気を使い。世間に歯向かわず。上司に従順に従う奴らだ。中流生活を維持するために生きている奴らに芸術魂なんてありはしない。なにが沖縄戦だ、なにが戦争犠牲だ、戦争は殺し合いだ。人が死ぬのは当たり前だ。日本軍が島民を集団自決に追いやったって。それがどうした。戦争に正義やヒューマニズムを求めるというのか。ちゃんちゃらおかしい。いつからお前たちは反戦平和主義者になったのだ。沖縄が軍事植民地だって。笑わせる。沖縄は差別されているんだって。笑わせる。なに不自由ない公務員階級に君臨していて、なにが軍事植民地だ、なにが差別だ。庶民を差別しているのはお前らだろう。

辺野古の豊かな自然を守るんだって。へ、豊かな自然は人間を貧乏にしていくだけだ。辺野古で暮らしていけないから家や土地を売って辺野古から出ていく人は後を絶たない。その人たちの家、土地を安く買い叩いて商売しているのが俺たち不動産屋だ。辺野古から出ていく人間たちの苦しみを知りながら買い叩く俺の苦しみなんてお前らは全然知らない。

お前ら公務員貴族は辺野古の住民を追い出して豊かな自然の中で花鳥風月の詩でも書いて楽しむというのか。ふん、なにが豊かな自然だ。なにがジュゴンだ。

あいつらの魂は地球の引力に引っ張られて地べたを這って生きているだけだ。地べたの甘い汁を吸って満足している恥知らずの連中だ。あいつらの詩は飛べない詩だ。あいつらは飛べないエセ詩人たち。あいつらの詩は奈落に落ちることができない詩。あいつらは奈落を生きることができないエセ詩人たち。中流生活の甘い魔力に負けてしまったあいつらの心は不自由な詩しか書けない。あいつらは本物の詩人なんかじゃない。へへ、ざまあみろってんだ。詩は叫びだ。詩は怒りだ。詩は孤高だ。詩は永遠の踊りだ。へへ。私はメモ帳を出した。

さあ、マリーのところへ行くぞ。俺は自由だ。自由な俺はマリーを愛する。全てを捨ててマリーを愛する。

昼の地獄よさらば。虚ろな愛で結ばれている妻よ、娘たちよ、さらば。私は自由な世界に行く。永遠にだ。

さあ、マリーのところへ行くぞ。メモ帳を内ポケットに入れると、私は路地を歩き続けた。心が浮き浮きしてきた。もう少しでマリーに会えるのだ。私は本能に任せて歩いた。本能に任せて路地から路地へ歩き続ければマリーに会える。さあ、歩け歩け。

曲がりくねっている路地を歩く私は足がふらついて商店のシャッターにぶつかりそうになった。おーとっと、ぶつかりそうになるのをなんとか防いだ。おーとっと。今度は電信柱にぶつかりそうになった。電信柱を手でタッチして体がぶつかるのを防いだ。手で触れる電信柱。直立不動の電信柱。真っ直ぐに天空を指している電信柱。コンクリートのざらつきの中のなめらかさにひんやりとした冷たさ。私の火照った体は電信柱を抱きしめた。満天の空。輝く無数の星たちは今にも暗い空から降ってきそうだ。

ゆるやかなカーブの路地を歩き続けた。本能に任せて十字路を右に曲がった。いくつもの枝をメドゥーサの頭の蛇のように伸ばしている魔物のようながじゅまるが立っていた。おお、がじゅまる。密集した家々に魔の枝を伸ばして君臨するがじゅまる。がじゅまるを見上げながらがじゅまるの下を通り抜けた。

遠くで犬の吠える声が聞こえた。犬の遠吠えだけが聞こえる深々とした闇の路地。ビルや家々の隙間を走ってやって来た犬の遠吠えよ。孤独を叫ぶ切ない遠吠えよ。

私は犬の遠吠えに応えたくなった。道幅数メートルの路地で止まった。呼吸を整えながら目を瞑った。犬の遠吠えがはるか遠くから聞こえた。私は目を開いてゆっくりと歩き始めた。

「あーかーいーふーくーのーおーんーなー」

脳裏に赤い服の女が浮かんできた。赤い服の女が毅然として立っている。

「あーかーいーふーくーのーおーんーなー」

私は高らかにうたった。

赤だ。紅ではない。赤だ。橙ではない。赤だ。赤は鮮血の色だ。女の服は鮮血に染まっている。真っ赤な血の色だ。赤い服の女は叫んでいる。赤い服の女は現代のジャンヌダルクだ。真っ赤な服に包まれたジャンヌダルク。いや、ジャンヌダルクではない。赤い服の女は処女ではない。だからジャンヌダルクではない。赤い服の女は誰だ。おお、ジプシー女だ。長い黒髪を激しく舞い上がらせる赤い服のジプシー女だ。村から村へ、村から街へ、男から男へ旅をする。愛と怒りと悲しみのジプシー女だ。

私は止まった。足を高く上げてから黒い道にしっかりと足を下ろした。アスファルトの固さが革靴の底から足裏に伝わってきた。私はしっかりとした大地の上に立っている。私は腕をくねらせた。

「病ーんーだーかーぜーがー血ーみーちーをーとーおーるー」

赤い服の女は絶望の淵で叫ぶ。街も村も病んだ風が吹き荒れ、病が人々の血道を通る。体をくねらせながらはやしを入れた。

「ほーれ、ほーれ」

革命が起こらないこの地では赤い服の女はジャンヌダルクになれない。自由を叫ぶこともできない。ただただ、絶望の淵で泣き叫ぶ。

「子ー泣ーきーターぐれ。しーたーくちびーーるーをー裂ーきー　うーわくちびーるーが割ーれ」

夕暮れに赤い服の赤ん坊は泣きじゃくる。赤い服の女の悲しみの叫びは唇を裂く。赤い服の女は嘆き、天に叫ぶ。ほとばしる唇の鮮血。赤い服の女は叫ぶ。私は踊る。暗い路地で独り踊る。踊り続ける。右の闇の狭い路地裏から一匹目のゾンビが這い出てきた。左の狭い路地裏から二匹目のゾンビが這い出てきた。あちらこちらの路地裏からゾンビたちがぞろぞろ出て来た。ヒヒヒ。来いよ来いよ、出て来いよ、ゾンビたち。お前たちは私と一緒に踊るのさ。踊れ踊れゾンビたち。ヒヒヒ。さあ、踊ろうぜ。闇の中で酔いながら躍る。

「浮かーぶゆーーぐーれ　トーラッークーはー突っーぱしーるー」

リズムのない自由なダンスを踊る。アナーキーダンスを踊る。ギャギャーンと踊る。ギャギャギャーンと踊る。闇の妄想の中で踊る。突っ走るトラック。暴走トラック。

私は踊る。闇の路地で踊る。アナーキーだ。ランボーだ。暗黒だ。アナーキーだ。アナーキーを踊る。自由だ。自由だ。究極の自由だ。アナーキーだ。アナーキーダンスは暗い路地を歩き続ける。歌舞伎の道行きの踊りだ。見物者はひとりもいない。いや見物者はあちらこちらの闇たちだ。私は暗い路地で踊る。私は暗い路地のアナーキーダンサーだ。

「黒道ーのー果ーてー　あーかーいーおーんーなーはー歌ーーう」

走れ走れ黒道を走れ、暴走トラックよ、炎のように走れ。果てまで走れ。赤い服の女は歌う。自由を歌う。怒りを歌う。私は詩をうたいながら躍る。囃子を入れよう。「そーれそーれ」　手を叩く。有頂天になって手を叩く。闇の中のゾンビたち。闇の中の精霊たち。さあ、踊れ。アナーキーダンスを踊れ。路地の暗闇で暗黒の舞踏だ。暗黒の舞踏だ。

「トーラッークーー荷ーだーいーのージャーリーのーうえー」

ジャリトラックは暴走する。

黒道を暴走する。黒道の果てまで暴走する。暴走するトラックのジャリの上で赤い服の女は喚いている。赤い服の女はトラックのジャリの上で泣き叫んでいる。

「ああ、ほーいほーい」

足で暗い地を叩いて踊る。踊る。電信柱を叩いて踊る、踊る。

「子ーどーもーをー産ーんーだ」

赤い服の女は子供を産んだ。愛する男との子を産んだのか。憎い男との子を産んだのか。それは誰も知らない。

「ああ、そーれ」

天空に腕を伸ばした。天空には所狭しと星たちが散らばっている。星を手でひと掴みふた掴みする。

「子ーどーもーは　死ーんーだ」

赤い服の女の子は死んだ。病気で死んだのか。社会に殺されたのか。赤い服の女が殺したのか。それは誰も知らない。

「そーれそーれ。」

「死ーんーだー子ーをー産ーんだ」

赤い服の女は子を産んだ。赤い服の子は死んだ。赤い服の女は死んだ子を産んだ。産んだ子は死んだ。死んだ子を産んだ。ああ、赤い服の女の嘆き叫び。私は、

「それがーどうしたあ。それがーどうしたあ」

大声で囃して赤い服の女を励ます。風は吹かない。リズムは聞こえない。路地の闇は沈黙している。テンポは聞こえない。私はリズムもテンポもない踊りを踊る。曲がりくねった路地を本能に任せながら進む。

私は暗黒の舞踏を踊りながら路地を右に曲がった。冷たい外灯が闇の中にぽつんぽつんとある。物いわぬ闇と明かり。

「あーかーいーふーくーのー破ーれー目　かーなーしーみーのーなーみーだーがー零ーれーるー」

女の赤い服は破れた。絶望の破れ目から漏れてくる悲しみ。こぼれる女の涙は過ぎ去る風に奪われる。

誰も居ない路地。私の声は私の耳に響く。精一杯にアナーキーダンスを躍る。

「なんのーなんのー。そーれそーれ」

励ましの囃子を入れる。しかし、赤い服の女に私の声は届かない。私は踊る。リズムもテンポもない自由な私の踊り。ああ、快い。

「死ーんーだー子ーをー産ーんーだー」

赤い服の女は泣き叫ぶ。

私は路地の真ん中に立ちカブキのように大ミエを切った。

「子――をー産ーみー落ーとーしーーたーー」

ミエを切った後は急ぎ足になった。路地を走る走る。額から汗が流れ出てきた。

「るーつーぼーのー中ー　私ーはー女　だーかーらー女。散ったー星ーのー一粒ーをー飲ーんーでー　壊ーれーたー朝ーをー涙ーでー綴ーる」

走って走って。立ち止まり、再びミエを切った。

「つーーちーーにーーこーびーりーつーくーー血――をー買――――いーもーどーーすーーー」

それから、体をくねらせながら歩を進めた。

「しーっーつーいーのーひーるー」

ゾンビたちがあちらこちらの闇から出てきて踊りながらぞろぞろと私の後ろをついて来る。

「せーいーきーをー売ーるー」

路肩に乗った。ふらふらする肉体はすぐに路肩を下りた。そして、路肩を越えた。そして路肩を蹴った。体を伏せて路肩のひんやりとした冷たい感触を感じた。ゆっくりと路肩に横たわり、路肩を撫で回し、路肩に頬摺りをした。路肩のひんやりとした感触が気持ちいい。

「あーまーのーしーたー」

路肩を背にして空を見た。遠い向こう側に広がる満天の星たち。星たちは小刻みに震えて踊っているようだ。星たちの微笑みを眺めていた私は立ち上がった。再び路地を歩き始めた。外灯の明かりの中に十字路が見えた。本能に任せて十字路を左に曲がった。

「血ーのーとーるーさーんーげーきーのーしーまーのー」

「いーちーにーちーのー果ーてー」

ぐるぐる回った。上も下も右も左も混ざり合い、ぐるぐる回っている私はアスファルトの道に倒れた。倒れた私は道の上をぐるんぐるん転がった。

「あーるーいーてーいーくーれーきー史ーたーちーはー」

歴史たちは歩く。どこへ歩くか知らないが。歴史たちは歩く。私は踊る。踊る。歴史たちは歩く。歩く。私は踊る。踊る。歩け歩け。踊れ踊れ。路地裏の闇から這い出てきたゾンビたちよ踊れ。闇たちよ踊れ。精霊たちよ踊れ。

「だーんーとーーだーいーへー　つーみーをー売ーるー」

私は踊る踊る。闇を踊る。

「踊るあほーに踊るあほー。ほーれほーれ。」

そうだ。私は阿呆だ阿呆だ。

「だーかーらーおーんーなー」

この自由、この開放感。これぞ芸術の喜びだ。

「なーみーだーのーおーんーなー」

おお、私は女の悲劇を躍っている。ゾンビたちと一緒に踊っている。精霊たちと一緒に踊っている。闇たちと一緒に踊っている。涼しい空虚とカブいている。目には見えないゾンビたちと一緒に私は暗い路地でカブいている。意味もない。価値もない。アナーキーだ。これが詩だ。詩は踊りだ。邪念を振り払い、躍る躍る。独りで踊る。

「ちーちーのーたーきーでー泣ーきーさーけーぶー死ー児ーにー」

私は自由、自由。死児よ死児よ死児よ死児よー。

「きょーうーとー言ーうー」

踊る、踊る。詩を踊る。今を踊る。至福を踊る。

「いーまーとー言ーうー」

立ち止まり大きくカブキのミエを切った。深呼吸をした。そして、最後の一行に思いを込めて踊った。

「ジャーリートーラーはーしっーそーしーたーまーまーだーとー言ーうー」

暗黒の舞踏をやった私は疲れ果てていた。しかし、私は歩かなければならない。マリーのところに行く。マリーが私を待っている。私はよろよろしながら闇の路地を歩き続けた。

フフ、疲れ果てても私は休まない。私は歩く。マリーのところに行くのだ。愛するマリーの待つところへ行く。私は狭い路地から狭い路地へ歩き続ける。私は暗い路地から暗い路地へ踊りながら歩き続ける。フラフラと踊りながら歩き続ける。

## マリーの館

犬の遠吠えも猫の鳴き声も風の音も全ては私の踊りへの囃子だ。本能に任せて塀と塀に挟まれた狭い路地を通り抜ける。道路であろうがなかろうがかまわない。私に行き止まりなんてありはしない。全ては道だ。右へ左へと曲がりくねっている迷路を進む。狭い路地を進み続ける。

広場に出た。家々に囲まれた小さな広場だ。やっとのことでこの広場に辿りついた。ここまで来ればマリーのところはすぐそこだ。私は安堵した。広場の隅にはベンチがあった。疲れた呼吸を整えるためにベンチに座った。見上げると星たちが輝いている。月のない夜空に広がる星たち。私は星たちを眺めながら酒を飲んだ。空を飛び、星たちに向かって進みたくなった。今の私は空を飛ぶことができる。天空から那覇の街を見るのもいい。しかし、飛ぶのは止そう。これからマリーの所に行く。空を飛ぶのは次にしよう・・・。

おお、夜空を眺めながらうとうとしてしまった。ほんのわずかだが寝てしまったようだ。私はベンチで座り直し、酒を飲んだ。そして、最後の一滴を飲み干すと、私は立ち上がった。さあ、マリーのところに行こう。

私は歩き始めた。広場の一角にある古い家と古い家の間にある路地に入った。路地を通り抜けて左に曲がった。そして、路地を右に曲がり、それから左に曲がった。並んでいる古ぼけた家を一軒目、二軒目、三軒目、四軒目、五軒目、六軒目、七軒目、八軒目、九軒目と通り過ぎて路地を曲がると、目の前に大きな石灰岩が現れた。石灰岩の側に大きながじゅまるの木が植わっていた。がじゅまるの根に抱かれるようにさびた鉄の小さな螺旋階段があり、私は螺旋階段を下りていった。まるで井戸の底に下りて行くようだ。

下りるにつれて英気がみなぎってくる。階段を下りきると、白地に黒くマリーと書かれた小さなネオン看板があった。おお、やっと来たぞ。ここがマリーのいるところ。マリーの館だ。酒を飲みながら本能に任せて闇から闇へ、路地から路地へ歩き続け、そして、おお、やっと私はマリーの館に辿り着いた。

ここは那覇の街の地下深くにある鍾乳洞の洞窟だ。洞窟がマリーの館だ。沖縄は石灰岩の島だ。あらゆる所に石灰岩が溶けてできた鍾乳洞がある。マリーの館は那覇の街の地下深くにある鍾乳洞の空間だ。

マリーに会える。ドアの向こうにマリーがいる。自然に私の笑みがこぼれた。慌てるな。落ち着くのだ。私は深呼吸をして乱れている呼吸を落ちつかせた。さあ、マリーに会うぞ。

ドアをゆっくりと開けた。中に入った。すぐにドアを閉めた。妖艶なマリーの香りがした。薄暗いマリーの館の空間。床はトラバーチンの石畳が敷き詰められ、壁は細かい木のチップが岩の壁のように敷きつめられている。マリーの館の空間は赤色の照明で満たされている。カウンターには九つの椅子が並んでいた。カウンターの中央には誰も座っていない。左端に三人の中年男たちが座っている。ユー、ヘー、テンだ。気に入らない連中だ。今夜も私はこの中年男たちと一波乱二波乱を起こすだろう。ククク・・・・。右端には三十代の男が一人座っている。諸味里という名前の男だ。彼は風来のドラマーだ。カウンターの右側にはアキが立ち、左側にはマリーがいる。ドクンドクンと胸が高鳴った。

「マリー」

マリーを呼んだ。マリーが私を見た。私は手を振った。私が手を振るとマリーは微笑んだ。ああ、マリーは美しい。本当に美しい。マリーに近づいていった。そして、ユー、ヘー、テンに聞こえるように、わざと
「ちぇっ」

舌打ちをした。

　私の舌打ちに気付いた三人の男はくるっと椅子を回転させた。そして、私を睨んだ。よしよし、期待通りの行動だ。私をびびらそうと睨んでいる。ふん。睨まれてびびる私ではない。それに。ユー、ヘー、テンが私に期待しているのは私が睨み返すことだから、私はユー、ヘー、テンの期待通りにユー、ヘー、テンを睨み返した。しかし、ユー、ヘー、テンの期待を裏切るのもまた楽しい。私はすぐに三人を無視して、マリーを見た。そしてにっこりと笑い、

「やあ、マリー」

マリーは微笑み、

「いらっしゃい」

うう、マリーの美しさにぞくぞくする。

　ユー、ヘー、テンを一瞥すると、まだ、ユー、ヘー、テンは私を睨んでいた。でも、フフンだ。私を睨んでいるユー、ヘー、テンを私は恐れない。恐れないどころか三人と睨み合いを楽しむのだ。そもそも、ユー、ヘー、テンという三人の名前は人を食ったふざけた名前だ。こんなふざけた名前は本当の名前じゃないだろうから、本当の名前を教えろと言っても、これが本当の名前だなどとニタニタしている連中だ。そして、ふざけた名前のくせに三人はいつも威張っている。マリーの全てを知っている顔をするし、マリーの館の番人面をする。こいつらは不愉快な存在であり、こいつらはおもしろくない連中だ。それにこいつらは私とマリーの恋の邪魔をする生意気な中年男たちだ。

　ユー、ヘー、テンはいつも一緒に行動している。マリーの館にはいつも三人一緒に来る。ひとりひとりはきっと弱虫なんだろう。弱いから徒党を組んで威張っていやがるんだ。

　ユー、ヘー、テンは私より十歳以上も年上であり五十歳くらいだ。最近の三人は作務衣を着るようになった。作務衣を着ているのは芸術家の雰囲気を出すためだ。緑の作務衣を着ているのがユー、紫の作務衣を着ているのがヘー、茶の作務衣を着ているのがテンである。三人は陶芸や三味線等を趣味にしているというが、腕は大したことはない。そう、私は確信している。

　ユー、ヘー、テンは私が最初にマリーのところに来た十六年前にはすでに常連になっていた。三十代の男盛りの三人はマリーにべた惚れだった。しかし、十六年経過

しても誰ひとりとしてマリーと恋仲にはなれなかった。それは三人の一人一人の愛のエネルギーが小さかったからだ。三人のマリーへの愛は三人を合わせてやっと一人前だということだ。そして、三人の愛を合わせても私の愛の方が勝る。それは断言できる。今夜こそ私の愛が三人より勝っていることを思い知らせてやる。この三人は気に入らない連中だ。今日こそマリーの前でぶちのめしてやる。

そもそも、ユー、ヘー、テンという名前が気に入らない。人を小ばかにした名前だ。ユー、ヘー、テンという名前は軽いし、無責任さを感じさせる名前だ。そんなつまらない渾名を使用している人間なんてつまらないに決まっている。つまらない人間の本名を聞く必要はない。

この三人は蠅のようにマリーにまとわりついてマリーと私の恋路の邪魔をするうるさい奴らだ。こんな下司な連中はマリーのところに来てほしくないと私は思っている。しかし、やっかいなことに私より彼らの方がマリーのところに来ている回数ははるかに多いしマリーのことを私より知っている。しかし、くそったれだ。量より質だ。ふん。マリーへの愛は私が三人より勝っている。それは間違いない。

今日の私は機嫌がいい。英気がみなぎっている。私の気力ははちきれそうだ。多分、昨夜割烹で学生時代の文芸サークルの仲間に出会ったことが原因になっているだろう。城間秀雄は県庁の職員だ。真志喜宏は平市の職員である。そして、仲間秀志は高校の教師だ。三人は支配者の片棒を担ぐ公務員になっていた。

若い頃に、社会に反抗し、自由、愛、酒、放浪を謳歌し、貧しい人々の救いをテーマにして詩作をしていた連中が、頭の先から足の先まで公務員になっていた。民を搾取した税金を貪る公務員は一生の生活が保障されている。彼らは悠々自適な生活を送っているのだ。税金で中流生活をしている公務員が詩を書くだと。笑わせるよ。ククク。ランボーを忘れたのか。ランボーはブルジョアジーを嫌悪した。そうさ。詩人はブルジョアジーを嫌い、詩人は税金を貪り食う支配者たちを嫌う。詩人は反体制派であり、庶民を苦しめ弾圧する者たちを非難しなければならないのだ。ところが公務員である城間秀雄と真志喜宏平と仲間秀志は税金をむさぼって中流生活を満喫している連中なのだ。彼らは貴族だ。貴族は貴族らしく風流を楽しむ詩を書けばいい。もう、彼らには真実の詩は書けない。彼らにはランボーやボードレールの詩魂を受け継ぐ資格はない。彼らは国家の手先だ。税金を食う偽善者たちめ。彼らの詩に本当の毒はない。真の正義もない。真実もない。彼らの詩にあるのは毒を装った無害で無味な蒸留水だ。偽の正義、偽の真実だ。フフンだ。城間秀雄、真志喜宏平、仲間秀志への軽蔑と憎悪がエネルギーとなって私の英気を増大させた。偽善詩人たちに出会った私の反骨のエネルギーが腹の底からメラメラと湧き出してきた。だから私は元気がいいのだ。

「やあ、マリー」

元気のいい私はマリーの前、つまりユーの隣に座った。三人は私を睨んでいる。フン、ユー、ヘー、テンを見にマリーの館に来たのではない。マリーに会いうためにマリーの館に来たのだ。私はユー、ヘー、テンを無視した。

「やあ、マリー。元気かい」

と言うと、マリーは私を見てウィンクをしながら、

「酔いどれ」

と言って、微笑んだ。マリーの微笑みに私の心はとろけそうになる。しかし、とろけてしまえば負けだ。

「酔いどれはマリーだ」

私は言い返した。

「私は酔いどれよ。酔いどれマリーよ」

マリーは微笑みながら言った。

マリーは不思議な女だ。私が最初に会ったのは二十三歳の時だった。あの頃マリーは二十代後半の女だった。私より五、六歳年上であったはずだ。しかし、十五年以上経過してもマリーはそれほど年を取ったようには見えない。マリーは十五年の間に二、三歳くらいしか年を取っていないように見える。いつの間にか私が年上になってしまった錯覚をしてしまう。マリーは年上であるのに年下であり、年下であるのに年上であるような不思議な存在である。しかし、マリーと話しているとすぐにそんな年齢のことは頭から消えて、私とマリーは男と女のストレートな関係になる。

私は思う。もしかするとマリーは魔女かも知れないと。魔女のマリーはいつも酔いどれている。酔いどれ魔女のマリーだ。フフフ。

横目でユー、ヘー、テンを見た。ユー、ヘー、テンはまだ私を睨んでいた。私をびびらそうとしているのだ。お笑いだ。そんなことで私はびびらない。フン、アホな中年男どもめ。

この三人はまあそんな連中だ。愚かな男たちだ。この連中はマリーに近寄る男を睨んで追い払うつもりだろうが、誰もびびりはしないさ。睨み返してやりたいが、それよりもマリーと目を合わせ、言葉を交わすのがいい。

私はユー、ヘー、テンを無視してマリーと話そうとした。すると、私が声を出す前に、

「だからさあ、マリー。行こうよ」

ユーが大声を出して、私とマリーの会話を邪魔した。

「ユーの話なんか聞かないほうがいい。私と話そう、マリー」と言おうとしたら、ヘーが間髪を入れずに、

「運転はまりっぺがやるから。俺たちは飲酒運転をしないよ。絶対に」

私の声を阻んだ。そして、ユーとテンが、私に何も言わせないように、「行こう、行こう」と叫ぶような声で言っ

た。

「明日の運転をするためにまりっぺはぐっすり寝ている」三人の男たちは私に話す機会を与えないで次々とマリーに話した。

私はマリーにまだ酒の注文をしていなかった。普通ならカウンターに座った私の注文を聞く時間をマリーに与えるものだ。しかし、ユー、ヘー、テンの三人の男にそんな常識はない。三人はマリーと私の会話を邪魔したいのだ。十五年の間三人を見てきたから三人の性格はよく分かっている。えげつなさは中年になって増してきた。ふふん。ユー、ヘー、テンの三人の男たちとの心理的な駆け引きを楽しもうじゃないか。

「マリー。あわもりだ」

私はユー、ヘー、テンの話を無視して言った。するとテンが、

「アキ。あわもりだとよ」

と私の注文をアキに伝えた。アキは諸味里の相手をしていた。私の前にマリーが居るのだから、マリーが私の注文を受けるのが当然だ。それを「アキ、あわもりだとよ」と私の注文をアキにおしつけた。なんて、自分勝手な連中だ。私はテンを睨んだが、ユー、ヘー、テンは私を無視した。

「マリー、行こうよ」

ユーは私の注文はアキがやると決め付け、マリーは私の相手をしなくてもいいというようにマリーに話した。私は即座に、

「マリー。行かない方がいいよ」

三人を圧する声で言った。

マリーとの会話を邪魔された三人はぎろっと私を見た。クククク。ざまあみろってんだ。私は彼らの話の内容は知らないし知る必要もない。どうせこいつらの話はつまらない内容に決まっている。「マリー、行こうよ」と言ったということは、三人はマリーをどこかに連れて行こうとしているのだろう。私は場所を知らないし、日時も知らない。目的も知らない。それなのに私は「行かない方がいいよ」と言った。それでいい。どうせユー、ヘー、テンの目的はつまらないだろうし、そもそも私の目的はユー、ヘー、テンの鼻をへし折ってやることだ。ユー、ヘー、テンの悔しがる顔を見るのが私の快感だ。

ユー、ヘー、テンが私を睨んでいる間にマリーは私の前に五〇〇ミリボトルのあわもりを置き、グラスに氷を入れ酒を注いだ。私はユー、ヘー、テンの視線に快感を感じながらマリーを見つめた。

「マリー、行こうよ」

ユーがマリーに言った。私はユーの声を打ち消すように、

「マリー、久しぶり」

と言いながら、グラスをマリーに翳した。

「久しぶりね」

マリーは微笑んだ。私はぐいっとあわもりを飲んだ。

「マリー」

テンが苛々しながら言った。私はテンの声を打ち消すように、

「マリー、乾杯してくれ」

と大声で言った。マリーはグラスに氷を入れ、酒を注いだ。私はマリーのグラスとカチンと合わせて乾杯をした。私はあわもりを一気に飲んだ。胸がすかーっとした。そしてふわーっといい気持ちになった。

「ううん。マリーが注いだ酒はおいしい。最高だ」

お世辞ではない。本心だ。マリーが注いだ酒は本当においしい。マリーが微笑んだ。マリーの笑顔はとてもきれいだ。ほれぼれする。私はマリーを見つめた。きっと、ユー、ヘー、テンは苦い顔をしているだろう。フン。ざまあみろだ。私はユー、ヘー、テンの顔を見たかったが無視した。無視した方が気持ちいい。マリーは私のグラスに酒を注いだ。

「なぜ、反対なの」

マリーは訊いた。

「え」

私はマリーの言った意味が分からなかった。

「さっき、反対したでしょう」

「さっき、なにに反対したのだろう」

私は呟いた。すると、ユーが唸った。

「忘れた振りするな」

ユーの声で私は事情も知らないで「行かない方がいい」と言ったことを思い出した。私はユーを見て、ヘーを見て、テンを見た。三人は苦々しそうに私を睨んでいた。うう、快感。

「ああ、あのことか。なぜ、反対したのだろう。マリーはなぜだと思うか」

私はにやにやしながらマリーに訊いた。

「その質問の答えはマリーの頭の中にはないわ。答えはあなたの頭の中にあるわ。そうでしょう」

マリーは微笑みながら私の問いを私に返した。

「そうなのか。ふうん。それじゃあ答えは私の頭の中にあるということか。ううん、困った。私の頭の中のどこにあるのかなあ。私の頭の中は真っ暗なのでどこにあるのか探せない。頭の中を照らす懐中電灯が必要だ」

私のシャレた冗談にマリーが笑うのを期待した。マリーは美しく微笑んだが、私のしゃれた冗談には無反応だった。ユーが、

「ふざけた言い方だ」

と、言い、ヘーが、

「ふざけた野郎だ」

と言い、テンが
「懐中電灯を脳の中に押し込んでやろうか」

と言った。三人の声には怒りがこもっていた。

テンの「懐中電灯を脳の中に押し込んでやろうか」はなかなかしゃれた言い方だと感心したが、私はユー、ヘー、テンとは話したくなかったから、

「マリー。答えは私の頭のどこらへんにあるのだろう」と、ユー、ヘー、テンを無視してマリーに言った。すると、ユーが

「反対した理由を説明しろよ」

と言った。私はユーを無視して、

「ねえ、マリー。答えは私の頭のどこらへんにあるのかを推理してくれないか」

と言った。マリーは微笑みながらなにも言わないで、私のグラスにグラスを合わせてあわもりを飲んだ。ヘーが、

「反対した理由を説明しろよ」

苛々しながら言った。フフ、苛々しろ、怒れ怒れ中年連中。お前たちが苛々すればするほど私は快感になる。ユーが、

「耳からストローを入れて、お前の脳みそを吸い取ってやろうか」

と低い声で私を脅した。ヘーが、

「頭を空っぽにしてやろうか」

と、皮肉を言い、クックッと笑った。テンが、

「もともと、スポンジみたいな脳みそなのだろう。空っぽと大した違いはない」

とニヤニヤしながら言った。普通の私なら、「なにー、私をおちょくるな」と立ち上がって、テンの胸倉を掴んでいた。しかし、今夜の私はいつもより英気が溢れ心の余裕があった。ユー、ヘー、テンの中年連中に簡単に短気は起こさなかった。私は三人を無視してマリーと酒を飲んだ。

「反対した理由を説明しろよ」

ユー、ヘー、テンは苛々した声で言った。それを待っていたから、間髪を入れずに、

「忘れた」

とそっけなく答えた。私の返事にかちんと来たテンが、

「それはないだろう。ちゃんと答えろよ」

苛々した声で言った。クックッ思った通り苛々しやがった。私は心で笑った。生意気な中年連中ユー、ヘー、テンの苛々が高まれば高まるほど快感だ。

「答えるか答えないかは私の自由だ。お前たちの指図は受けない」

私はユー、ヘー、テンの苛々がもっと高まるのを期待した。

「なにー」

期待通りにテンの苛々が急上昇した。

「許せない」

ヘーが苛々を越えて怒った。

「この野郎。生意気な男だ」

苛々したユーが罵声を浴びせた。

「生意気で悪かったな」

私は鼻で笑った。

私とユー、ヘー、テンは睨み合った。クックック、楽しいぜ。笑いそうになるのをこらえて私はユー、ヘー、テンを睨んだ。見栄っ張りなこいつらを怒らせるのは実に楽しい。

ここは刹那の世界。刹那を楽しむ。話の内容は重要ではない。会話を楽しむところだ。会話の楽しみ方は色々ある。夢を語りあって楽しむ会話。愛を語りあって楽しむ会話。政治を語りあって楽しむ会話、慰めあって楽しむ会話、励ましあって楽しむ会話などがあるが、私とユー、ヘー、テンの会話はけなし合い、非難し合い、からかいあって楽しむ会話なのだ。

「ああ、お前は生意気で憎たらしい奴だ」

ユーは今にも掴みかからんばかりだ。

「反対した理由を言えよ。言ったら許す」

ヘーが言ったので、

「けっ。なにが許すだ。許す権利も権力もないくせにませたことを言う中年男だ」

私は言い返した。

「なにー」

ヘーが怒った。私とユー、ヘー、テンは立ち上がった。

「喧嘩は止めて。静かにして」

とマリーの声とは違う声がした。振り向くとアキが憤然として立っていた。

「喧嘩をするなら外に叩き出すよ」

アキが怒ると怖い。

アキの祖父は琉球古武道の大御所という噂だ。アキは子供の頃から祖父に沖縄古武道を教えられたらしい。噂ではアキは喧嘩にめっぽう強いらしい。アキには男でも歯が立たないらしい。アキが、暴れている男をあっという間にやっつけた現場をユー、ヘー、テンは何度も見たらしい。ユー、ヘー、テンはアキが忠告した瞬間におとなしくなり椅子に座った。アキに歯向かったら外に叩き出されると信じている私もおとなしく椅子に座った。

「喧嘩はしていないよ。そうだよな」

ユーはヘーに言った。

「そう、喧嘩はしていない。私たちは平和主義者だ。喧嘩なんかしない」

ヘーはアキの睨みにびくびくしながら言った。

「嘘、喧嘩していたでしょう」

アキは私たちを睨んだ。アキはとても可愛い。しかし、怒った時の顔はぞくっとするほど険しい顔になり目つきは鷲の目よりも鋭くなる。アキに睨まれた瞬間に目が鋭い槍で射抜かれたような恐怖を覚える。

「け、喧嘩はしていない」

気が動転した私はそれしか言えなかった。

「嘘」

アキに睨まれた私は体が萎縮して何も言えなくなった。

「喧嘩はしていない。討論をしていただけだ」

テンが弁解した。

「嘘」

アキはテンを睨んだ。

「本当だよ。分かってくれよ、アキ」

ユー、へー、テンと私は喧嘩していたことを懸命に否定した。

「本当に喧嘩はしていないのね」

「そうだよ。私たちは仲良く討論をしていただけだよ。なあ、みんな」

へーがそう言うと、私とユーとテンは、「そうだそうだ」と頷いた。

「それならいいわ」

やっとアキの疑いが晴れたので私たちはほっとした。ほっとした途端に私は「しまった」と思った。ユー、へー、テンの顔を見ると私と同じように「しまった」という顔をしていた。つまり、私たちは言い合いに夢中になりすぎてマリーに逃げられてしまったのだ。私たち四人は呆然と顔を見合わせた。

アキは二十五歳になる。アキはとても可愛いのだが、年齢的なギャップがあり、話がかみ合わないところがある。アキと話していると窮屈に感じる。いや、そういうのはこじつけだ。正直に言おう。マリーとアキの魅力は雲泥の差があるということだ。私はマリーに会いにここに来たのであって、それ以外の理由はない。だから、アキと話してもちっとも楽しくない。私はマリーが移動したのでがっかりした。

「ところでアキ。明日ビーチパーティーがあるが行かないか」

ユーはアキを誘った。海が好きなアキは喜んだ。

「行く行く。どこでやるの」

「玉城の浜でやる」

「ジャズの生ライブもやるよ」

「そう、アランさんのテナーと重田さんのアルトが聞けるぞ」

「ドラムは津嘉山でベースがジョンだ」

「ジャズかあ」

アキはジャズと聞いてがっかりしたようだ。

「アキ。アランさんのテナーを聞いたことあるか。すごいぜ」

「聞いたことない」

「聞いてみろよ。きっと感動するよ」

「でも、私はジャズに興味ないし」

「いや、絶対感動する。ズージャーじゃないよ」

「ズージャーってなんのこと。」

「スウィングジャズのことだ。スウィングじゃないんだ」

「アキもライブに参加したほうがいい」

「そうだ。アキも参加しろよ」

「私のベースはフリーだから」

「ジャズだってフリーだろう」

「本当のフリーではないわ。私にはジャズは窮屈なの。私がライブに参加するのは無理ね」

「そうか。残念だ」

「でも、ビーチパーティーに参加してほしいな」

「アキは会費は無料でいい」

「会費も取るの」

「一般参加者からは取るよ」

ユー、ヘー、テンがマリーに「行こうよ」と言って誘っていたのはビーチパーティーのようだ。

「リツさんも行くの」　アキは私に聞いた。私が答える前に、

「こいつは行かない」ヘーが素早く言った。

「どうして」

「ビーチにはこいつの居場所がない」

ユーは言うと、ヘーとテンが、ヒャッヒャッと愉快そうに笑った。

「え、居場所ないってどういうこと」　アキはユーに訊いた。

　ユーが、「ビーチにはこいつの居場所がない」と言ったのは「居場所がない」というより主催者の権限で私を参加させないということだ。ところがこういう言い回しを鈍感なアキは理解できなかった。

　私を参加させないと言えば、私を差別することになるから、平等主義のアキは怒るだろう。ユーは返事に困った。

「居場所がないというのは冗談だよ、アキ。こいつは明日は仕事があるのさ」

ヘーが助け舟を出すと、

「そうそう」　とテンが同調した。

「明日は土曜日なのにリツさんは仕事なんだ。リツさんの会社は週休二日制ではないんだ」

アキは残念そうに言った。私の会社は週休二日制だから明日は休みだ。ヘーはそれを知っていながら、私をからかって私は明日仕事があると言ったのだ。私はカチンときた。しかし、ヘーにストレートに怒るのは芸がないというものだ。

「まあな」　私はあいまいな返事をした。

「残念ねえ」　アキは私に同情した。

まるで、私はビーチパーティーに参加したいのにできないとアキは思って私に同情しているが、私はビーチパーティーに興味がないし行きたいと思わない。だから、アキに行きたいのに行けないと同情されるのは癪だった。

私はビーチパーティーに行く気はないが、

「会社なんて休みたい時には休めるものだ。それが会社だしそれが私の生き方だ」

と明日の仕事はその気になれば休めると私は言った。ヘーを横目で見ると、ビーチパーティーに参加しそうな私の口ぶりにふくれ面をしていた。フフ、愉快だ。

「それならビーチパーティーに行けるのね」

「行こうと思えば行ける。行こうと思えばだよ」

アキが首を傾げた。

「リツさんはビーチパーティーに行きたくないの」

私はユー、ヘー、テンが企画したビーチパーティーなんてきっと詰まらないと言おうとしたが、私が言う前に、ユーが口を出した。

「休みたい時に休める会社ってどんな会社なのだ」

「仕事のない会社だろう」 ヘーが言い、

「潰れた会社じゃないのか」 テンが言い、

「幽霊会社だ」 ユーが言い、三人は笑った。

「リツさんの会社は倒産したの」 素直なアキは心配した。

「ククク。違うよ、アキ。会社はバリバリ健在だ。私のように実力があれば会社は休みたい時に休めるということだ」

「へえ。リツさんは偉いんだ」

「偉くはないさ。実力があるということだ」

「ふうん。リツさんは実力者なんだ」

「ま、そういうことだ」

ユーが「ちぇっ」と舌打ちをした。

「それじゃあ、リツさんもビーチパーティーに行けるね」

「行かない」

「どうして」

「ビーチパーティーの主催はこいつらだろう。詰まらないに決まっている。アキもそう思うだろう」

「ううん。どうかなあ」

「アキも行かないほうがいいよ」

私の自身たっぷりの意見にアキは行くか行かないか迷った。ユー、ヘー、テンは怒って私を睨んでいるだろう。フン。いい気味だ。私は快感を感じながら、ユー、ヘー、テンを無視した。

「よくも平気で嘘八百を並べるものだ」

ユーが低い声で言った。

「え、なんなの」

ユーの声がはっきりとは聞こえなかったのでアキはユーに言った。

「あ、いや。アキに言ったのではない」 ユーは慌てた。

「アキ、こいつの言うことはでまかせだから」

「そうだ。こいつは嘘つきだ。素晴らしいビーチパーティーになるのは間違いなしだ」

「リツさんはでまかせで嘘つきなの」

アキは私に訊いた。

素直な人間はやっかいだし、話を合わせるのが窮屈だ。「リツさんはでまかせで嘘つきなの」という質問に、「ああ、私はでまかせで嘘つきの人間だ」と自虐的に言うと、「リツさんは嘘つきなの。今まで話したのは全部嘘なの。リツさんはアキを騙したのね。ひどい。私はリツさんと話は一切信じないわ」ということになるし、「私はでまかせではない。正直者だ」と言えば、「じゃ、正直者であるという証拠を見せて」とか、「正直者よ。ということはユー、へー、テンに、「リツさんは正直者よ。ということはユー、へー、テンは嘘つきなのね」という風に、話がみみっちくおもしろくない方向に進んでいくのは目に見えている。そんな窮屈な会話をしたくない。

「マリーが行くなら私も行く」　私は話題を転換させた。

「リツさんはろこつ──」　アキは笑った。

「私はろこつだあー」　と叫んで私はアキと一緒に笑った。

ユー、へー、テンを見た。三人は苦虫を潰したような顔をしている。フフン。ざまあみろだ。三人の苦虫を潰したような顔を見ると私はますます愉快になった。なんて馬鹿げていて楽しい空間なんだろう。この空間は楽しくて楽しくてすばらしい。

「アキ。あわもり追加をお願い」

店の隅のテーブルに座っている男が言った。アキはカウンターを離れた。ユー、へー、テンと私の四人になった。

私とユー、へー、テンは睨み合った。

ユー＝一ヶ月振りだな。

私　＝一ヶ月振りなのか。

へー＝知らん振りするな。

私　＝知らん振りさせろ。

テン＝元気か。

私　＝元気だ。

ユー＝少し痩せたな。

私　＝お前の気のせいだ。

へー＝なにかあったのか。

私　＝どうして。

テン＝明日は会社を休むのだろう。

私　＝明日は土曜日だ。会社は休みだ。休みなのに休むはないだろう。勝手に土曜日を出勤日にするな。

ユー＝休みにしないほうがいい。会社に行ったほうがいい。

へー＝それがいい。

私　＝勝手に私を会社に行かすな。

ユー＝冗談だ。

私　＝嫌がらせだろう。

へー＝嫌がらせだって。当たり前だのクラッカー。

テン＝嫌がらせだろうと当たり前のことを聞くな。

私　＝言わせるな。

ユー＝なにかあったのか。

私　＝なにが。

ユー＝なにがじゃない。答えろよ。

私　＝答えていいのか。

ヘー＝答えて悪いとは言っていない。

テン＝言ってはいない。

私　＝なるほどな。

ユー＝なにがなるほどだ。

私　＝笑わせるよ。

ヘー＝なにが笑わせるよだ。

私　＝お前が。

ヘー＝俺が。

私　＝お前以外に、お前がと言える人間がいるか。

ヘー＝いない。

私　＝だったら、お前だよ。

ヘー＝俺か。なぜ、俺が笑えるのだ。

私　＝名前がヘーだからさ。

ヘー＝ヘーだったら、なぜ笑えるのだ。

私　＝それはヘーだからさ。

ヘー＝若造。俺を舐めているのか。

私　＝舐めてはいない。笑っているだけだ。

ユー＝笑っているだけだと。笑わせるな。

ヘー＝笑わせるな。

テン＝気に入らない若造だ。

ユー＝笑うしか能のない若造だ。

ヘー＝そうかもな。ククククク。

私　＝私を侮辱するのか。


ユー＝侮辱はしていない。侮辱なんかするものか。クククク。

ヘー＝ククククク。

テン＝ククククク。

私　＝笑うな。

ユー＝笑うなとさ。笑う笑わないは俺たちの自由だ。ククククク。

ヘー＝自由に笑うのが人間さ。ククククク。

テン＝どうしようもなく笑えるのさ。ククククク。

私　＝くそ。ぶちのめすぞ。

ヘー＝ぶちのめすとさ。ククククク。

テン＝アキに知らそうか。ククククク。

ユー＝アキにぶちのめされるのは誰かさんだ。ククククク。

私の苛々が最高に達した。私の苛々が募れば募るほどユー、ヘー、テンのコンビネーションは調子に乗った。クソ。おもしろくない。気分転換しなくては。

「マリー」

私はマリーを呼んだ。

「なあに」

マリーはお客との話を中断して私に答えた。

「見たい」

その一言で、私がマリーのくすり指の指輪を見たいと言っていることはマリーには分かっている。私はマリーの指輪を見ると心が落ち着く。マリーの指輪を見て、私は

気分転換をしたかった。しかし、マリーは
「あとでね」

と、あっさりと私の願いを断った。

私はがっかりした。これでは私の苛々は直らないし、ますます、ユー、ヘー、テンが調子に乗る。案の定、私がマリーに振られたのでユー、ヘー、テンが嬉しそうにヘヘヘヘと笑った。私の願いを断ったマリーには腹が立たなかったが、マリーに断られたのを、嬉しそうに笑っているユー、ヘー、テンにはますます腹が立った。

ユー=振られた。振られた。ククク。

ヘー=マリーに振られた。ククク。

テン=ざまあ見ろ。クククク。

ユー、ヘー、テンは口々に言った。私は三人を睨んだ。三人の顎を殴りたい気分だ。私が睨むとユー、ヘー、テンは私の目から顔を反らした。そして、うまそうに酒を飲んだ。こいつらは私の苛々や怒りを酒の肴にしているのだ。こいつらは本当に頭に来る連中だ。

「頭に来る野朗たちだ」

私は捨てゼリフを吐いた。私の捨てゼリフはユー、ヘー、テンには快感だった。

ユー=ああ、うまい酒だ。フフフフフ。

ヘー=酒がはらわたにここちよく沁みる。フフフフフ。

テン=快感、快感。フフフフフ。

ユー、ヘー、テンは楽しそうに酒を飲んだ。人を小バカにした笑いにますます私は不愉快になった。憎ったらしいユー、ヘー、テンに酒をぶっかけようと私はグラスを掴むと立ち上がった。

「怒った顔しないの。リツさん」

私は予期していなかった声に驚き振り向いた。いつの間にかアキが来ていた。

「どうしたのリツさん。怒った顔をして」

「こいつらが私をからかったのだ。許せない連中だ」

私はアキに訴えた。しかし、アキは私の訴えを、「あ、そう」と軽く受け流した。私とユー、ヘー、テンが繰り返す犬も食わないいつもの茶番だとアキは知っているからだ。アキは私の言葉をさえぎって、

「リツさん。乾杯しよう。酒を飲もう」

と言った。そうだ。ここは酒を飲み、自由に陽気に振舞う場所だ。アキの言葉に私の苛々や怒りは静まった。

「そうだな。乾杯をしよう。酒を飲もう」

「はーい、かんぱーい」

アキがグラスを翳したので私はアキのグラスに合わそうとした。すると、ユー、ヘー、テンはさーっと腕を伸ばして、私がアキのグラスと合わす前にアキのグラスにカチ、カチ、カチと合わせた。そして、

「かんぱーい」

と言った。私は怒った。

「アキは私と乾杯しようとしたのだ。お前らはちょっか

いを出すな」

私の怒りの声に、

ユー=おお、恐い恐い。

ヘー=殴られる。

テン=殴り殺される。

ユー=アキ、助けて。

ヘー=アキ、この男に一発バチンとやって。

テン=アキ、この男を半殺しにして。

ユー、ヘー、テンはにたにたしながら言った。ユー、ヘー、テンの私を舐めた態度に私はますます怒った。

「お前ら。私をバカにすると許さないぞ」

「リツさん」

アキの声が聞こえたが私はアキの声を無視してユー、ヘー、テンを睨んだ。私が睨んでもこいつらは平気のへいざである。それを私は知っている。知っているからますます腹が立つ。

　アキとの乾杯にちょっかいをされたくらいで立ち上がって睨みつけるのは大人げない行為である。大人げない行為であることは知っている。しかし、ここは大人げない行為を露骨にやる場所だ。感情を自由にする。それが楽しいのだ。

「リツさん」

アキは私を注意した。しかし、私の怒りは収まらなかった。

「お前らの席は向こうだろう。向こうに行けよ」

私は奥のテーブルを指した。カウンターに客が埋まっている時とか、三人でひそひそ話をする時にユー、ヘー、テンはいつも奥のテーブルに座る。しかし、私が奥のテーブルに行けと言ったところで奥のテーブルに移動する連中ではない。三人はにやにやしながら酒を飲み続けた。

「お前らの席にさっさと戻れよ」

私の怒りにも脅しにも平気な三人はくくっと含み笑いをした。

ユー=私たちがどこに座ろうと自由だ。そうだろう。

ヘー=ここに座りたかったから座った。それだけのことだ。

テン=そういうことだ。

ユー=ククク。誰かが怒ると酒がうまい。

ヘー=ククク。誰かが睨むと酒がうまい。

テン=ククク。そういうことだ。

私はユー、ヘー、テンに言い返す言葉がなくて困った。

仕方がないので私は三人を睨み続けた。

「リツさん。怒らないの。座ってよ」

アキがたしなめるように言った。私は舌打ちをしながら座った。

　私の苛々と怒りを肴にして、ユー、ヘー、テンはうまそうに酒を飲んでいる。頭にきている私は一気に酒を飲んだ。

「リツさん。すごーい」

アキは私の一気飲みに感動して手を叩いた。急激に流れ込んだアルコールの熱さが喉の襞から胃の襞へと移動していった。私がアキに話そうとすると、

「なあ、アキ」

先にユーが話した。邪魔された私はユーを睨んだ。

「マリーを説得してくれないか」

アキとの会話を邪魔されて怒っている私は、

「マリーを説得しない方がいい」

と大声で言った。しかし、アキは私の声を無視して、

「なにを説得するの」

ユーに訊いた。するとヘーが、

「明日のビーチパーティーに行くように説得してくれ」

と言ったので、私は、

「マリーは行かない。アキ、説得するな」

と言った。マリーさんも連れて行くの」

「マリーさんも連れて行くの」

ヘーに訊いた。するとテンが、

「ああ、連れて行きたい。アキ。マリーを説得してくれ」

と言い、「マリーは行かない」と言おうとした私の口をユーが塞いだ。

ユー＝マリーを説得してくれ。

ヘー＝説得してくれ。

テン＝お願いだ。

ユー、ヘー、テンはアキに懇願した。

「嫌よ」

アキはきっぱりと断った。アキが快くマリーの説得を引き受けると思っていたユー、ヘー、テンはアキが断ったので動揺しお互いを見合った。私は、「アキ。いいぞ、いいぞ」と、拍手をした。

「どうして説得してくれないんだ」ユーが訊いた。

「私はビーチパーティーの主催者じゃないもの。説得はユーさんたちがやることよ。私の役目ではないわ」

「そんな冷たいこと言うなよ」ヘーが言った。

「冷たくなんかない。当然のことよ。ねえ、リツさん」

「そうだ。当然のことだ。アキは正しい」。私はきっぱりと言った。

ユー、ヘー、テンは私を睨んだ。ユー、ヘー、テンが怒ると私は愉快になり、酒がおいしくなる。

「まあ。それはそうだ」

ユー、ヘー、テンはアキを説得するのを諦めた
「じゃあ。俺たちがマリーを説得するからマリーと交代してくれ」

アキが答える前にテンが、

「交代しなくていい」

と言ったので、驚いて私とユーとヘーはテンを見た。

「マリーと交代する必要はない。アキはここに居て」

テンはアキが好きだからアキに相手をして欲しいのだ。

マリーを説得したいヘーはテンを睨んだ。

「マリーを説得しようよ」

へーが言った。テンはへーを無視してアキに話した。

「ビーチパーティーは朝の十時からだ。アキは大丈夫か」

「十時なの。それじゃあ寝る時間が少ししかないわ」

テンがアキと話し続けたので、ユーとへーはテンに呆れて酒を飲んだ。

突然、私はマリーと踊りたくなった。マリーは私と踊ってくれるだろうか。それは賭けだ。私はジュークボックスに向かった。

「マイクロバスに乗って行くことになっている。マイクロバスの中で寝ればいい」

私はジュークボックスに百円玉を入れた。

「少しは眠れるね。運転は大丈夫なの。誰が運転をやるの。テンさんがやるの、それともユーさんなの、もしかしたらへーさんが運転するの。皆酒を飲んでいるわ。酔っぱらい運転で警察に捕まるわ」

「いや、俺たちは運転をしない。運転手は家で寝ている。酒を飲まないで睡眠をたっぷり取った人間がマイクロバスを運転するから大丈夫だ」

「それじゃあ、安心ね。私はマイクロバスの中で寝ればいいのね」

「そういうことだ」

テンはアキと楽しく話していたが、ユーとへーは苛々してきた。

「アキ。そろそろマリーと交代してくれ」

私は石原裕次郎の「夜霧よ今夜もありがとう」のボタンを押した。

「まだ、交代しなくていいよ」　とテンは言ったが、アキは
「分かったわ」

と言った。ジュークボックスから甘いサックスの音が流れた。アキが奥の方に移動しようとした時に、

「マリー。踊ろう」

私は叫んだ。

マリーは微笑んだ。しめた。成功だ。ユー、へー、テンは驚いて私を見た。ふん、ざまあみろだ。マリーがカウンターから出てきて私のところにやって来た。マリーが近づいただけで私の心臓の鼓動が早くなる。マリーの手が私の手と合わさり、マリーの胸とお腹が私の胸と腹に接触する。マリーの吸い付くような肌、服で遮られていても吸い付かれているような感触はたっぷりある。

「マリー。好きだ」　と私が言うとマリーは、

「ありがとう」　と言った。

いつものセリフだ。マリーと一緒になりたいと言いたいが言葉が喉に詰まってしまう。まだアルコールが足りない。もっともっとアルコールを体内に入れて、心も体も燃えさせてからマリーに求婚することにしよう。私は最高の幸せを感じながらマリーと踊った。

あっという間に曲は終わった。曲が終った途端に、

「離れろ、離れろ」

ユー、ヘー、テンはぶつぶつ言った。フフ、ざまあみろだ。踊りが終わると、マリーはカウンターの中に戻った。私は優越感にひたりながらユーの側に座った。勝ち誇っている私はグラスをマリーの前に翳して、

「やあ。マリー。乾杯しよう」

と言った。マリーはグラスを私のグラスと合わせた。ユー、ヘー、テンが私とマリーのグラスに合わせようとしたが、私はユー、ヘー、テンがグラスを合わそうとするのは予期していたから、さっと左手で隣のユーのグラスを横から押して三人のグラスを制した。

「かんぱーい」

私は一気に酒を飲んだ。マリーも酒を一気に飲んだ。私は座りながら、

「見せてくれ」

と言った。それはマリーの左手くすりゆびの指輪を見せてくれということだ。マリーは微笑みながら左手を肩の当たりにかざした。薬指に指輪が見えた。薄暗い光の中でも指輪はっきりと見える。指輪を見ると私の胸が疼く。

「もっと近くで見せてくれ」

私はマリーに懇願した。

「いやよ」

「なぜだ」

「汚れるわ」

マリーはこともなげに言った。マリーの軽い冗談だ。軽い冗談だと知っていても私の心は痛んだ。

「それはひどい言い方だ。私が見ただけで汚れるのはあり得ない。そうだよな」

と私はユーに同意を求めた。しまった。うっかりユーに同意を求めたのは私のミスだ。ユーと目が合った瞬間に私はユーに同意を求めたことを後悔した。マリーと踊ったので心が有頂天になってつい油断をしてしまった。

案の定、ユー、ヘー、テンは私を口撃した。

ユー＝マリーの言う通りだ。この男に指輪を見せると指輪が汚れる。

ヘー＝そう。この男は汚れている。

テン＝そう。この男は腐れている。

私はテンの「腐れている」という言葉にかーっとなり、

「なにー」

と言いながらテンの背後に回り、テンの首を両手で締めながら左右に振った。ユーは「うううううー」と呻いた。

「もっとー締めろー」

と酔いどれマリーが陽気に叫んだ。すると、私をテンから引き離そうとすると思っていたユーとヘーが、

「締めろ、締めろ」

と、私を応援した。テンの痛がる顔を見たいという欲望

にテンとの友情は勝てないようだ。なんて軽い友情であることか。私はマリー、ユー、ヘー三人の応援をバックに手に力を込めた。テンは、

「死ぬー」

と言ってもがいた。マリーとユー、ヘーは笑いながら拍手した。私はもっと強くテンの首を締めた。ユーは苦しそうにもがいた。口から泡が出ている。このくらい苦しめればいいだろうと私は手を離した。テンは喉を擦りながらゼーゼーと息をした。

「俺を侮辱することは許さないからな。分かったか」

私はテンに忠告して、椅子に戻った。

「ああ、痛かった。」

とテンは首をさすりながら言った後に、

「なあ、マリー。明日のビーチパーティーに行こうよ」

とマリーを誘った。私に首を絞められて死にそうだったのに、テンは何事もなかったようにマリーに話した。マリーはテンの誘いに、

「どうしようかなあ」

と言った。私はマリーがビーチパーティー行くか行かないかに興味はない。しかし、私はテンの邪魔をしたかった。マリーに、「ビーチパーティーには行かない方がいい」と言おうとすると後ろから肩を叩かれた。振り向くとヘーが立っていた。

「お前は首を締めるのが下手だなあ」

首を締めるのに上手も下手もないはずだと言おうとしたら、

「アントニオ・榎木の魔のスリーパーを知らないのか」

とヘーが言った。私はプロレスラーのアントニオ・榎木は知っていたが彼のプロレスを見たことはなかった。

「知らない。魔のスリーパーってなんだ」

「あきれたなあ。首を締めるなら魔のスリーパーを知っておくべきだ。見ていろよ」

と言うと、ヘーはマリーを説得しているテンの後ろに回って左腕を喉に回すと左腕をくの字に曲げた。右手をテンの首の後ろに回し、くの字にした左手は右腕を掴んでぐいっと力を込めた。一瞬の動作であった。ユーの声が中断して、テンは苦しそうに顔を歪めたが五秒足らずでテンは首をうなだれた。

「どうだ。これがアントニオ・猪木流の魔のスリーパーだ」

うな垂れたテンは死んだようにぴくりともしない。

「すごーい」

私は一瞬の内にユーを失神させたテンの首締めのすごさに感動した。

「テンは大丈夫か」

私は気を失っているテンが心配になった。

「死んだかもしれないな」

ヘーは平気な顔をしながら言った。

「仲間が死んでも平気なのか」

「テンは仲間じゃない。腐れ縁だ」

ヘーは冷たく言った。テンが動かなくなったのにヘーは平然としていた。

私は死んだように動かないテンが心配になって、テンの顔を覗いた。すると、気を失っているはずのテンが顔をぱっと上げてにやりと笑った。私は驚いて、

「ひえー」

と後ろに飛びのいた。みんなはぎゃはははと笑った。テンは失神などしていなかった。失神をしている振りをしていたのだ。ヘーとテンの演技の勝利だ。私は完全にだまされたのだ。私の完敗だ。

「まいった。くそ。私の負けだ」

私は立ち上がって、

「ユー、ヘー、テンと再会を祝してかんぱーい。くそー。おもしろくない」

と言いながら、ユー、ヘー、テンと乾杯をした。三人とは十五年の長い付き合いだ。三人とは好みも生き方も違う、考えも違う。でも十五年もマリーのところで付き合ってきた連中だ。好き嫌いは関係なくこいつらは私の酒宴仲間だ。

文学サークルの仲間たちは大学を卒業して公務員になり、私だけが卒業することもできないで酒と詩の世界に取り残された。孤独な人生に絶望していた私が楽しく過ごすことができたのがマリーの館であった。酒を飲み自由で刹那の喜びを体感する時間を一緒に過ごしたのがユー、ヘー、テンであった。アルコール中毒者呼ばわりされて精神病院に入院するまで私はマリーの館に入り浸っていた。マリーのところで酔いどれたちと自由に生きた。人生で一番幸せな日々だった。

アルコール中毒を治療した私は詩を書くことを止めて仕事をするようになった。私は昼の私に支配されて、マリーの館には数ヶ月に一回しか来ることができなくなった。結婚をして子供が二人産まれ、私は「家庭の幸福」という鎖にがんじがらめにされた。「家庭の幸福」に支配されている私は自由になれない日々を過ごしている。なんて詰まらない昼の私だ。酒と自由の世界こそが私が私でいられる世界である。奈落の底の酒と屈託のない刹那の自由が私を一番幸せにする。

他愛のない会話。毒のある会話。酔いに任せて自由にしゃべり、騙し、騙され、すぐに激情し、すぐに笑う。ああ、素晴らしきかな酒と自由の世界。私は幸福感に浸りながら酒をぐいーっと飲んだ。体内に入り込んだアルコールが体中を巡り、私に新たな活力が湧いてきた。

さあ、酒と詩の世界だ。ぐでんぐでんに酔っ払って最高な気分になってきた私は、

「わーれーラー　しょうーブール　ジョーアー。」

と腹の底から叫んだ。

　そうさ、「我らは小ブルジョア」なのさと嘘吹きたくなるのさ。姑息で無責任な小ブルジョアと洒落れてみようじゃないか。私は立ち上がり、

「わーれーラー　しょうーブール　ジョーアー。」

と、高らかに詠じた。

　ユー、へー、テンは私を無視して酒を飲んでいる。しかし、それはわずかの間だ。騒ぐのが好きな連中だ。私が高らかに詩を朗詠すれば三人の血が騒いで私の朗詠に掛け合ってくる。

「わーれーラー　しょうーブール　ジョーアー」

私は再び朗詠した。するとユー、へー、テンが小さな声で、「ハーイヤ、ハーイヤ」と囃子をいれた。え、「ハーイヤ」だと。なにが「ハーイヤ」だ。エイサーではない。詩の朗詠にエイサーの囃子とはあきれる。こいつらは詩の才能ゼロだ。こいつらの詩のセンスのなさにはがっかりだ。もっと質の高い掛け合いの言葉はないのか。私は「ハーイヤ」に大不満だったが、ユー、へー、テンは詩や文学とは無縁な街のおっさんたちだ。詩的な言葉を期待するのが間違っている、「ハーイヤ」でも仕方がない。

「我ラ小ブルジョアー」

私は力強くうたった。すると、

「ハーイヤ、ハーイヤ」

とユー、へー、テンが囃子を入れた。ハーイヤはエイサーの囃子だ。詩的な品格としては落ちるが、リズムがあって響きはいい感じだ。ユー、へー、テンの声がリズミカルになってきた。私は能の唄い手のように朗々と詠い始めた。

「コーノー世ノ　奢レール虚シーキ炎」

「ハーイヤ、ハーイヤ」

「酒ノー夜―」

「ハーイヤ、ハーイヤ」

「二日―酔イーノー昼―」

「イーヤサッサ、イーヤサッサ」

「其レーハー我ラー小ブールジョア」

私は所詮は小ブルジョアだ。ブルジョアのような金持ちになれず、プロレタリアートのようにあくせく労働するのを嫌い、酒と小さな自由。酒と闇の中の自由を生きる。それが私の世界だ。フン。小ブルジョアで何が悪い。小ブルジョアが私の世界なのだから、それでいいのだ。私は高らかに詠った。気持がいい。心が開放される。ユー、へー、テンが、

「ハーイヤ、ハーイヤ」

「イーヤサッサ、イーヤサッサ」

とリズミカルな囃子になった。クックック。ようやるぜよ。おっさんたち。

「社会ノー営ミカラー弾キ出サレタル者――」

私は天井を睨んで詠った。

「出サレタル者ー、出サレタル者ー」

ユー、ヘー、テンは早口で歌い。次に、「レタル」とユーが詠い。その次に
「モノ、モノ、モノ、モノ」

とヘーが詠い。

「レタル者、レタル者」

と三人で合唱した。

「自由ー気侭ナー歌イー手ー」

と私が詠うと
「ドはトーナツのド、レーはレモンのレ」

とユー、ヘー、テンはドレミの歌を歌った。クックック。

私の詩と無縁な歌がなぜ歌えるのだ。詩的センスがないおっさんたちめ。めちゃくちゃだ。クックック。ユー、ヘー、テンはドレミの歌の一番を歌い終わると、

「ハーイヤ、ハーイヤ、イーヤサッサ、イーヤサッサ」

とリズミカルにカチャーシーを踊った。ユー、ヘー、テンのテンポの小気味いい囃子に対抗して、ゆっくりとしかし力強く、

「我ラーー小ブルージョアー」

と高らかに詠った。

「ハーイヤ、ハーイヤ、イーヤサッサ、イーヤサッサ」

ユー、ヘー、テンはリズミカルな囃子を入れた。私の詩の朗詠とユー、ヘー、テンのリズミカルな囃子が絶妙なコンビネーションをつくり出していた。ユー、ヘー、テンは、「イーヤサッサ、イーヤサッサ」を繰り返し、私の詩の朗詠を促した。私は息を深く吸い込み、高らかに朗詠した。

「コーモリーヨリーモー寄ーり掛かーる所ナークー」

ユーが
「ハーイヤ、ハーイヤ」

ヘーが、

「イーヤサッサ、イーヤサッサ」

三人が、

「ハーイヤ、ハーイヤ、イーヤサッサ、イーヤサッサ」

さあ、調子が出てきたぞ。

「精神ハー虚シクー燃エルー」

私の朗詠もリズミカルになってきて、言葉がくねるようになってきた。朗詠がより自由になった。体も動いてきた。

「ハーイヤ、ハーイヤ、イーヤサッサ、イーヤサッサ」

ユー、ヘー、テンは両手を翳して手首を回転させながらカチャーシーを踊っている。くそ、なんて気持ちいいのだ。


　突然、リズムよくカウンターを割り箸で叩く音が聞こえた。叩いている男は諸味里だ。マリーの甥という噂があるがその真偽は不明だ。噂によると東京やニューヨークやパリの場末のライブハウスをドラムを叩きながら渡り歩いているらしい。諸味里は数ヶ月の間顔を見せない

時があるし、長い時は一年間も顔を見せなくなったりすることがあるから、その時はドラムを叩きながら世界中の場末のライブハウスを放浪しているのだろう。

諸味里は割り箸でカウンターを叩いているのだが、楽器を叩いているように切れのいい音である。やはりプロの音は違う。なにか、心の底から勇気が湧いてくるようだ。

アキはカウンターの上にあわもりやウイスキーのボトルを置いた。カタカタというカウンターを叩く音に混じってキンキンと高いガラス音が響いた。

諸味里のリズミカルな音に私とユー、ヘー、テンはますます調子に乗っていった。

「命ハーモーハーヤー死ノー中ニーアリー」

「死ね、死ね、死ね、死ね、リツは死ね」

「コノー世ノー露ノー慰メーモノー」

「イーヤサッサ、イーヤサッサ、ナーティーチェー、ナーティーチェー」

「オー我ラー小ーブールージョアー」

「ジョアー、ジョアー、小ブルジョアー。イヤーサッサ、イヤーサッサ」

「地ーニー足ハー着ーケーラレーズー」

「それなら飛べ。それなら飛べ」

「イヤーサッサ、イヤーサッサ」

「迷路トー酒場デー宙ーブーラーリーン」


「ブラリンブラリン宙ブラリン。首吊りブラリン。ブラリンコ」

私が歌おうとすると、ヘーが、

「諸味里。ソロー」

と叫んだ。すると諸味里はズボンの後ろのポケットから本物のスティックを出してカウンターを叩いた。割り箸とは音が全然違う。カウンターが切れのいい強烈な音を発した。諸味里のカウンターを叩く音がはちきれるようにマリーの舘の空間を駆け巡った。テンが、

「アキ。ベース」

と叫んだ。諸味里の叩く音に感動していたアキが我に帰った。

アキはベーシストだ。アキは壁に掛けてあるエレキベースを取るとコードをアンプに繋ぎ音を出した。アキは一小節一音のスローな音を出した。スローなベースの音と激しくてテンポの早い諸味里のスティックの音が妙にマッチしている。諸味里の音が一定になった。諸味里のソロが終わったのだ。私とユー、ヘー、テンは顔を見合い、そして頷いた。そして、私は、

「わーれーラーノー行ークー手ーニーヤーミーハーアーリー」

と詠った。ユー、ヘー、テンが、

「わーれーラーノー行ークー手ーニーヤーミーハーアーリー」

と復唱した。諸味里のアドリブに興奮している私は思い切り一音一音を伸ばして思いっきり大声で詠った。
「わーれーラーノー行ークー手ーニーかーくーめーいーハーナーシー」
するとユー、ヘー、テンは、
「わーれーラーノー行ークー手ーニーかーくーめーいーハーナーシー」
と、復唱してから、
「イヤーサッサ、イヤーサッサ。イヤーサッサ、イヤーサッサ」
と、激しくカチャーシーを踊った。
私は流れるように、
「モハヤ
　父ハ死ニ
　母ハ死ニ
　兄弟ハ遠地ニ去リヌ」
と朗詠した。するとユー、ヘー、テンは、
「ヒロは
　父殺し
　母殺し
　兄弟を島流し」
と私の口調を真似て合唱した。「ああ、私は父殺し、母殺しだ。そして、兄弟を島流しした。なにが悪い」と、私を父母殺しに仕立て上げたユー、ヘー、テンを睨んだ。

三人はにやにやしている。

　諸味里のスティック音が激しくなった。ユー、ヘー、テンはにやにやしながら、

「ハーイヤ、ハーイヤ」

を繰り返した。私はユーヘー、テンを睨みながら、

「オオ、我ガ心スデニ生気ナク。」

と朗詠した。するとユー、ヘー、テンは、

「オオ、リツの心スデニ生気ナク」

と私の朗詠の言葉を置き換えて復唱した。

「精神ハスデニ腐レテ小ブルジョア」

「リツの精神はすでに腐れて、ジョア、ジョア、小ブルジョア」

「イーヤサッサ、イーヤサッサ、イーヤサッサ、イーヤサッサ」

諸味里のカウンターを叩くリズミカルな音やアキのベースの音に合わせて私は朗詠した。

「女ノー股ぐらヲー潜ッテー小ーブールージョア」

「リツはすけべーすけべー」

「ハーイヤ、ハーイヤ」

「市場ノカボチャヲ盗ンデ小ブルジョア」

「リツはこそ泥、リツはこそ泥」

「イーヤサッサ、イーヤサッサ」

「女ノーヒーモーデー小ーブルージョア」

「リツはヒモヒモヒモヒモヒモ、ヒモで首をくれ。死んじ

まえ」

「ハーイヤ、ハーイヤ」

「観念ヲ振リ回シテ小ブルジョア」

「振り回して、頭が空っぽ」

「ナーティーチェー、ナーティーチェー」

「自由―ニー溺レテー小―ブルジョア」

「溺れろ、溺れろ、リツは溺れて死ね」

「イーヤサッサ、イーヤサッサ」

「俺ノー脳髄ガー小―ブールージョアー」

「アホーリツー、アホーリツー」

「ハーイヤ、ハーイヤ」

「此ノ世デ」

「此ノ世デー」

「独りデハ」

「独りデハー」

「喰ッテハイケヌ」

「喰ッテハイケヌー」

「小ブルジョアー」

「ジョア、ジョア、ジョア、ジョア、小ブルジョア」

「イーヤサッサ、イーヤサッサ、サッサッサッサササッサッサッサッサ」

楽しくて楽しくて。自由で自由で。もう最高の気分だ。このまま詩の朗詠を続けたかったが、気持ちとは裏腹に私の肉体は限界に達していた。私はぜーぜーと息を切らしていて、頭はフラフラで、目が回り、立つことが困難になっていた。私は椅子にへたり込み暫しの休憩を取った。後ろの方から声が聞こえた。

「人間は―偉大なりー」

その声は明だ。明は二十九歳になるらしい。らしいというのはそういう噂があるからだ。マリーの館の空間は年齢なんて関係ないが、しかし、他人の年齢は気になるものだ。二十九歳という噂だから、明は二十九歳に見える。しかし、二十一歳という噂があれば二十一歳にも見える。明は二十九歳なのかそれとも二十一歳なのか。明が二十九歳なのであれば別に問題はないのだが、もし明が二十一歳であれば明は生意気な男だ。まるで二十九歳であるかのような話をするからだ。

明は大した男ではない。それなのに、

「人間は偉大なり」

と、吼えた。生意気なやつだ。なにが人間は偉大なりだ。笑えるよ。

「人間は偉大なり」

と吼えながら明は立ち上がった。

彼はゲレンストという渾名で呼ばれている。ゲレンというのは阿呆という沖縄の方言である。髪を長くして髭を伸ばしている明の顔はキリストと似ている。ゲレンとキリストのストを合わせて明にゲレンストという渾名を私がつけた。

「人間は偉大なり」

明の声は透き通っている。

「なんだこの情熱のない声は。なにが人間は偉大なりだ。笑わすな、ゲレンスト」

明の声に苛々した私は声を荒げた。ところがユー、ヘー、テンは私を無視して、

「人間に偉大なり。ワワワ、ワー」

と合唱した。どうやら酔いどれているユー、ヘー、テンは誰の声でも復唱するようだ。

「人間は偉大なり」

明の生意気な声に我慢できない私は立ち上がって明を睨んだ。明は天井を見ていた。

詩の朗詠はまだ終わっていないことを私は思い出した。明に演説をされてしまうと私の朗詠は中断したままになる。それはまずい。私は、明を黙らせて朗詠を再開するために、

「死ーノー香ーリートー」

と、明の声を打ち消すために腹を絞って大声を出した。明の声は私の大声にかき消された。しかし、明は「人間は偉大なり」を繰り返した。くそ、生意気なゲレンストめ。やっかいなことに明の透き通る声は私の声より小さくても、私の声の隙間をすり抜けてはっきりと聞こえてくる。ゲレンスト明の声は私の耳にもしっかりと侵入してきた。くそ、なにが人間は偉大なりだ。くそ、ひ弱で阿呆なゲレン野朗の声には苛々する。

「かーぜートー」

私は明の声をかき消すために声を張り上げた。すると、後ろからユーが私の口を塞いだ。どういうことだ。私は戸惑った。

ユーの手を解こうとしたができなかった。どうやらユー、ヘー、テンは私に詩の朗詠をさせないつもりのようだ。ヘーとテンが明の側に立った。

「人間はー」

とヘーが詠い、

「人間はー」

とテンが詠った。そして、

「偉大なりー」

と二人で合唱した。ヘーとテンが側に立ったので途惑っている明だったが、

「人間は偉大なり」

と言った。すると、

「人間は偉大なりー」

ヘー、テンが唱和した。明は、

「人間は神を創りたもうた」

と言った。するとヘー、テンが
「人間は神様を創りたもうたー」

と合唱した後に、

「わわわわー」

と合唱した。

　私が詩の朗詠を諦めておとなしくなったので、ユーは私を離し、へー、テンの側に並んだ。

　ゲレンスト明が。

「人間は偉大なり」

と言った。するとユー、へー、テンが
「人間は偉大なりー。ワワワワー」

と唱和した。

明＝人間は神様を創りたもうた。

　人間は仏様を創りたもうた。

　人間は天国を創りたもうた。

　人間は地獄を創りたもうた。

　人間は三途の川を創りたもうた。

　人間は閻魔大王を創り、赤鬼、青鬼を創りたもうた。

　人間は天国を創りたもうた。

　天国はどこにあるか。天国は月にあるか、
　それは否。

　天国は月の裏側にあるか。それは否。

　天国は一光年先の宇宙にあるか、それは否。

　天国は百光年先の宇宙にあるか、それは否。

　それでは、
　天国は千光年先の宇宙にあるか、それは否。

　一万光年、
　百万光年、
　一千万光年、
　一億光年、
　百億光年、
　一千億光年先の宇宙にあるか。

　いや、いや、いや、天国は宇宙の彼方にはない。

　天国はすぐ近くにある。

　そう、ゼロ光年先の闇の宇宙の中に天国はある。

　天国はどこにあるか、
　それは人間の脳の中の闇にある。

　闇は無限なり。

　ゼロは無限なり。

　〇光年は無限光年なり。

　人間の脳はゼロ光年なり。

　ゆえに、人間の脳は無限光年なり。

　人間の脳は偉大なり。

　人間の脳は永遠に広がる闇の無限宇宙なり。

　人間は偉大なり、
　人間は脳の闇の宇宙に天国を創りたもうた。

　人間は脳の中の無限大の闇の宇宙に地獄を創りたもうた。

　ユー、へー、テンは淀みなく語る明の側で、「ワワワワー」と唱和し続けた。

明　＝お前は神様を信じるがいい。そうすればお前の脳の闇の中に神様を創ることができる。

ユー＝創ろう。創ろう。神を創ろう。ワワワワー。

明　＝お前はお前の脳の中で創りあげた神様を崇拝することができる。

ヘー＝崇拝しよう、崇拝しよう、神様を崇拝しよう。ワワワワー。

明　＝お前が神様を信じるのが嫌いであるなら、仏様を信じるがいい。

テン＝信じよう。信じよう。仏様を信じよう。ワワワワー。

明　＝仏様を信じたならば、お前の脳の中の闇に仏様を創ることができる。

ユー＝創ろう。創ろう。仏様を創ろう。ワワワワー。

明　＝仏様を信じるのが嫌いであるなら祖先を信じろ。

ヘー＝信じよう。信じよう。祖先を信じよう。ワワワワー。

明　＝祖先を信じるならばお前の脳の中に祖先を住まわすことができる。

テン＝住まわそう。住まわそう。祖先を住まわそう。

明　＝五十億の人間が居るのなら、五十億個の脳があり。

ユー＝五十億五十億五十億。ワワワワー。

明　＝五十億の人間が居るのなら、五十億個の無限な闇が存在し。

ヘー＝無限な闇、無限な闇、無限な闇。

三人＝ワワワワー。

明　＝五十億の人間が居るなら、五十億個の神が脳の闇に存在し。

テン＝脳の闇、脳の闇、脳の闇。

三人＝ワワワワー。

明　＝五十億の人間が居るなら、五十億個の脳の闇に天国があり。

ユー＝天国だー天国だー天国だー。

三人＝ワワワワー。

明　＝五十億の人間が居るなら、五十億個の地獄が脳の闇に存在する。

ユー＝ごじゅーおくー。　三人＝ワワワワー。

ヘー＝にんげんー。　三人＝ワワワワー。

テン＝脳のやみー。　三人＝ワワワワー。

明　＝地球には五十億個の天国があり、地球には五十億個の地獄があり、地球には五十億個の神がいる。

ユー、ヘー、テンは、「五十億五十億五十億。」と言いながら背を丸めて明の回りを歩いた。

明　＝人間は偉大なり。人間は天使を創りたもうた。かわいい天使はどこにいるか。天使は天国にいる。天国はどこにあるか。一億光年の先の宇宙にあるのか。いやいやいや、ゼロ光年先の脳の闇に天国はある。天国にいる天使はお前の脳の中を可愛く飛んでいる。

ユー、ヘー、テンは、「いやいやいや」と言いながら明の回りを歩いた。

明　＝人間は偉大なり。人間は色々な精霊を創りたもうた。

　人間は偉大なり。木の精霊を創りたもうた。

　人間は偉大なり。水の精霊を創りたもうた。

　人間は偉大なり。火の精霊を創りたもうた。

　人間は偉大なり。山の精霊を創りたもうた。

人間は偉大なり。川の精霊を創りたもうた。

　精霊たちはどこに居るか。

ユー＝精霊たちはー。

ヘー＝どこにー。

テン＝居るかー。

　ユー、ヘー、テンは「精霊精霊精霊」と言いながら明の回りを歩き回った。

明　＝木の精霊は木の中に棲んでいるか。否。

　木の精霊は木の精霊を信じる人間の脳の中の闇に棲んでいる。

三人＝脳の中の闇に棲んでいる。ワワワワー。

明　＝水の精霊は水の中に棲んでいるか。否。

　水の精霊は水の精霊を信じる人間の脳の中の闇に棲んでいる。

三人＝脳の中の闇に棲んでいる。ワワワワー。

明　＝火の精霊は火の中に棲んでいるか。否。

　火の精霊は火の精霊を信じる人間の脳の中の闇に棲んでいる。

三人＝ああ、そうですかー。ワワワワー。

明　＝山の精霊は山の中に棲んでいるか。否。

　山の精霊は山の精霊を信じる人間の脳の中の闇に棲んでいる。

三人＝山の中山の中山の中。ワワワワー。

明　＝川の精霊は川の中に棲んでいるか。否。

　川の精霊は川の精霊を信じる人間の脳の中の闇に棲んでいる。

三人＝否—否—否—。ワワワワー。

　明は調子に乗ってきた。拳を突き上げたり、腕を振ったりと動きが激しくなってきた。語気も強くなった。

明は天井を仰ぎながら、

「人間は偉大なり。人間は天国を創りたもうた」

腕を振り上げながら地面を見て、

「人間は偉大なり。人間は地獄を創りたもうた」

人差し指を天に突き刺しながら、

「人間は偉大なり。人間は神様を創りたもうた」

目を瞑り、仏像の手の形を真似しながら、

「人間は偉大なり。人間は仏様を創りたもうた」

手を前に伸ばしてゆっくりと広げながら、

「人間は偉大なり。人間は精霊を創りたもうた」

ユーの頭を指して、

「お前の天国はお前の脳の中に有る」

へーの頭を指して、

「お前の地獄はお前の脳の中に有る」

テンの頭を指して、

「お前の神はお前の脳の中に有る」

私の頭を指して
「お前の仏はお前の脳の中に有る」

明はみんなを指しながら、

「お前たちの先祖はお前たちの脳の中に有る」

と詠い、ひざまずき、腕を大きく広げてから次第に地面に手を近づけながら、

「お前たちの精霊はお前たちの脳の中に有る」

と詠じた。


明＝お前が神様に捧げる供物はお前の神様が受け取るか。否。お前の神様は供物を一切受け取らない。お前の神様はお前の脳の闇にあるのだから。お前の神様には手がないのだから。お前の神様には足はないのだから。お前の神様は目がないのだから。お前の神様は口がないのだから。お前の神様は胴体がないのだから。お前の神様は胃がないのだから。お前の神様は腸がないのだから。お前の神様はいっさいの物を受け取らない。お前が神様に捧げる供物をお前の神様は受け取らない。お前が神様に捧げる賽銭をお前の神様は受け取らない。お前が神様に捧げるお布施をお前の神様は受け取らない。神様は形ではない。神様はお前の脳の闇に棲んでいる。脳の闇に棲んでいる神様は物も金も必要ではない。だから、神様は物も金も欲しがらない。物を欲しがるのは人間である。だから、お前がお前の神に捧げた供物を人間が奪う。人間はお金を欲しがる。だから、お前が神様に捧げた賽銭を人間が奪う。そうだ。お前が神様に捧げたお布施を人間が奪う。


ゲレンスト明の声はかすれて、体はよろよろした。ゲレンスト明の肉体は限界に達していた。ゲレンスト明は最後の声を絞り、

「お前は愚かなり。お前はお前の脳の闇に棲む神様に支配され。お前はお前に支配されて、そのことによって他人に支配される哀れな人間。偉大なる人間は愚かな人間に墜してしまった」

と言うと、がくっと膝を落とし、四つん這いになりながら奥のテーブルに行った。

ユー、へー、テンも疲れているようで黙って酒を飲んだ。

ようし、私の出番だ。私の詩の朗詠はまだ終わっていない。私は、

「ネーオーンーノー光ー」

と詠い始めた。今度はユー、へー、テンは私の邪魔をし

なかった。よし、私は私の詩を最後まで朗詠してすっきりしよう。

私は英気を蘇らせて詠い始めた。すると、バックコーラスを取る性癖が強いユー、ヘー、テンはぼそぼそとバックコーラスを入れた。ところが明の朗読の余韻が残っているのか、

「人間は偉大なりー。ワ、ワ、ワー」

と私ではなく明の演説の復唱をした。私はバックコーラスがなにを復唱しようとよかった。どんなバッコーラスであろうと私は私の詩を高らかに朗詠するだけだ。高らかに朗詠することが私の至上の喜びだ。私はアナーキーダンスを始めた。つまり、自由でめちゃくちゃダンスをだ。

「ひーとーみーノーきーれーいーナー女ーヲーほーんー気ーデーだーまーシーテーネーンーゴーローオーサーラーバー」

私はのりにのってきた。ところが私ののりを邪魔するようにユーが
「マリー」

と叫んだ。続いてヘーが、

「マリー」

と叫び、続いてテンが、

「マリー」と叫んだ。

ユー、ヘー、テンの連続の叫びに、私は詩の朗詠を中断させられた。詩の朗詠を中断させられたが、私に不満はなかった。次に始まる出来事に期待し、私は黙った。暫し、静寂な時間が流れた。

静寂な空間の中で、諸味里のスティックでカウンターを叩く音が聞こえた。音は小さく、リズミカルで歯切れのいい音だ。次にアキのベースの音が静かに鳴った。長いベースの音に小気味のいいカウンターの音が流れた。

ヘーがタンバリンを持った。ヘーのタンバリンが小刻みに震えて金属音を発した。マリーはカウンターの中で虚空をじっと見ながら体を小刻みに震わせていた。

「さあ、私の肉体に絡み付いておくれ」

マリーのハスキーな、しかし、鼓膜に鋭く響く声がマリーの館の空間に流れた。パーンとヘーはタンバリンを叩いた。快いきりっとした音が私の鼓膜に響いた。ヘーのタンバリンは金属音と皮の音が絶妙に絡み合って素晴らしい。マリーの左手の薬指の指輪が妖しく光り出した。

「さあ、私の肉体に激しく絡み付いておくれ」

ああ、マリー。マリー、マリー、マリー。

マリーは腕を上げて激しく腰を振った。ヘーは魔物に憑かれたようにタンバリンを激しく叩いた。パチーンとアキのエレキベースが鋭いチョッパー音を発した。

「お前が大蛇なら。象をも絞め殺すほどの力で私の肉体に激しく絡み付いておくれ」

マリーが悪魔に闘いを挑むような激しい目をしながら微

笑んだ。

マリーの館の空間がタンバリンの金属音に満ち溢れた。私は激しいマリーの情熱にうっとりとした。

諸味里がスティックでトラバーチンの床を叩いた。乾いたスティックが乾いたトラバーチンを小刻みにはじく音が床を這い回り、壁を這い回り、天井を這い回った。マリーのほとばしる情熱を見守るようにスティックのはじくトラバーチンの音がマリーの館の空間を快く走った。マリーは踊りながらカウンターから出てきた。


「私に絡みついた大蛇よ。もっともっと強く私に絡みつくがいい。大蛇よ。お前の奢った強靭な体を私の爪で切り裂いてあげましょう。大蛇よ。象をも絞め殺すほどの力で絡みつく大蛇よ。お前の強靭な体も私の爪には無力であることを思い知らせてあげましょう。私の爪はガーブの闇の死児たちの叫び、死児たちの怨念。死児たちの笑い。

ダイヤモンドより硬くて鋭い私の爪で、大蛇よ、お前を切り裂くのは造作もないこと。さあ、大蛇よ。お前の奢った強靭な体で私の体を締め付けるがいい。一瞬にして細切れにして猫の餌にしてあげよう」

マリーの柔らかで強靭な肉体がくねり始めた。

「亜熱帯の島の地を走る息吹。亜熱帯の闇の中でくるまる息吹。亜熱帯の街の底の底の息吹。亜熱帯の敷き詰めたコンクリートの下の下の息吹」

マリーの肉体の動きが早くなった。諸味里のトラバーチンの床を叩く音は次第に早くなり軽快で鋭い音に変わった。アキのベースの音は抑えている。

「軋む亜熱帯の闇の息吹。嘆く亜熱帯の街の底の息吹。呻く亜熱帯の敷き詰めたコンクリートの下の下の息吹」

マリーは腕をくねらせ、胴体をくねらせ、足をくねらせて踊った。うう、ぞくぞくする。興奮した私の血は逆流した。かーっと体が燃えた。マリーマリー、ああ、なんて素晴らしい女なんだ。

「天国の内側に広がる地獄。明かりの内側に広がる闇。平和の内側に広がる殺し合い。幸福の内側に広がる裏切り。喜びの内側に広がる絶望。恋の内側に広がる孤独。愛の内側に広がる憎悪。成功の内側に広がる失墜。進歩の内側に広がる破綻。表と裏で全ては成り立ち、全ては表と裏で成り立つ。森羅万象は瞬間に生まれ、森羅万象は瞬間に消え、森羅万象は永遠に繰り返す」

マリーの体がゆっくりと上下に揺れた。激しいタンバリンの音に包まれながらマリーの腕は妖しくくねっている。リズミカルに上下に体を揺らしながらマリーの体はくねっている。カチャーシーとフラメンコを融合したマリーの踊りは最高だ。マリーの踊りは世界一の踊りだ。ああ、マリー。私はマリーと融合したい。体が燃えてくる。体の芯が熱くうずく。

「街の昼にコンクリートは無情に熱く燃え、街の夜にコンクリートは冷酷に冷える。血を欠乏しているコンクリートに哀れな街の人間たちの赤い血は吸われていく。吸血のコンクリートがひしめく街。呪われたコンクリートの街のおぞましい闇は広がる。息づくガーブの闇の底の悲しき怨念」

マリーの魅力に興奮し、じっとしていることができない私は立ち上がった。マリーの踊りに合わせて、私は体をくねらせながら声を発しようとした。ところが、その瞬間にユーが私の口を塞いだ。テンが私の両腕を掴んだ。私は声を出せないし体を動かすこともできない。くそ、こいつら。私の情熱を羽交い締めにしやがって。離せこのやろう。ぶっ殺すぞ。私はありったけの力を出してユー、テンをふりほどこうとした。しかし、ふりほどくことはできなかった。ユーとテンの目はぎらぎらしている。こいつらも私と同じ精神状態なのだろう。ユー、テンと私はお互いに目を合わわした。そして、小さく頷いた。二人は私を解放した。

「闇の怨念よ、燃え上がれ。天高く燃え上がれ。私は怨念。燃える怨念。街の怨念。闇の怨念、闇の怨念、闇の怨念。闇をいつくしみ、闇を愛撫し、闇と睦みあい、私は闇を生きる。闇よ。私を愛しておくれ」

私とユーとテンはお互いを睨み合いながら立ち上がった。私たちはマリーの回りで小さく体をくねらせながら踊った。

「ああ、闇の怨念が私の体を熱くする。ああ、闇よ、闇よ、闇よ、闇よ、闇よ」

マリーの踊りが激しくなった。私はマリーの踊りに目を奪われて踊ることができなくなった。私とユーとテンは目に見えないなにかに押されたように後ずさりして、椅子に座った。ヘーはタンバリンの神様が憑いたように激しくタンバリンを振っていた。

「酔いどれの闇よ。私を抱いて」

マリーはくるりと体を回転させた。

「したたり落ちる闇の汗。私の情熱。酔いどれの闇よ。私を抱いておくれ。ああ、闇よ、闇よ、闇よ、闇よ、闇よ、闇よ」

マリーは仰向けになり、裾を捲り上げでしなやかな腿をあらわにして、腰を上下に振った。私はマリーの上に乗りたい衝動に駆られ、立ち上がろうとしたが、なにかに縛られたように体は動かなかった。ユーとテンも私と同じ状態のようだ。

マリーの腰の運動が激しくなった。アキのベースが激しくなり、諸味里のトラバーチンを叩く音も激しくなった。タンバリンを叩いているヘーは限界に達して気を失った。ユーは気を失ったヘーからタンバリンを取って叩いた。

「ああ、闇よ、闇よ、闇よ、闇よ、闇よ、闇よ。ああ、来て、来て、来て、来て、来て、来て」

あちらこちらに潜む闇たちがマリーの開いた股間にするすると近寄って行き、マリーの陰部に次々と吸い込まれていった。マリーのしなやかな肉体の上に乗り、マリーと交わりたいのにできない私は闇に嫉妬し、闇になりたいのに闇になれないいくやしさに、

「うおー」と叫んだ。すると、ユーとテンも、

「うおー」と叫んだ。

マリーは立ち上がった。そして、体をくねらせた。マリーの左手の指輪は蛍のような柔らかな光を発した。光は上下左右に妖しく動めいた。まるで蛍が宙を舞っているようだ。

「風土病が風に乗る。風土病が走る。風土病がアスファルト道を走る。風土病が街を走る。風土病が路地を走る。風土病が街の至る所を走る。渦を巻く。渦を巻く。風土病は街で荒れ狂う。風土病は街で穢れる。罪をコンクリートで固める。闇を自由に駆けて、風土病は昼に首を吊る。天の下。そして、地の下。私は酔いどれの自由な女。私を鎖で縛っておくれ。私の自由を鎖で縛っておくれ。鎖よ。強靭なおまえを私の爪で切り裂いてあげましょう。強靭な鎖も私の爪には無力であることを思い知らせてあげましょう。私の爪はガーブの闇の死児たちの叫び、死児たちの怨念。死児たちの笑い。ダイヤモンドより硬くて鋭い私の爪で鎖を切り裂くのは造作もないこと」


私はマリーの踊りに吸い込まれた。最高だ。マリーは最高だ。永遠にマリーを見つめ続けていたい。マリー。マリー。ああ、マリー。

アキがマリーのところに来た。マリーとアキはお互いに顔を見ながら微笑んだ。

「酔いどれマリー。行くよ」

とアキが言うと、マリーは、

「おいでアキ」

と言った。

バーン。アキがエレキベースの低音を激しく鳴らした。エレキベースの音が長く響いた。マリーは半身を反らしながらエレキベースを横目で見た。次第に音が小さくなっていき、音が聞こえなくなった瞬間に、アキはバチーンとチョッパーで鋭い音を響かせた。マリーとアキは微笑みながら見詰め合っていた。

「マリー」

カウンターの諸味里がマリーを呼んだ。マリーが諸味里を振り向くと、諸味里が投げた鈴がシャンシャンシャンという音を発しながら空中を飛び、マリーの手の中でジャラジャラと鳴った。マリーは鈴を右足首につけた。アキが、バーンとエレキベースを鳴らすと、シャンシャンとマリーが鈴を鳴らした。ベースと鈴の掛け合いがゆっくりと始まった。アキが、

「酔いどれマリー。」

と叫んだ。

「愛しき妹よ」

と、マリーが言うと、アキが、

「私はマリーの妹じゃなーい」

と、叫んだ。マリーは苦笑した。

「恋はしたか、アキ」

とマリーが言うと、アキが、

「一杯したー」

と叫んだ。

「ほんとの恋をしたかアキ」

とマリーは意地悪な顔をした。

「ベースに聞いてー」

と言ってアキは笑った。

挑むような目つきのマリーの足下からシャンシャンシャンシャンと鈴の音がリズミカルに響いてきた。アキのベースはパチーンとチョッパーを交えながら激しくなっていった。ユーは限界に達して気を失った。テンは気を失ったユーからタンバリンを取り、アキのベースに合わせてタンバリンを叩き始めた。

「闇の底で戯れる黒天使たちは死児たちと手を繋ぎかごめかごめかごの中の黒い鳥はガーガー泣きじゃくりながら街に降る雨を口で捉えて窒息していくサラリーマンたちの涙を貪る堕天使たちの甘い歌声に泣き叫ぶ乳飲み子におっぱいを露にする茶髪のヤンママはキリスト様のキスに恐怖する」

諸味里の叩く音はリズミカルになり、アキのエレキベースから弾き出される音は激しく自由であり、まるで、エレキベースの音が空中を自在に踊っているようだ。マリーはアキから離れて体をくねらせて踊った。

「人間は偉大なりー」

マリーの館の隅に居た明が叫んだ。マリーは微笑みながら明を見た。そして、

「人間は偉大なり」

と呟いた。明が、大声で、

「人間は偉大なりー」

と、叫んだ。マリーは明から目を離した。そして、

「人間は偉大なり。人間は天国を創りたもうた。人間は偉大なり。人間は地獄を創りたもうた。人間は偉大なり。人間は神を創りたもうた。人間は偉大なり。人間は仏を創りたもうた。人間は偉大なり。人間は精霊を創りたもうた」

と、お経のように歌った。そして、

「お前の天国はお前の脳の闇にある。お前の地獄はお前の脳の闇にある。お前の神はお前の脳の闇にある。お前の仏はお前の脳の闇にある。お前の先祖はお前の脳の闇にある。お前の精霊はお前の脳の闇にある」

マリーは妖艶な踊りをやりながら。

「人間は愚かなり。人間は自分が創りあげた天国にあこ

がれた。人間は愚かなり。人間は自分が創りあげた地獄を恐れた。人間は愚かなり。人間は自分が創りあげた神に支配された。人間は愚かなり。人間は自分が創りあげた仏に支配された。人間は愚かなり。人間は自分が創りあげた精霊に支配された」

マリーは、明を一瞥してから、

「アハハハハハハハ」

と高笑いをした。

マリーは踊りを止めて、真っ直ぐに立った。鈴はシャンシャンと一定のテンポで鳴った。マリーは右手を真っ直ぐ頭上に伸ばした。

「私はマリー。よいどれ女。私はマリー。闇の女」

薬指の指輪の青白い光が輝き始めた。

「閃く闇の中の希望の光が消滅の運命に惑わされて希望に失望するコンクリートの割れ目に沁みこんでいく都会の雨のしずくたち。闇を見つめよ。安堵する闇の中に口を入れ、闇の毒に死ね。闇の中の蜜を吸い甘い味に微笑しながら闇の中の蜜の毒に死ね。死に損ねたら私の所へおいで。都会の情事にくるまる闇のしずくを汲んで霧散する不幸たちの中の幸せたちに窒息死させられる産な赤ん坊の叫びを泣く都会の滴たちよ。死に損ねたら私の所へおいで。泣きながらおいで。叫びながらおいで。笑いながらおいで。幸せの中の不幸にくるまれておいで。不幸の中の幸せにくるまれておいで。

私の爪でナノに切り刻んであげましょう。幸せも不幸もナノに切り刻んであげましょう。空虚な空中の中に霧散していく無産の無惨たちに血反吐をあげる闇の街の裏の生たちを包む光の中の表の蒸気に上気する不幸の中の幸せたちの落ちる摩訶不思議な底のない地の底のナノたちを吹き上げる蒸気に突き立てるむなしい短刀を挟んだ都会のビルの右と左と前と後ろで吹きすさぶ疾風を切り裂く私の爪。私はマリー」

ユーは限界に達して気を失った。アキは疲れ果てて、エレキベースをゆっくり弾いた。

マリーの右手の指輪から発する光は輝きを増し、回りが青白い光に覆われた。倒れているユー・ヘー・テンの顔は青白くなり、明の顔も、カウンターも椅子も天井も壁もみんな青白くなった。

「私はマリー。酔いどれ女。私はマリー。マリーという女」

マリーはゆっくり右手を下ろした。指輪の光は次第に弱くなり、マリーの館は赤い光が覆った。マリーはゆっくりと体をくねらせた。

気を失っていたユーとヘーとテンが起き上がった。疲れているようだが気分はすっきりしている顔だ。アキはカウンターに戻り、エレキベースをカウンターに置いた。諸味里はスティックで叩くのを止めた。洞窟の中はマリーの足から発する鈴の音だけになった。シャンシャンとマリーの館に響き渡る鈴の音。

「鈴の音。私をやさしく包んでおくれ。私はマリー。酔いどれ女。鈴の音。私をやさしく包んでおくれ」

マリーの踊りは終わった。

マリーは疲れている様子もなく、微笑みながらカウンターの中に入った。私は魂を抜かれた人間のようになり、拍手をする気力もなくなっていた。

私とユー、ヘー、テンはカウンターの椅子に座った。ユー、ヘー、テンは恍惚状態だ。私も恍惚状態だ。私たち四人は暫くはなにも言わないでそれぞれの幸福に浸りながら酒を飲んだ。気持ちが落ち着いてきたので私たちはグラスを翳し、

「マリーにかんぱーい」

と言って酒を飲んだ。心が落ち着くとユー、ヘー、テンへのライバル心も蘇る。ユー、ヘー、テンがマリーの踊りに魅了されて目がとろけているのが気に入らない。くそ、私が恋焦がれているマリーだ。ユー、ヘー、テンがマリーの魅力にぞっこんであるのは気に入らない。私はユー、ヘー、テンの首を締めたくなった。

「おい」

私は三人を呼んだ。しかし、三人は私を見なかった。私は声を大きくして、

「おい」

と叫んだ。ユー、ヘー、テンは面倒臭そうに私を見た。

「私のマリーに恍惚になることを許さないぞ」

三人は私に呆れてそっぽを向いた。私の話を無視した三人に私は怒った。

「おい」

ユー、ヘー、テンは私を向いた。

「私のマリーに恍惚になるなと言っているのだ」

私は強く言った。すると、ユーが、

「たわ言を言うな」

と言った。私が真剣に話したことをユーがたわ言と言ったので私の怒りは増した。

「なにがたわ言だ」

「マリー。この男にくすり指を見せてやれ」

テンがマリーにくすり指を見せるように言った時に私の心臓がぎゅうっと絞られるような苦しみを感じた。

「ほら、見ろよ」

私は左手の指輪を見たくない。私は顔を伏せうろたえた。

「ほら、見ろよ」

テンがからかうように言った。私は恐る恐る顔を上げてマリーの左手のくすり指の指輪を見た。

「お前は忘れたのか」

ユーの言葉に私は黙った。

「なにか言えよ」

私は何も言わなかった。

「マリーの指輪は刺青だ。永遠に愛を誓った印の指輪だ」

そんなことを私は信じないと私は心の中で繰り返して言った。

「なにが私のマリーだ。笑わせるな。マリーの指輪を目を見開いてようく見ろよ。お前は見る勇気がないだろう」

テンが言った。ユー、ヘーは笑った。私はかーっときた。マリーの指輪を見た。見た瞬間に私の怒りは萎えた。余りにも美しい指輪。いれずみと知っていても世界で最高の本物の指輪と思ってしまう。

「マリー。私と結婚してくれ」

私は泣き声になっていた。ユー、ヘー、テンが笑った。

「こいつはマリーを分かっていない」

ヘーが言った。

「一生一度のお願いだ。マリー。私と結婚してくれ」

私は涙を流しながら哀願した。マリーは私に左手をかざしながら微笑んだ。マリーの微笑みは私がマリーと結婚を望むのは愚かなことであると語っているようだ。

「結婚が無理なら私をマリーの小間使いとして雇ってくれ。なんでもする。お願いだ」

「お前はノートルダムのせむし男になろうとしているのか。小ブルジョアのくせに下男になろうとは見下げた男だ」

テンが私を軽蔑した。マリーは、

「駄目よ」

と言った。

「それじゃあ。マリーの館の小間使いでもいい。私をマリーの館で雇ってくれ」

「哀れな男だ。人間としてのプライドはないのか」

人間のプライドなんて小ブルジョア宣言をした時に私は捨てた。それに私に人間のプライドがあったとしてもマリーのそばに居られるのならいさぎよく人間のプライドを捨てる。くそ、人間のプライドってなんだ。社会の規範通りに生きることか。社会の常識通りに生きることか。それとも憲法で規定している通りに生きることか。私は酒と堕落と闇に生きる。人間のプライドなんて私には必要ない。人間のプライドなんて二束三文で売ってやるまでだ。

「なあ、マリー。私をマリーの奴隷にしてくれ。お願いだ」

「くくく。奴隷にしてくれだとよ。この男の頭はおかしいぜ」

テンの言葉は今の私には気にならない。私は私の小ブルジョア的自由でマリーの奴隷になることを選んだ。マリーの奴隷になることが私の最高の幸せだから、最高の幸せを私は私の小ブルジョア的自由で選ぶのだ。社会の規範の中で生きているお前らには分からない。俗物どもめ。笑うがいい。笑うがいい。誰も彼もが私を馬鹿にするがいい。マリーの愛が私に注がれることが私の最高の幸せだ。それが無理ならマリーのそばで生きることができればそれでも私の幸せは実現できる。とにかくマリーの世話をする存在であればいい。マリー、私をマリーのそばに居させてくれ。

ああ、マリーは私の心を見透かし、私の心をあざ笑うように微笑しながらくすり指の指輪を私の目の前にかざした。不思議な指輪。幾何学模様の指輪。マリーが酔いどれて感情が高揚すると妖しく光る指輪。マリーが永遠の愛を誓った指輪・・・・指輪を見ていると私の心は底のない闇の沼に引きずり込まれていく。私は脱力し無力になっていく。

「くくく。この男、指輪を見ながら涙を流しているぜ」

ヘーの声が聞こえた。ヘーに私の心が分かるものか。この凡人めが。

「どれどれ、本当だ。あはははは」

おかしな男だ。マリーの指輪を見て泣いている。

ユーの声がした。マリーの指輪を珍しがることしかできない凡人めが。永遠に外れることのないマリーの指輪。マリーの愛の深さ。類い稀なる愛の指輪に感動することができない凡人め。私の涙を笑うがいい。所詮、凡人は真の愛を知らない。純粋な愛を珍しがるしか能がない。私は小ブルジョア。真の愛を愛する者だ。酒と堕落に生きるからこそ真実の愛が見え、真実の愛に感動するのだ。打算的な愛を生きるものか。打算的な人生を生きるものか。

「よっぱらい男の泣き虫野朗だな。マリー。もっともっとお前の指輪を見せびらかせてやれや。わーわー泣きやがるぞ、この泣き虫野朗は」

マリーは私の前から離れてユー、ヘー、テンに酒を注いだ。

「マリー、この男に指輪を見せびらかせてやれ」

テンが言ったが、マリーは指輪を見せびらかすことはしなかった。私は凡人たちへの怒りが頂点に達した。私は立ち上がった。

「すーでーニーおーれーハー小ーブールージョーアー」

私はできる限りの大声で詠った。私の声は涙声で震えていた。

ユー、ヘー、テンは私が大声を出したので驚いた。「なんだ、この野朗」という目で私を睨んだ。

「小ブルジョアだってよ。小ブルジョアってなんだ。ヘーよ、飲め飲め」

「小ブルジョアっていうのはプチブルのことじゃあない

のか」

「プチブルってなんだ」

「そりゃあ小ブルジョアってことよ」

「なるほど、なるほど。もっと飲めよ、テン」

ユー、へー、テンは私の詩の朗詠のバックコーラスをやる気はないようだ。それでもいい。私は私の孤独の世界を生きるだけだ。

「ハーターラークーノーニーモー、ヨーローコービーニーモー、シーターシーメーズー」

「けけけ、この男は働く気がないようだ。人間は働いておマンマが食えるんだ」

「そうよ、そうよ。一生懸命働くからお酒もおいしいのだ」

「へーよ。飲め飲め」

「おお、おお」

「テンよ。飲め飲め」

「おおよ、おおよ。おっとっと」

テンはグラスから手にこぼれた酒を舌で舐めた。

「アーチーラーコーチーラーノーハーシーラーヲーカージーッーテー生ーキーテーイールー」

「ぎゃーはははは。この男は柱を齧って生きているんだとよ」

ユー、へー、テンは腹を抱えて笑い転げた。

「こいつはねずみだ。柱をがりがり齧って生きている。あははは、大笑いだ」

「あーたた。お腹がよじれて苦しい。あーたたたた」

笑いたければ笑うがいい。腐敗した世の中で生きるうじ虫どもめ。私はお前たちの惰性の世界には染まらない。

「オーレーハー、トーウーテーイーコーノー世ーニー勝ーテーハーシーネーエー」

「あはははは。柱を齧って生きている人間がこの世に勝てないのは当たり前だ」

「柱を齧っているだけでは栄養失調で死んじまうよ。くくくく」

「柱を齧って生きているわりには太っているな。ひょっとしてこの男が齧っているのは大根の柱じゃないのか。うふふふふ」

「いやいや、チョコレートの柱かも知れないぞ」

「いやいや、ソーセージの柱かも知れないぞ」

三人の酔いどれ男たちは自分たちの冗談をおもしろがってぎゃははと笑い転げた。笑いたい奴は笑えばいい。私は私の真実を求めて生きるだけだ。

「オーレーハー、モーハーヤー未ーラーイーニー生ーキーラーレーハーシーネーエー」

「柱を齧って生きるのなら未来どころか明日も生きられねえ。なあ、へー」

「そうそう。そうそう。なだそうそう。この男は今日までの命だー」

「ああ、この顔は今日が見納めか。なむあみだぶっ」

私を殺したければ殺すがいい。私は死を恐れない。私は酒と小ブルジョアの闇の世界を生きる。

「サーケートー、クーラーヤーミーニーシーガーミーツーキー沁ーミー付ーイーターフートーンーニー寝ーコーローガーリー」

「この男、死にそうにないぞ。酒にしがみついているぞ。やだねー、働きもしないくせに酒を飲むなんて。なんて贅沢な男なんだ」

「酒を買うお金はどこから手に入れたんだ。盗んだのか」

「小ブルジョアだからお父さんからお小遣いをもらうのじゃないか。やだねー」

「このぐでんぐでんの酔っ払い男。今日の飲み代もお父さんからもらったのかい。恥かしくないのか」

「恥知らず」

テンはそう言うと、ぎゃはははと笑ってうまそうに酒を飲んだ。奥の方からカツカツカツカツカカツツカツツカカとスティックでカウンターを叩く音が聞こえた。アキのベースの音も聞こえてきた。私の詩の朗詠をやさしく包んでくれる諸味里とアキのやさしさに私の目から涙が溢れてきた。私は諸味里のカウンターを叩く音に合わせて詠った。

「無ー意ー味ーナーナーミーダーニー、カーンーパーイースールー」

「ハーイヤ、ハーイヤ、ハーイヤ、ハーイヤ」

私を揶揄するのをやめて、ユー、ヘー、テンはバックコーラスを始めた。しかし、ぐでんぐでんに酔っているから合唱はばらばらだ。しかし、それでいい。私もぐでんぐでんに酔っているのだからおあいこである。

「其ーレーガーオーイーラーニーオー似ー合ーイーサー」

「似合いー。ワワー」

とユーが歌い。

「イヤーサッサ」

とヘーが囃子をいれ。

「ハーイヤ」

とテンが囃子を返した。ユー、ヘー、テンのバランスは崩れててんでばらばらだ。

「ターダー生ーキーテー」

と詠んだ後に、「諸味里ー。」と私は叫んだ。諸味里のカウンターを叩く音が止まり、アキのベースが止まった。皆が諸味里を凝視した。五、六秒が経ち、諸味里がスティックでカウンターを叩いた。カツーンと乾いた音が空間を走った。音の余韻が消えた頃に、もう一発。カウンターの澄んだ音が空間を走った。そして、二つ目の音の余韻が消えた頃にカウンターを叩く音がカツーンカツカツツカカカカツーンカカツンカツツカカツンと連続した。リズミカルな音になった。私は、

「アキー」

と叫んだ。アキのベースが鳴り始めた。

「ユー」

「ヘー」

「テン」

と私は叫び。深呼吸をしてから最高の愛を込めて、

「マリー」

と叫んだ。

諸味里の叩く音、アキのベース、マリーの鈴、ユー、ヘー、テンの唸りが一斉に始まった。バラバラでありながら妙な調和の取れた音がマリーの館の空間に充満した。明はぼそぼそと「人間は偉大なり」と言っているようだ。私はありったけの声で
「ターダー生ーキールーオーノーレーダーケーニー」

と詩を朗詠した。

三人＝イヤーサ、サ、サ、サ、サ、サ。

私　＝オーノーレーダーケーヲー睹ーケーテー。

三人＝おのれー、おのれー。ハーイヤ、ハーイヤ、ハーイヤ。

私　＝オーノーレーノーマーダー見ーヌー世ーカーイーヲーツークーリーアーゲールー。

三人＝ハーイヤ、ハーイヤ、イヤッサ、サ、サ、サ、サ、サ、サ。

私　＝ワーレーラー小ーブールージョーアー。

三人＝ハーイヤ、ハーイヤ、イヤッサ、サ、サ、サ、サ、サ、サ。

私　＝カーワーラーコージーキーノーマーツーエーイーダー。

三人＝イヤッサ、サ、サ、サ、サ、サ、サ、サ。

そろそろ私の詩の朗詠は終わりだ。

私　＝それじゃあ、皆さん。みんなで詠いましょう。

私はみんなが私の詩を復唱するように指示した。すると一斉に全員の演奏は終わり、静かになった。

「ワーレーラーノー行ークー手ーニーヤーミーハーアーリー」

私は「はーい。」と言って、オーケストラの指揮者のようにタクトを振る真似をした。しかし、酔いどれたちは私の手の振りを見ていない。酔いどれている私も私自身に陶酔していて目をつぶりオーケストラを指揮している気分に浸っていた。みんなはてんでばらばらに、

「ワーレーラーノー行ークー手ーニーヤーミーハーアーリー」

と復唱した。私は「はーい」と言ってから、

「ワーレーラーノー行ークー手ーニーカークーメーイーハーナーシー」

とうたった。そして、「はーい」と言って目を瞑って指揮者のようにタクトを振る仕草をした。

「ワーレーラーノー行ークー手ーニーカークーメーイーハーナーシー」

とみんなはうたった。私は高らかに、
「カークーメーイーハーナーシー」
と詠った。みんなも
「カークーメーイーハーナーシー」
と復唱し、最後にユー。ヘー。テンが
「ハーイヤ、ハーイヤ、ナーティーチェー」
と合唱した。

詩の宴は終わった。私の精神と肉体は詩を最後まで詠い抜いて疲れ果てていた。この疲れは心地よい疲れで、私は詩を詠い抜いた満足に酔いしれた。そうなのだ。私は小ブルジョアなのだ。河原乞食の末裔なのだ。「ありときりぎりす」のきりぎりすなのだ。今日を楽しむのだ。遊ぶのだ。酒だ。堕落だ。そうさ、私の行く手には闇だけがあるのだ。私の行く手には革命なんてないのだ。明日なんて要らない。今が幸せならいい。そうさ、今が幸せならいいのだ。私は自由だ。自由な私はマリーと居ることを望む。

私は私の小ブルジョア的自由でマリーの奴隷になってもいいと考える。マリーと一緒に居ることができればいいのだから奴隷でもかまわない。マリーと一緒に居られるのなら奴隷であっても私は最高に幸せだ。最高の幸せを私は私の小ブルジョア的自由で選ぶのだ。社会の規範の中で生きるなんてつまらない。私は俗物に染まらない。俗物どもは私を笑うがいい。俗物どもは私を馬鹿にするがいい。そんなことへでもない。

マリーの愛が私に注がれることが私の最高の幸せだ。それが無理ならマリーの側で生きることができればそれでも私の幸せは実現できる。とにかくマリーの世話をする存在であればいい。マリー、私をマリーのそばに居させてくれ。私は再びマリーに愛の告白をすることにした。どのように愛の告白をするか。マリーに嫌われないように、慎重に言葉を選ばなければならない。私は思案した。

「バカな男」
私の右の耳に女の声が入ってきた。
「バカな男のバカなたわごと」
え、私に向けられた言葉なのか。マリーに愛の告白をしようとしていた私は途惑った。なぜ私の側に女が居るのだ。いつ、女がやって来たのだ。いつ、女が隣に座ったのだ。
「酒を飲み。酔いどれてバカなたわごとを振りまくバカな男」
私はカチンときた。知らないうちにやって来て、知らないうちに隣に座って、私をけなす。なんて無礼な女だ。ぶっ飛ばしてやる。

私は女を見た。女の横顔に見覚えがあった。しかし、すぐには女の正体を思い出すことはできなかった。この女は誰なのか。どこで私はこの女に会ったのか。女は私を向いた。そして、笑った。

「あなたのアナベル・リーは見つかったの」

女は皮肉たっぷりに言った。一瞬、私の心臓が凍った。私に「アナベル・リー」を口にする女は一人だけだ。私は女の顔を凝視した。

「あれからアナベル・リーと出会えたの。それとも」

なぜ、この女がここに居るのだ。私は信じられなかった。

「それとも、マリーがあなたのアナベル・リーなの」

女は嶺井幸恵だった。私が詩と酒の世界を生きていた時に愛しあった女。そして、なにも言わないで私の元から去った女。

「マリーがアナベル・リーなんて笑わせるわね。アナベル・リーは純真な少女なのにマリーは円熟した女よ。アナベル・リーとマリーは全然違うわ」

「なぜお前がここに居るのだ。」

嶺井幸恵は私の質問には答えないで、

「どうなの。あなたのアナベル・リーは見つかったの。教えて」

と言いながら微笑んだ。なぜ、嶺井幸恵がここに居るのだ。信じられない。

「なぜお前がここに居るのだ」

私は再び訊いた。ところが嶺井幸恵は私の質問に答えないで、

「あなたのアナベル・リーは見つかったの。教えて」

と同じ質問を繰り返した。フン、なにをいまさらアナベル・リーだ。私をあざ笑っている嶺井幸恵に私は怒りがこみ上げてきた。私の前から突然消えた女だ。私を裏切った女だ。私は嶺井幸恵を睨み返した。

「なぜお前がここに居るのだ。わけを言え」

と言うと、

「あなたのアナベル・リーは見つかったの。それとも見つからなかったの。教えてほしいわ」

嶺井幸恵は皮肉たっぷりに言った。嫌な女だ。アナベル・リーになれなかった女のくせにつまらないことを聞きやがって。

嶺井幸恵は酒と詩を愛していた私の元から逃げていった女だ。私を裏切った女に答える必要はない。にやにやしている嶺井幸恵にむかついてきた私は、

「お前の顔なんか見たくない。出て行け」

と、叫んだ。すると、嶺井幸恵が笑った。

「出て行くのはあんたの方よ」

「この館の主はマリーだ。お前のほうこそさっさと出て行け」

「なに寝ぼけているのよ。酒の飲みすぎで頭がおかしくなったの」

いつの間にか嶺井幸恵はカウンターに入り、私と向かい合っていた。

「ここは私のスナックよ。私の顔を見たくないのなら、出て行くのはあなたの方よ」

嶺井幸恵はおかしなことを言った。そもそも、なぜ嶺井幸恵がここに現れたのだ。そして、なぜ、カウンターの中に立っているのだ。図々しい女だ。頭がおかしいのは嶺井幸恵の方だ。

「マリー。私はこの女が嫌いだ。追い払ってくれ」

とマリーに言ったが、マリーはカウンターの中に居なかった。回りを見ると、マリーだけではなく、ユー、ヘー、テンも明も、そしてアキも諸味里も居なくなっていた。一体どうしたことだ。誰も居ないとは、一体この空間になにが起こったのだ。私は戸惑い、「マリー」と言いながら、マリーを探した。

「なにきょろきょろしているのよ」

「どうなっているのだ」

「さっさと出て行きなさい。ここは私のスナックなのだから、あんたが居ると汚れるわ。」

「い、いや。どうなっているのだ。なぜお前が居て、マリーがいないのだ」

くそ、一体どぅなっているのだ。私の頭は混乱した、しかし、マリーがいなくて嶺井幸恵がいるという現実がある。私は覚悟を決めた。嶺井幸恵に言いたいことを言ってから店を出ることにした。

「ふん。アナベル・リーになれなかった女め。なにをほざいているんだ」

嶺井幸恵が大笑いした。

「私がアナベル・リーになれなかったのを責めるの。それはおかしいわ。あんたこそエドガー・アラン・ポーになれなかったじゃない。そんなあんたがよくもそんな白々しいことを言えるわね。最低の詰まらない詩しか書けなかったくせに、なにがアナベル・リーよ。笑わせるわよ」

「お前のせいだ。お前には詩を理解する能力も詩に感動する能力もなかった」

「なかったわよ。最初から私は詩に興味がないと言ったでしょう。それなのに、私とあなたの恋は天使も羨んでいると意味不明のことを言ったりして、強引に私を恋人にしたのよ。沖縄にはね。天使はいないの。沖縄にはキジムナーやマジムンしかいないの。キジムナーやマジムンが羨む恋をあんたはしたかったの。アハハハハ」

嶺井幸恵は大笑いした。

「キジムナーとかマジムンはね。人間の恋には関心がないの。わかっているの。天使が羨むような恋をしたいのならアメリカに行ったらいいわ。そしてアメリカの女と恋をすればいいわ。でも、あなたにアメリカに行く勇気があるかしら。英語が話せないからアメリカの女と恋をするのは無理だわね」

私はアナベル・リーが愚弄された気がした。

「穢れなき純粋な愛は天使もうらやむほどの恋なのだ。お前と私の恋は穢れなき純粋な愛で結ばれていたのだ」

嶺井幸恵がけたたましく笑った。しかし、目は笑っていなかった。

「笑わせないで。なにが純粋な愛よ。私のおっぱいを激しく揉んで、陰部をかき回し、激しいピストン運動をするのが純粋な愛なの。あなたは男の情欲を満たすために私とセックスをした。獣のように激しいセックスをしていながら、なにが純粋な愛よ。なにがアナベル・リーよ。あんたはアル中でセックス狂の獣だったわ」

なんという侮辱だ。くそ、最低の女だ。嶺井幸恵は酒と詩に生きていた私をセックス狂の獣と言った。許せない。

「私を侮辱するな。詩を知らない下司女めが」

「詩人ぶらないでよ。あんたは詩人もどきの最低の人間でしかなかったわ。あなたは酒を飲み続ければ詩人になれると信じている愚かで堕落した男だった。酒を飲み続ければ詩人ではなくてアルコール中毒になるのは当然よ。あなたは詩人ではなくてアルコール中毒者になったのよ。」

かつて愛し合った女が私をアルコール中毒者と侮辱した。私は酒と詩の世界で生きていただけなのにアルコール中毒者呼ばわりはひどい。嶺井幸恵は最低の女だ。

「黙れ。アナベル・リーになれなかった女のくせに、私を侮辱するな」

「アナベル・リー、アナベル・リー、アナベル・リー。アナベル・リーはどこにでもいる。アメリカだけでなく、沖縄にだってアナベル・リーは居る。那覇の街にだって居る。でも、あなたはエドガー・アラン・ポーじゃない。ポーのような純粋な愛があなたにはない。だから、あなたはアナベル・リーに会えない。永遠に」

嶺井幸恵の言葉に私は私の急所を突かれた気がした。しかし、詩を理解しない女に言われるのは癪であり、私のプライドが許さなかった。

「黙れ黙れ。アナベル・リーになれなかった女は黙れ」

嶺井幸恵は黙って私を見つめた。そして、ため息をついた。

「あなたは色々な詩や芸術について話した。詩や芸術について話していたあなたは魅力があった。だから、私はあなたを好きになった。私が生活を支えて、あなたは詩を書きつづける。そして、あなたは詩人になる。私はそんなことを夢見ていた。しかし、あなたは酒に溺れていき、アルコール依存症になった。妄想を見るようになったあなたは、私に男がいると疑い、泥酔状態で私の職場に押しかけてきた。あなたの狂った嫉妬に、私は監禁されたり縛られたりひどい目にあったわ」

嘘だ。私はそんなことをした覚えはない。嶺井幸恵は嘘をついている。私は純粋に嶺井幸恵を愛した。愛した女をひどい目に合わすはずがない。

「嘘をつけ。私を捨てた女がいまになってなにを言うのだ。嘘をつくと許さないぞ」

嶺井幸恵は苦笑した。

「あなたの居所をあなたのおかあさんに教えたのは私よ。あなたの息子の奥山律夫はアルコール依存症です。頭がおかしくなっています。愛する女性を監禁したり縛ったりして虐待しています。一日も早く精神病院に入院させて治療しないと、ほんとうの狂人なりますと忠告したわ。ショックを受けたおかあさんはあなたの家に行って、あなたを精神病院に入れたでしょう。突然、おかあさんとおとうさんが来て、あなたを無理やり家に連れ帰ったことにあなたは驚いたでしょうね」

嶺井幸恵は勝ち誇った顔をして笑った。

こ、この女が私の隠れ場所を母親に教えたのか。この女の策略で私は精神病院に入れられたのか。私は激しい怒りに満ちた目で嶺井幸恵を睨んだ。しかし、嶺井幸恵は私の目を見て、

「あら、充血しているわ。酒の飲みすぎね」

と、平然と言った。私は怒りで体が震えた。

「私がおかあさんに連絡したから、あなたのアルコール依存症は治ったのよ。あなたは私に感謝すべきだわ」

私の酒と詩の日々を奪った張本人は嶺井幸恵だったのだ。クソ、卑劣な女め。私は怒りでカウンターをバンと叩いた。嶺井幸恵は、

「あら、そこにゴキブリがいたの。ゴキブリを叩いたの」

にやにやしながら言った。腹が立つ女だ。許せない女だ。

「お前は最低の女だ。私から酒と詩の日々を奪った張本人はお前だったのだ。許せない。私から芸術の世界を奪った下司女め」

私は立ち上がり、嶺井幸恵を睨みつけた。

「私はあなたの芸術を奪ったりはしないわ。あなたは詩の才能はなかったし、芸術の才能は元々なかったのよ。だから、私があなたの芸術を駄目にしたと信じるのはお門違いよ」

ああ云えばこう云う、こう云えばああ云う、嶺井幸恵は食えない女だ。

遠い遠い昔、
海のほとりの小さな国に
一人の少女が住んでいた
彼女の名前はアナベル・リー。
私とアナベル・リーの心に通いあうのは
私のアナベル・リーへの愛とアナベル・リーの私への愛だった。
アナベル・リーと私は純真な愛で結ばれていた。
海のほとりの小さな国で、
私とアナベル・リーの愛は愛以上の愛だった。
私とアナベル・リー

天国の天使さえ
二人の愛に嫉妬した。

嶺井幸恵がアナベル・リーの一遍を諳んじた。詩を聞いた私は力が抜けていった。嶺井幸恵は勝ち誇った顔をした。

「あなたはアナベル・リーに出会えたの。それとも、アナベル・リーに出会うのは諦めたの。ポーではないあなたがアナベル・リーに出会えるはずはないわね。諦めるのが当然だわ。まさか、アナベル・リーに出会うのを諦めて、今度はナジャに会おうとしているの。　アメリカは止めてフランスに行くの。フランスでナジャを見つけようとしているの。でも、あなたがナジャを見つけるのは不可能よ。あなたはブルトンではないし、シュールリアリズムの詩人でもないから」

エドガー・アラン・ポーの詩アナベル・リーを諳んずれば私が虚脱状態になることを嶺井幸恵は知っていた。私を虚脱状態にして、次にナジャのことを話した。そんな話をすれば私は逆上してしまう。そのことも嶺井幸恵は知っていた。私の感情は嶺井幸恵の手の平で自在に操られていた。くやしいが操られていると知っていても、再び怒りがこみ上げてきた。

「黙れ黙れ。くそ女」

私は反論する言葉を失い、嶺井幸恵を罵倒するしかできなかった。

「フフフフ。ハハハハハハ」

突然、嶺井幸恵が居丈高に大笑いした。

「笑うな。なにがおかしい。なにもおかしくなんかない。笑うのは止めろ。首を絞めるぞ」

私は叫んだ。しかし、嶺井幸恵の笑いは止まらなかった。私の怒りは爆発寸前になった。私は立ち上がり、

「笑うな。ぶちのめすぞ」

と怒鳴った。笑っていた嶺井幸恵が突然笑いを止めた。

「ぶちのめしたいならぶちのめしなさいよ」

甲高い嶺井幸恵の声が急に低くなり、声が変わった。マリーの声に似ている。嶺井幸恵が顔を下ろして私のほうを向いた。その時、私の目が開いた。すると目の前にマリーの顔があった。

「え。」

私はなにが起こったのか理解できないで頭が混乱した。呆然とマリーを見つめていると腰を掴まれて引っ張られた。

「なに、寝ぼけているのだ」

私の腰を引っ張ったのはへーだった。へーは私を強引に椅子に座らした。

「おかしな男だ。寝言を言ったかと思ったら急に立ち上がり、大きな声でマリーに喚いたりして」

私はいつの間にか眠ってしまい、夢を見ていたようだ。

私はどんな夢を見ていたのだろうか。思い出せない。私がマリーに喚いたというのか。ありえない話だ。私はどんな夢を見たせいでマリーに喚いてしまったのだろうか。どんな夢を見たのか全然思い出せない。夢の記憶は私の頭から消えていた。マリーに喚いていたとへーに言われて、私は恥ずかしくなった。

「今度は顔が真っ赤になっている。おかしな男だ」

へーがにやにやしながら言った。私はどんな夢を見ていたのだろうか。頭が混乱し、あせっている私は、

「マリー。好きだ」

と私の気持ちをストレートにぶつけた。

「私もよ」

とマリーは微笑みながら言った。

私が「マリー。好きだ」と言った瞬間に陽気に話していたユー、へー、テンは黙って私を睨んだ。この連中は、マリーを好きだという声に敏感だ。

「本当か」

私はマリーに訊いた。

「本当よ」

マリーは微笑みながら言った。

「本当に本当か」

と私が言うと、

「本当に本当よ」

とマリーは答えた。私はマリーの返事に幸せになった。


マリーに求婚するチャンスだ。

「勘違いするな」

鼓膜が破れるほどに大きい声でユーが言った。私は勘違いなんかしていない。マリーは私を好きだと言った。私はマリーの言葉を素直に聞いて幸せな気分になった。そして、マリーに求婚する。そういうことだ。

「マリーはな、永遠に愛を誓った男がいるのだ」

とへーが私を脅すように言った。それは何度も聞いた話だ。「それがどうした」と私は心の中で叫んだ。マリーは私を好きだと言った。私はマリーの言葉を素直に喜んでいるのだ。私は小ブルジョアだ。現実の愛なんか求めはしない。心の愛を求める。心は言葉だ。今、目の前のマリーは私を好きだという言葉を言った。それで私はいい。マリーに永遠の愛を誓った男が居ようが居まいが私には関係ない。

「マリーはお前なんかを愛してなんかいない」

マリーの親衛隊を気取っている連中め。うじ虫たちめ。くたばれ。

「それがどうした。マリーは私を好きだとはっきり言った。本当に本当だと言った。いいか、マリーがはっきりと言ったのだ。それに文句があるのか。なにが勘違いするなだ」

私はユーを睨んだ。ユーは私を睨み返した。

「マリーはみんなに好きだと言う。お前一人を好きだと

は言っていない。それにだ。好きと愛しているは違う。

勘違いするなよ。うぬぼれ野朗」

「マリーが誰に好きだと言おうと誰を愛していようと俺には関係ない。今、マリーは俺を好きだと言った。この刹那の時を俺は幸せに感じているのだ。お前らに口出しされるのは迷惑だ。ロ出しするな豚野朗」

「豚野朗だとう。私のどこが豚なのだ」

ユーは太ってはいない。

「俺にうぬぼれ野朗と言った。その仕返しだ」

ユー、ヘー、テンが笑った。しかし、目は笑っていない。

ユー、ヘー、テンの笑いはつくり笑いだ。

「仕返しだと。お笑いだ」

「笑えばいい」

ユー、ヘー、テンが再び笑った。私を嘲笑している笑いだ。私は三人の男たちが無神経に私に絡んでくるのに苛々した。

「俺はこの刹那の空間を大切に生きているのだ。お前らとは違う。俺のことはほっといてくれ。俺とマリーの世界を邪魔するな」

にやにやしながらユーが、

「ほらほら。この男の本性があらわれた。この男はマリーを独占したいのだ。欲望丸出しだ。」

と言った。

「マリーを独占してなにが悪い。お前だってマリーを独占したいくせに。お前の魂胆なんかお見通しだ」

とユーに言うと、隣のヘーが、

「小ブルジョアの無責任男。刹那を大切にしているなんてまやかしだ。ヘ理屈男」

にやにやしながら言った。

「小ブルジョアの真髄も知らない鈍感野朗。刹那に生きることこそが最高だ」

私がヘーに反論すると、テンが、

「酔っぱらい、酔っぱらい。酔っぱらい」

と言って、ケテケテ笑った。

「ああ、私は酔っぱらいだ。私は酔っぱらい酔っぱらい酔っぱらい酔っぱらい」

私は三人に向かって大声で言った。三人は耳を押さえた。

ユーが、

「マリーは一生の愛を誓った男が居る。マリーはお前になんか興味がない。お前はただのげす野朗だよ」

と言ったので、

「俺はげす野朗げす野朗げす野朗げす野朗げす野朗。」

と、叫んだ。

「うるさあーい。黙れ」

ヘーは私の攻撃に音を上げた。

「マリーは俺を好きだと言った。マリーは俺を好きだと言った。マリーは俺を好きだと言った」

私は三人に向かって叫んだ。

「マリー。この男に指輪を見せろよ」

とテンが言った。私はマリーを見た。指輪の話は私の心を萎えさせる。私はマリーが指輪を私の目の前に翳さないことを願った。マリーは私のグラスに酒を注いだ。そして微笑んだ。ああ、マリーは美しい。私は一気に酒を飲んだ。マリーはテンの声が聞こえなかったかのように私に指輪を見せなかった。私はほっとした。マリーはユー、へー、テンのグラスにも酒を注いだ。

「へ理屈野朗の酔っぱらい。へ理屈野朗の酔っぱらい。あはははは」

「ふん。アホの酔っぱらい。くたばれ」

「小ブルジョアの真髄だって、笑わせるよ。小ブルジョアは小ブルジョアだ。真髄なんてまやかしの言葉だ。小ブルジョアなんて嘘つきと同じだ。くたばれー。小ブルジョアだ。あはははは」

ユー、へー、テンはばらばらに私に悪態をついた。ユー、へー、テンに対抗している私の声は荒れた。アキや諸味里の会話も声が大きくなった。グレンストの明は、「人間は偉大なり」と演説を始めた。マリーの舘は喧騒の渦が巻いた。私はユーと口論し、へーと口論し、テンと口論した。考える余裕はない。言葉は刹那刹那に私の口から飛び出した。口から泡を飛ばして私はユー、へー、テンと口論をした。三人には口論で負けてはならないのだ。私は私はがむしゃらにユー、へー、テンと口論をした。私はなにを話しているかわからない。本能に任せて話し続けた。ユー、へー、テンがなにを話しているかもわからなくなった。それでも私は口から泡を飛ばして話した。とにかく話の勢いでユー、へー、テンに絶対に負けたくなかった。私の理由のない怒りは高まり。目の前のユーの首を締めたい衝動が沸いてきた。

「黙れー」

私は叫びながらユーの首を締めようとした。しかし、ユーの顔が三個ある。酔いすぎて目がおかしくなったようだ。それでも私は手を延ばしてユーの首を掴もうとした。しかし、私が掴もうとしたユーの首は幻の首だった。私の手は空を掴み、体が前にのめった。私はユーの体に倒れこんだ。

「私に抱きつくな。気色悪い。私はホモじゃない」

ユーは私を引き離そうとした。私もユーから離れようとした。しかし、手が思うように動かない。ユーの肩を掴もうとしたがユーの口当たりを掴んだ。

「止せよ。早く離れろ」

ユーは私を引き離そうとしたがユーも酔っぱらっている。手を思うように動かすことができないで私を引き離すことができない。私とユーは抱き合いながらもがいた。

目の回りのものは全てぐるんぐるんと回っている。どこが上でどこが下かわからない。やっとのことでユーと離れた私はカウンターのグラスを取って酒を飲んだ。

「マリー」

私はマリーを見た。目がぼやけてマリーの顔がはっきりしない。でもマリーはマリーだ。私が手を延ばすとマリーの手に触れた。私は両手でマリーの手を掴んだ。マリーの手は柔らかくて私の手に吸い付くようだ。マリーの手を握っただけで私は幸せになる。

「マリー」

私は恍惚になりながらマリーの名を呼んだ。マリーはなにも言わなかった。きっと私をやさしく見つめながら微笑んでいることだろう。くそ、目蓋が重くなってきた。しっかりしろ、私よ。目を開いて、マリーを見つめて求婚するのだ。今がチャンスだ。クソ、目蓋が重い。クソ。目を開けるのだ。私よ、しっかりしろ・・・・しっかりするんだ・・・・。なぜこんなに目蓋が重いのだ。クソ。魔法に掛けられたように目蓋が重い。もしかして、マリーが私に魔法を掛けたのだろうか。いや、そんなことはないだろう。いつの間にかマリーの手が私の手から離れていた。クソ。マリーはどこに居るのだ。

目蓋は開かないがなんとか体は動ける。マリーはどこだ。私は立ち上がり手探りをした。クソ、マリーの体に触れることができない。「マリー」　私はマリーを呼んだ。しかし、マリーは返事をしなかった。一体マリーはどこに居るのだ。私は闇の中を手探りで歩きながらマリーを探した。あ、マリーか。違う、クソ、壁の突起だ。

「マリー。どこに居るのだ。返事をしてくれ」

クソ、目蓋が開かない。マリーの声が聞こえない。クソ。なにも見えない。私はマリーを求めて闇の中を歩き続けた。

# 首里に行く

鉛のような目蓋がわずかに軽くなり、やっとのことで目が開いた。マリーを探そうとして、あたりを見回した私は周りの情景にがっかりした。目の前にあるのはマリーの居るマリーの館ではなく、マリーがいるはずのない広場だった。私はいつの間にかマリーの館から出てきてしまったようだ。なぜ広場なのだ。くそ、ずっとマリーの館に居たかったのに。私はがっかりした。マリーがいない場所にいると知ったら疲れがどっと出た。私はよろよろと歩いてベンチに座った。マリーのいないところにいることに私はため息をついた。見上げたら、広場の空の星たちはすっかり消えていた。朝はすぐそこにやって来ていた。ああ、やがてつまらない昼の世界がやって来る。永遠に夜であればいいのに。なぜ、息苦しい昼があるのだ・・・・・・・おー、私はうとうとと寝てしまった。私はこのベンチで寝るわけにはいかない。私はあくびをひとつして立ち上がった。

私は広場を出て、薄明るくて狭い路地を電柱やブロック塀にぶつかりそうになりながらよろよろと歩いた。どうやら私は喚いているようだ。意味不明の言葉を口から吐き出しながら曲がりくねった路地を歩き続けているようだ。

路地の向こうからチリーンチリーンという鈴の音が聞こえてきた。音は次第に近づいてくる。音をしっかりと聞くために立ち止まった。しかし、酔いどれている私は平衡感覚を失い、じっと立つことができない。よろよろと倒れそうになり、電信柱に抱きついた。電信柱を抱えながら鈴の音のする方を見た。すると、ゆし豆腐の入った桶を天秤で担いでいるおじさんが近づいて来るのが見えた。おじさんに手を振った。しかし、おじさんは私が手を振っているのに反応しないで歩いて来る。

「やあ」

おじさんに挨拶をした。おじさんは鈴を鳴らしながら酔っぱらいの私を無視して通り過ぎようとした。

「ゆし豆腐をくれ」

大声で言った。おじさんは立ち止まり桶を地面に下ろした。そして、ハッポースチロールのお椀にゆし豆腐を入れて私に渡した。「おじさんのゆし豆腐はおいしいよ」ゆし豆腐を褒めてもおじさんは無言である。

「このゆし豆腐は誰が作っているのだ」

おじさんは黙っていた。

「つりはいらないよ」

千円札を渡した。

「スプーンはないのか」

おじさんは後ろポケットから割り箸を出して私に渡した。

「ありがとう」

おじさんは黙って千円札を腰に提げているサイフに入れた。

「ゆし豆腐、ありがとう」

と大声で言ってもおじさんは反応しないで、チリーンチリーンと鈴を鳴らしながらうす暗い路地の彼方に去っていった。

ゆし豆腐売りのおじさんは振り向くことはなかった。私は電信柱に背中を支えられながら路肩に腰を下ろしてゆし豆腐を食べた。海の潮のにがりで作るおじさんのゆし豆腐は醬油や味噌で味付けをしなくてもおいしい。どんなに酔っ払っていてもおじさんのゆし豆腐はおいしく食べれる。私はあっという間にゆし豆腐を平らげた。私はふらふらと立ち上がり歩き始めた。路地を歩き続けていると、ばあさんが商店のシャッターを開けているのが見えた。

「やあ、ばあさん」

ばあさんは振り向き、声を掛けたのが酔っぱらいの男であることに気づき顔をゆがめた。

「あわもりの三合ビンを売ってくれ」

ばあさんは鼻を押さえて私を追い払うように手を振った。

「じゃけんにするなよばあさん。ばあさんから酒を買ったことがあるんだぜ。この顔を覚えていないのか」

鼻を抓んでいるばあさんは横に手を振った。

「覚えていないのか。残念だなあ」

顔をしかめたばあさんは早くここから立ち去れというように手を激しく振った。私はばあさんに親しみの笑顔を振り撒きながら商店から離れて路地を歩いた。

ここはどこだろう。那覇の街のどこかであることは確実である。しかし、ここがどこであるかはそんなに重要なことではない。那覇の迷路で迷子になったとしても歩き続ければそのうちに知っている場所に出る。今の私にとって問題なのは迷子になったことではなくて酒がないことだ。早く酒を見つけなくては。私は路地を歩き続けた。しかし、商店を見つけることはできなかった。私はあてもなく歩いた。しばらくすると、車がしきりに往来している道路に出た。朝の白い光がまぶしい。車が排気ガスを出しながら走っている。スーツ姿の男が急ぎ足で歩いている。若いＯＬ風の女性が向かいの歩道を歩いている。土曜日出勤ですか。ご苦労様です。お、商店があった。私は商店に入った。

「あわもりの三合ビンを売ってくれ」

私は酒を注文した。

「朝っぱらから酔っ払っているのかい。いいご身分だねえ」

太ったおばさんが三合ビンを渡しながら言った。いいご身分か、フン、まあそうかもしれないね。今の私は気分がいいからな。お金を払いながら、

「お互いにね」

と言って商店を出た。

酒を飲み、そして、歩いた。朝の明るさが那覇の街に広がってきた。闇は消え、道路も家の壁も人の顔もはっきりと見えるようになり、酔っていることが恥かしくなる時間帯になってきた。しかし、今朝の私はちっとも恥ずかしいと思わない。他人にじろじろ見られても平気だし、酔いどれている今の気分は爽快だ。楽しい。いつもの私なら、泥酔した時の朝は体が鉛のように重くなる。しかし、今朝の私の体は非情に軽い。浮き浮きな状態だ。理由もなく笑いたくなる。フフ、それには理由がある。フフ、なぜなら、家には利枝子という女が居ないからだ。美代という子供もますみという子供も家には居ない。そう、家には誰も居ない。誰も居ない家なのだから私は家に帰る必要がない。フフフ、私は家に帰る義務から開放されたのだ。家に帰らなければならないという鉛のような重たい義務を背負っていないから私の体は軽いのだ。私の心は浮き浮きしているのだ。私は自由なのだ。フフフ。

さて、自由な私は行きたい所に行くことができる。ど

ここに行こうか。そうだ、首里に行こう。首里は私が詩と酒の世界に没頭していた頃に住んでいた場所だ。首里がなつかしい。

　私は大通りでタクシーが来るのを待った。暫くするとタクシーがやって来た。私は手を上げてタクシーを止めた。タクシーは止まり、後ろのドアが開いた。私はタクシーに乗ると、

「あんちゃん。首里まで行ってくれ」

と、言った。

「首里のどこまでですか。お客さん」

首里のどこに行くか。そうだな。崎山にするか。フフ。我が青春の首里崎山だ。

「崎山に行ってくれ」

「崎山ですね」

崎山か。なつかしい。何年ぶりに崎山に行くだろう。そうだ、十五年振りだ。私は崎山に小さな家を借りて住んでいた。毎日酔いどれていた私は首里の至る所を歩き回った。私の最後の青春を送ったのが首里だ。我が青春の首里そして崎山か。フフフ。

　タクシーはくねりながらぐんぐん坂を登っていく。金城町を過ぎ、急坂をぐうんと上った。急坂を上りきると赤田町で、赤田町を過ぎると崎山町だ。

「運ちゃん。停めてくれ」

タクシーは停まり、ドアが開いた。私は赤田町でタクシーを下り、ゆっくりと歩いた。赤田町と崎山町の情景は十五年前とそれほど変わっていなかった。めざましく変化していく那覇の街であるが首里城の裏側にある赤田町と崎山町はひっそりと息づき変化の慌ただしさから離れて、ゆったりとした時間が流れている。ここは昔も今も閑静な空間だ。昔は首里城跡には琉球大学があり、赤田町と崎山町には学生向けの貸家が多かったらしい。私が借りていた家は昔学生に貸していた古い小さな家であった。私と嶺井幸恵はその家で同棲していた。住んでいた家はまだあるだろうか。瑞泉酒造工場の前を通り過ぎ、赤田町公民館も過ぎて歩き続けた。

　フフ、嶺井幸恵か。そういえば、嶺井幸恵が私から去った後に「あの遠い夏の日」という詩を書いたな。遠いと書いたが、実は嶺井幸恵が去ってから数週間後に書いた詩だ。たった数週間でも遠い日に感じたほど、嶺井幸恵が居なくなったことが私には大きいショックだった。「あの遠い夏の日」が私の最後の詩となった。

あの遠い夏の日

あの遠い夏の日よ。
出口の見えない迷路を、
あてもなく、
夢もなく歩き続けていた俺。

栄町の十字路で蹲り、
大道をよたよたと歩き、
牧志ウガンで喚き、
平和通りで酔いどれていた俺。

時代の落ちこぼれ。
闘いの負け犬。

生きていく心の糧を見つけられず。
首里のオンボロなトタン屋根の部屋で、
お前の裸を抱いて、
お前の体を愛して、
お前の心から逃げていた。

ああ、
あの遠い夏の日よ。

涼しい風の砂浜。
満月は、
砂浜の俺とお前を照らし、
打ち寄せる白い波は俺の心を嘲笑っていた。
俺は六本目のバドワイザーを飲み干し。
お前は一本目のバドワイザーを膝の上に置いたまま、

「夢が欲しいね」と呟いた。

しかし、
俺はお前と酒があれば日々は満ち足りていた。
夢という言葉は、
俺には虚言だった。

お前が去った、
あの遠い夏の日よ。

飲んだくれの俺は、
去って行ったお前の悲しみを知らず。
やけくそになり、
恨みの愚痴を那覇の迷路で吐き続け、
酔いどれて、
路肩に躓き　転び、
与儀公園の芝生の上で、
朝まで寝転んでいた。

お前のいない心の空白に、
俺は、
たまらなく淋しく、
アルコールでは埋められない程、
淋しく。

・・・
・・・
・
お前のいない空白の日々は流れ。
それでも
俺は生きていて。
・
・・
・・・
ああ、
お前が去った、
あの遠い夏の日よ。

今でも、
お前に会いたいよ。

フフ。感傷的な詩だ。涙が出る。フフ、涙が出るだって、そんなことは真っ赤な嘘だ。詩は嶺井幸恵に去られた私の不幸を描いているが、私は不幸を嫌っていたわけではない。むしろ、私は不幸を好んでいた。孤独で不幸の日々は詩と酒の安楽の日々でもあった。私は孤独と不幸に陶酔していたのだ。

崎山町を歩いていると、酔いどれていたあの頃の日々を思い出す。

あの頃の私は詩人になることを夢見て生きていた。結婚をして中流生活をするのは私が嫌いな世界だった。エドガー・アラン・ポーのように貧しさの中で酒に溺れていく生活を私は求めていた。その果てに「大鳥」や「アナベル・リー」のような素晴らしい詩が生まれるのだと私は信じていた。

私は嶺井幸恵に「アナベル・リー」を読ませ、エドガー・アラン・ポーとヴァージニアの純粋な愛について熱く語った。そして、酒と極貧と純粋な愛に生きることが詩人の宿命であると話した。しかし、嶺井幸恵は普通の幸せを求める普通の女であり、私の気持ちを理解することができなかった。彼女は私を彼女の実家に連れて行こうとしたり、彼女の兄弟に紹介しようとした。私は結婚にも彼女の家族にも興味はなく、彼女だけが私と一緒に居ればそれでよかったから、私は彼女の実家に行くことを拒否し、彼女の兄弟と会うのも避けた。普通の生活を望んでいない私に失望した嶺井幸恵は私から去っていった。嶺井幸恵が去ったのは私にとって大きなショックではあったが、嶺井幸恵が去るのは自然ななりゆきでもあった。一人になった私はますます詩と酒の世界に浸り酒に溺れていった。

我が青春の首里時代。詩と酒の日々の絶頂期だった首里時代。崎山の中央通りはなつかしい通りだ。家々や木々の風景は十五年前と同じだ。私は酔いどれてこの道を何度も歩いた。フフ、なつかしい。

昔借りていた家はまだあるだろうか。もし、あったらもう一度その家を借りたいものだ。そして、人生をやり直すのだ。昔棲んでいた家を探してみよう。もしあったら家主に、「やあ、久しぶりです。家を借りたいのですが」と言おう。ええと、この十字路を右に曲がったな。ええと、それから。まてよ。十字路をまっすぐだったのではなかったか。おかしい。記憶があいまいだ。

私は昔済んでいた家の場所を探して歩き回ったが、その家があった場所を見つけることはできなかった。もしかしたらあの家はもう無くなっているかもしれない。なにしろ小さくておんぼろな家だったからな。残念だが、家を見つけるのはあきらめよう。

酒が切れたので商店であわもりの三合ビンを買おうとしたが。昔あった商店がなくなっていた。風景は昔と同じで商店があった家も昔のままだったが、商店の看板はなくなり、戸は閉まっていた。酒を売っている商店を探して歩き続けた。二件目の商店もなくなっていた。首里から商店という商店は消えたのだろうか。私はさびしくなりながら歩き、当蔵町の大通りに出て、大通り沿いにあるスーパーマーケットで三合ビンのあわもりを買った。

首里の中央通りの狭い歩道を歩いた。窮屈で危ない下り坂の歩道は曲がりくねっていた。昔も曲がりくねっていて今も曲がりくねっている。酔いどれの私は何度も歩道から車道によろけ出そうになった。フフ。昔も酔いどれてよたよたと車道によろけ出そうになったものだ。なつかしい。私は昔と同じように電信柱にぶつかったり石垣にぶつかったりしながら歩いた。やっと広い歩道に出たので、私は紙袋に入れてある三合瓶の蓋を取り、あわもりをラッパ飲みしながらよたよたと歩き続けた。気がつくと龍潭池にやってきていた。十五年前と変わらない龍潭池だ。山の頂にあるのに水が年中満ちているのは不思議である。

龍潭池は自然にできた池ではない。六百年近く前の琉球王国時代に作られた人工池だ。池は竜の頭の形に掘られ、池の周囲は四百メートル以上もある。琉球王国時代には龍潭池で爬龍船競漕もやったという。琉球王国時代は龍潭池の周囲には色とりどりの花が咲き誇り、池には鑑賞船が行き交い、王族たちは風流を楽しみ、華やかな宴を楽しんだ。龍潭池は琉球王国隋一の名勝地だったという。

緑の池面を眺めながら、若い頃を思い出し、感傷にふけていると、突然、携帯電話が鳴った。私は携帯電話をポケットから取り出して開いた。携帯電話を開いたら時刻が分かる。今は午前九時だ。電話をかけてきたのはリ・エ・コという名の女だった。リ・エ・コという名の女か。ふん。リ・エ・コという名の女は午前九時なら私が起きて携帯電話を取れると予想したのだろう。あんたの予想通り私は起きて携帯電話を取った。しかし、あんたの予想が間違っていることが二つある。フフ。ひとつはだ。私はあんたが予想している場所にはいないということだ。クックック。残念ながら私はあんたの知っている団地の家の寝室のベッドの上には居ない。私はあんたが予想できない場所に居る。寝室のベッドではなくて、首里の龍潭池のベンチに居るのだ。あんたの強制する義務から解放されて、浮き浮きとした気分で首里の風景を楽しんでいる。あわもりを飲みながら、自由で爽快な気分でベンチに座っている。分かりましたか、リ・エ・コさん。フフフ。

あんたの予想の間違いの二つ目は、私は電話に出ないということだ。絶対にだ。絶対に電話に出ない。あんたと話すのはもうこりごりなのだ。ククク。いつまで電話のベルを鳴らすのだ。むかつくなあ。いい加減にしてくれ。私は電話に出ないのだからいい加減に電話を切れよ。苛々する。リ・エ・コさんよ。苛々させるな。私は絶対に電話に出ないのだ。電話を鳴らすのは無駄なのだ。止めろ。あんたが止めないなら私が止めてやる。私は電話のベルを切った。

リ・エ・コという名の女はすぐに電話をしてきた。しつこい女だ。だがな、リ・エ・コさん。私は電話に出ない。絶対にだ。リ・エ・コさんの慇懃な声なんか聞きたくない。私は電話のベルを切った。

リ・エ・コという名の女はすぐに電話をしてきた。鈍感な女め。私が電話を切ったということはあんたと話したくないということだ。それを理解しろよ。図々しい女め。あんたは私が電話を取るまで何回もかけるつもりなのだろう。私が電話に出たらあんたは何を話すつもりだ。フン。あんたの魂胆は分かるさ。昨夜は泥酔するほどに酒を飲んだか、頭は痛くないか、体の調子はどうかをあんたは聞くだろう。そして、あれこれと指示して、私を家に閉じ込める魂胆だ。フン、あんたの魂胆はお見通しだ。誰が電話に出るものか。私のことはほっといてくれ。あんたはのんびりと娘たちと竹富島見物でもすればいいのさ。もう、私はあんたの思い通りにはならない。うんざりだ。いいか、断言しよう。あんたと付き合うのはもう終わりだ。明日、あんたは那覇空港に来てびっくりするだろうな。あんたたちを迎えに来るはずの私は那覇空港に居ないのだから。ククク。私はあんたとあんたの娘たちを迎えにはいかない。分かったか、リ・エ・コさん。それじゃ、バイバイ。ククク。

携帯電話の電源を切った。これでリ・エ・コという名の女から電話がかかってくることはない。これでいい。ざまあみろだ。ああ、すっきりした。宣言しよう。私は二度とマイホームという義務でがんじがらめにする家には帰らない。そういうことだ。分かりましたか、リ・エ・

コさん。フフフ。

地上を照らす陽光は次第に強さを増していた。私は龍潭池を眺めながらあわもりをぐいと飲む。必至になって電話をしているリ・エ・コという名の女の顔が浮かんだ。苦笑した。八重山に居るリ・エ・コという名の女が電話している男は家には居ない。その男は首里の龍潭池に居る。その男はベンチに座って龍潭池をぼんやりと眺めている。リ・エ・コさん。こんな飲んだくれの男なんかに電話をしない方がいい、もう、この男は電話には出ないし、家にも帰らない。そう、この男は家庭という牢獄には二度と帰らない。分かりましたかリ・エ・コさん。ククク。

## 詩が書けない

ベンチに座り龍潭池の水面を眺めた。周囲の木々を眺めた。白い雲が浮かんでいる空を眺めた。全てが新鮮に感じる。青春時代の風景が蘇った。心に英気が湧いてきた。

詩を書こう。

そうだ。

詩を書くのだ。

長いブランクがあるがまだやり直しはできるはずだ。文房具屋に行った。文房具屋に入った途端になつかしいにおいがした。少年の頃に感じたにおい、鉛筆、消しゴム。ノート等の混じった文房具店独特のにおいだ。私は大学ノートとボールペンを買った。詩を書くのは大学ノートがいい。学生の頃は講義の最中も教授の講義は聞かないで大学ノートに詩を書いていた。大学ノートがなつかしい。青春が蘇る。

龍潭池に戻ってベンチに座り、あわもりを飲みながら詩作にふけった。緑色の水面。陽光にきらきら光る水面、空の青、木々の緑、石垣、土、風、空、雲、城、いにしえ、都・・・・。色々な言葉が脳裏に浮かんだ。しかし、ノートに書き込む言葉がなかなか出てこない。ノートに書く言葉、つまり詩の言葉がなかなか生まれてこなかった。クソ、出てきそうで出てこない詩の言葉。目を瞑り、瞑想した。心の底に眠っている詩の魂を蘇らせるのだ・・・・・・くそ、詩の言葉が生まれてこない。

ベンチから立ち上がり龍潭池の周囲を歩いた。大学ノートに書き入れる言葉がまだ一語も見当たらない。詩の言葉を見つけなければならない。しかし、頭は浮わついていて質量のある言葉が生まれてこない。そうだ。まだアルコールが足りないのだ。ベンチに座りあわもりを飲んだ。そして、瞑想した。

緑の水がゆったりと満ちている龍潭池。琉球王国時代の爬龍船競漕、古人たちの優雅な宴、苔むした石垣。歩く人たち。走る車たち。青空。白い雲。緑の木々。首里王府。守礼の門・・・・・イメージしながら詩の言葉を模索した。

しかし、なかなか詩の言葉が出てこなかった。なぜ、詩が書けないのだ。詩を書きたい私は苛々した。ベンチに座り瞑想をするだけでは詩の言葉は生まれてこない。首里を放浪しよう。放浪して、色々なものを見れば詩の言葉が生まれてくるだろう。

ベンチから立ち上がった。うっそうとした木々が陽をさえぎっている龍潭池の隣には円鑑池がある。龍潭池から石の歩道に移り、円鑑池の周りを歩いた。池には蓮が植わっていた。石灰岩で敷き詰めた石垣は陽光をまぶしくはね返し、巨人のようなデイゴの木が並んでいる歩道は薄暗い。円鑑池の中央には弁財天堂が建っていて、弁財天堂には石橋でできた天女橋が架かっていた。ここにはいにしえの風景がある。池には蓮の葉が浮かんでいる。琉球王国の王族たちは池を観賞し風流の世界を楽しんだだろう。琉球王国時代と重なる風景を眺めながら詩の言葉を模索した。しかし、詩の言葉が生まれてこなかった。クソ、どうして詩が書けないのだ。苛々する。いや、待て、十五年以上も詩を書かなかった。書けないのが当然だ。あせっても仕方がない。もっともっと風景や物たちを見るのだ。そうだ、首里城を見よう。首里城を見れば詩が書けるかも知れない。

ゆるやかな坂を上り、首里城の入り口に向かって歩いた。首里城の入り口に近づくにつれて観光客が増えてきた。華やかで賑やかな観光客が守礼の門から首里城の入り口に向かってぞろぞろと歩いている。ゆるやかな坂をゆっくりと上って行き、観光客と合流して首里城に向かった。観光客は胡散臭そうに私を一瞥する。へへ、ごめんなさいね、酔っぱらいがうろうろしていて。でも、私は浮浪者じゃないですよ。ネクタイは外してあるがちゃんとスーツを着ていますからね。これはけっこう高いスーツですよ。立派なスーツを着ている浮浪者って居ないですよ。私はね、詩人なんです。私は詩の言葉を求めて放浪している詩人なんです。

石段を登り、首里城の庭に到達した。ふう。石段を登ってきて足は疲労困憊だ。しかし、気分は爽快だ。おう、だだっ広い庭だ。広い庭を正殿、南殿(なんでん)、北殿(ほくでん)、番所(ばんどころ)、奉神門(ほうしんもん)が囲っている。ここが琉球王国時代に国王とその家族が居住した「王宮」だ。

建物の中で一番大きく、威風堂々と構えているのが正殿だ。正殿は琉球王国最大の木造建造物で、琉球の百の浦々を支配した琉球王国の象徴的な建物だ。

広い庭を観光客が慌ただしく歩き回っている。私は威風堂々とした赤い建物群に圧倒されて立ち止まった。遠くに近くに働き蟻のように歩き回る観光客を威圧するように建っている正殿や南殿や北殿に、私はなにか言い知れぬ異和を感じた。正殿や南殿や北殿に囲まれていると異様なナニモノかに囲まれているような気がする。なぜ異和を感じるのだろう。周囲を見回した。

広場を囲っている正殿、南殿、北殿の全ての建物は赤色だ。柱は赤色に塗られ、壁も赤色に塗られ、屋根は赤瓦だ。紅型と呼ばれている琉球の染物も赤だ。漆器も赤だ。赤は琉球王国を象徴する色だ。ああ、分かった。赤だ。広場を囲っている赤が異和を感じる原因だ。壁や柱などに塗りたくっているおぞましい赤色のせいだ。赤は情熱の色だと言われている。しかし、目の前に見える建物群の赤色は情熱の色ではない。デイゴの花の赤のようにみずみずしい赤でもない。琉球王国を象徴する赤には情熱も新鮮さも感じない。琉球王国の赤はくすんだ異様でおぞましい赤に感じる。私は広場に立ち尽くし、動くことができなかった。首里城は琉球王国を象徴する赤で覆われている。なぜだ、なぜ琉球王国の赤が汚れたどす黒い赤に感じるのだ。なぜだなぜだと自問しながら広場で立ち尽くしていると、突然私の体からさあーっと血の気がひいた。正殿の赤も南殿の赤も北殿の赤も農民の体からどくどくと噴き出た血が塗りたくられ、塗りたくられた血が空気に触れてどす黒い赤に変色したように感じた。琉球王国の赤は農民の体から噴き出したおぞましい赤だ。柱や壁に塗られた赤色に異様な恐怖を覚えた。吐き気がした。農民の血を塗りたくった琉球王国の城は私の居る場所じゃない。よたよたと歩いて広場から出て石段を下りた。吐き気を押さえるために酒を飲んだ。すれ違う観光客が気味悪がっていた。すみませんね、観光客さま。なぜか私は琉球王国の赤をおぞましく感じ、私の心は琉球王国の赤を嫌悪するのです。琉球王国の赤を見ていると吐き気がするのです。嫌悪感を押さえることができないのです。すみませんね、観光客様。

吐き気を必死に堪えながら首里城を下り、円鑑池の方に戻った。おぞましい赤から遠ざかった私の心は落ち着いてきた。石段に腰掛けて呼吸を整えた。暫くすると元気が回復したので守礼の門の方に向かって歩いた。ゆるやかな坂を上っていくとぞろぞろと首里城に向かっている観光客とすれ違った。よたよたと歩いている私とすれ違う時に、観光客は私をじろじろ見た。私はね、観光客様。浮浪者じゃないのです。私は詩人なんです。放浪詩人なんです。まだ、一行の詩も書いていないけどね。ククク。でも、詩人なんです。詩を書けない詩人なんです。フフフ。決して浮浪者じゃありません。私は浮浪しているのではなく放浪しているのです。

守礼の門だ。不思議な門だ。前も道路で後も道路になっている。門だけの守礼の門。入り口でもなければ出口でもない、無意味に立っている守礼の門。観光客が見、潜るために立っている守礼の門。

守礼の門の四本の柱の赤を見ていると気分が悪くなったので、守礼の門に近寄ることはできなかった。守礼の門の側の十字路で立ち止まった。真っ直ぐ行くと崎山町に行ってしまう。真っ直ぐ行くと振り出しに戻ってしまうので、右に曲がり坂を下っていった。三叉路を右に曲がり緩やかな坂を下りていった。緩やかな坂は首里の中央通りに出た。右に曲がると龍潭池に行く。龍潭池に戻りたくないので、私は左に曲がった。

私は詩作にふけりながら、松川町から池端町、池端町から山川町へと、気まぐれに歩き続けた。しかし、詩の言葉は生まれてこなかった。なぜ詩が書けないのだ。悩んだ。悩みながら歩いていると、首里の町に異和を感じている自分に気づいた。首里城のおぞましい赤はないのになぜか首里の町に異和を感じるのだ。酒と詩に熱中していた頃に歩いた首里の城下町だ。なつかしく感じることはあっても異和を感じるはずはない。しかし、なぜか異和を感じる。不思議だ。なぜだろう。途惑った。中年の女性三人とすれ違った。三人は品のいい言葉で会話をしながら、私のことなど眼中になく、通り過ぎた。

首里の人間は品がいい。それは首里が琉球王国時代の城下町であり、首里は士族が住み続けた場所であるからだ。今も首里城だけでなく首里一帯には琉球王国の幻影が残っている。首里の空間は士族のプライドが今も漂っている。士族のプライドが木々や道や壁などのいたるところに息づいている。士族は支配者階級だ。農民から過酷な税を取り立てて贅沢に生きた連中だ。首里は士族が生きたところだ。庶民が生きたところではない。

私は詩人だ。多くの詩人たちが搾取者や支配者を嫌悪した。詩人は搾取者に怒り、支配者に抵抗する自由な反権力者だ。詩人は抑圧された者、貧しい者、搾取されし者の側にいなければならない。ここは支配者の幻影が息吹いているところ。農民を苦しめた琉球王国時代の贅沢の極みの象徴である首里で真の詩を書けるはずがない。ここは奢り者たちが居た場所だ。平民を見下ろす冷酷な武士どもが生きていた場所だ。首里は支配者の怨霊が棲んでいる場所だ。だから、詩人の私は首里城だけではなく首里一帯に異和を感じるのだ。

首里で詩を模索しても詩の言葉が見つからない。私は王族ではないし士族でもない。私は琉球王国に生き血を吸われ続けた農民の子孫だ。琉球王国時代の農民は貧困の極みだった。生きていくために娘を遊郭に売ったり、息子を漁師の家に売るのは日常茶飯事であった。琉球王国時代の農民は自由も夢もなく、飢えながら生きていたのだ。首里は農民の生き血を吸った王族や士族が住んでいたところ。首里は王族や士族が優雅な詩や自然美の詩を書くところ。首里で私は詩を書けない。

# 吉屋チルー

吉屋チルーの琉歌が浮かんできた。読谷の貧しい農村に生まれた吉屋チルーはたった八歳で女の性を売る那覇仲島の遊郭に売られた。

恨む比謝橋や
　情ねん人ぬ
　我ん渡さ思てぃ
掛きてぃうちゃら

(比謝橋よ。私はお前を恨む。非情な人間が、那覇仲島の遊郭に売られていく私を渡そうと企んで、お前を掛けたのね)

　搾取され、貧しい生活を強いられたチルーの親は、少女チルーを遊郭に売らなければならない状況に追いやられた。チルーは那覇仲島の遊郭に売られることになった。生まれ育った読谷から出ていく境界には比謝川が流れていた。比謝川には比謝橋が掛かっていた。比謝橋がなければチルーは那覇仲島の遊郭に売られなくてすんだ。チルーが那覇仲島の遊郭に売られなければならない貧困に追いやったのは時の権力者であり、チルーを渡すために比謝橋を掛けたのも時の権力者だった。情ねん人＝非情者＝権力者。チルーは比謝橋を造った非情で冷酷な権力者に琉歌で恨みを投げつけた。

　吉屋チルーは一六五〇年に生まれた。八歳の時に那覇仲島の遊郭に身売りされた吉屋チルーは琉歌の天才少女として有名になりながらも、身受けされるのを拒否し、絶食して息絶えたという。一六六八年、吉屋チルーが一八歳の時である。

　平敷屋朝敏（へしきや・ちょうびん　一七〇〇〜一七三四年）が書いた「苔之下」という吉屋チルーの物語は、吉屋チルーは仲里按司に恋していたが、仲里按司の母親が病気になって倒れたために、仲里按司は吉屋チルーの待つ仲島の遊郭に行かなくなった。これをよいことに抱母は吉屋チルーを仲里按司から引き離すために、黒雲殿に見受けさせようとした。吉屋チルーは、そのことに怒り、失望し、食を絶って亡くなったと書いてある。

　しかし、まて。それは平敷屋朝敏の「苔之下」という俗的な悲恋物語に書かれてあることであり、吉屋チルーの実話ではない。平敷屋朝敏は吉屋チルーが死んで三十二年後に生まれた人物だ。平敷屋朝敏は吉屋チルーを直接知っていたわけではない。吉屋チルーが琉歌の天才であり、仲島の名花と呼ばれながらも、十八歳の時に絶食して死んだという伝説を知っていただけだ。「苔之下」以外に「若草物語」「万才」「貧家記」「雨夜物語」等を書いたように、平敷屋朝敏はロマン作家であり、「苔之下」は平敷屋朝敏が書いた悲劇ロマンだ。武士階級のロマンチスト平敷屋朝敏が庶民の天才詩人吉屋チルーの魂を理解できるはずがない。

　私には分かる。若い仲里按司と恋をしたというのは吉屋チルーを悲恋物語のヒロインにするための朝敏のでっちあげ話だということを。私には分かる。吉屋チルーの死はそんなロマンチズムな死ではなかったことを。私には分かる。貧しい農家に生まれて教養がないのに歴史に残る琉歌を作った吉屋チルーは天才の中の天才であり、卓越した感受性の持ち主であり、詩人としての気高いプライドを持った少女であったことを。私には分かる。吉屋チルーは女の性を絶対に売らない純粋でプライドの高い詩人であったことを。私には分かる。少女から女の体に成長した吉屋チルーは女の性を売るように強制されたが、拒否したことを。しかし、強固な遊郭の掟は吉屋チルーの拒否を許さなかった。私には分かる。詩人としてのプライドが高い吉屋チルーは、遊郭の掟に抗議して絶食をやり、詩人としての魂を全うするために死を選んだことを。

　天才詩人吉屋チルー。生まれながらの詩人吉屋チルー。天才詩人であったがゆえにわずか十八歳で死を選ばなければならなかった吉屋チルー。チルー、チルー。純粋に詩人の魂を一途に生き、そして死を選んだ琉歌の天才少女チルー。かわいそうなチルー。気高いチルー。私は止めどもなく涙が溢れてきた。

　琉球王国の王族や士族たちは龍潭池で舟遊びをして優雅な生活を送っていたが、その裏では過酷な搾取によって農民は極貧生活を強いられ、吉屋チルーのように身売りされる少女の悲劇が数多く繰り返されたのだ。吉屋チルーを死に追いやったのは農民を虫けらのように扱う琉球王国支配の社会だった。チルーを死に追いやったのは琉球王国だ。琉球王国のくそったれだ。

## 那覇へ行く

　首里は居るべき場所ではない。琉球王国が君臨していた場所に居てはいけない。首里から去るべきだ。私が棲む場所は庶民が生きている場所だ。庶民があくせく生きる世界が私の棲む場所だ。そこではきっと私の詩の言葉が見つかるはずだ。首里から下りよう。庶民の世界に戻るのだ。那覇に行くのだ。那覇の街の庶民が息吹いている場所に行かなければならないのだ。

　大中町の路地を歩いていた私は儀保大通りに出て、タクシーを待った。十分ほど待っているとタクシーが来たので手を上げた。タクシーは目の前に停まった。

「運ちゃん。那覇に行ってくれ」

「那覇のどこですか」白髪のタクシー運転手は訊いた。

「那覇のどこだって。那覇だよ、那覇。とにかく那覇に行けばいい」

「はー」

鈍感なタクシーの運転手は困った顔をしながらタクシを走らせた。くそ、とにかく那覇に行けばいいのだ。

タクシーは坂を下って那覇の街に向かった。

「運ちゃん。ストーップ」

うとうとしていてタクシーが那覇の街に入ったのを気づかなかった。私は慌てて叫んだ。タクシーの運転手は驚いてタクシーを停めた。ここはどこだろう。タクシーの窓から外を見たが四階三階五階二階の建物が並び、那覇の街のどこにでもある風景だ。ここがどこであるか気になるが、那覇の街であればどこでもいい。タクシーの運転手にここがどこであるかを聞かないでタクシーを下りた。

喧騒と排気ガス。これがいい。龍潭池のように緑に囲まれた平穏な空間なんて嫌だ。守礼の門や首里城跡のように観光客がぞろぞろ歩き回っている所も嫌だ。生活者が生きるために動き回っている空間。それが那覇の街。生きるために排気ガスを撒き散らし、喧騒が止まない那覇の街。庶民が息吹いている街。排気ガスを鼻で吸い、口で酒を飲みながら歩いた。

排気ガスを肺一杯吸い。
肺がんで死す。
ハイハイガンガン
ハイハイガンガン。
パーっと浮かんできた。ククク。なかなかしゃれていていいじゃないか。
ガーブ川の水をガップガップ飲んで、
大腸ガンで死す。
ガーブガーブ。
おお、次々と詩の言葉が生まれてくる。
クモジガワの底に
強欲の血反吐が沈んで
泥がドロドロドロ。
おお、ドロドロはいい響きだ。
お、インスピレーションがサーっと下りてきた。よし、サーっと書くぞ。私は歩道のはずれに座り大学ノートに書いた。

真紅なりんご。
真紅なりんご。
うわー、
おいしそう。
フフ、
齧ってごらん。

ククク、
ほうら。
果肉がない。
果肉がない。
真紅なりんご。
皮をくるくる切り取ると、
あらら、透明、
なにもない。
それがオ・マ・エだよ。
それがワ・タ・シだよ。
えへへ。

うん、なかなかいいね。

城間秀雄と真志喜宏平と仲間秀志と波照間進一たちが頭に浮かんだ。県庁や役所や高校に勤めている公務員野郎たちは琉球王国の農民の血を吸った士族階級と同じ階級になった人間たちだ。城間秀雄と真志喜宏平と仲間秀志と波照間進一に捧げる詩を書こう。中流生活のために詩の魂を捨てた連中に捧げる詩だ。

税金を貪っている搾取者であるのに、
善人面をして生きている。
それが公務員階級。
税金で、
しこたまいい中流生活をしている。
それが公務員階級。
お前らが庶民のお金をぼったくるから
庶民には貧しくて死ぬ人間が増え続けている。
お前らは庶民を貪り食う犯罪人だ。
お前らは庶民の皮を剥ぐ犯罪人だ。
罪悪を犯しているお前らは、
正義面して
反戦平和のスローガンを掲げる。
笑えるよ。
笑えるよ。
税金というアメを
たらふくしゃぶり続けているお前らは、
アメリカ軍基地の押しつけを
アメと鞭のえげつない政策だと喚き、
正義感ぶって
アメリカ軍基地撤去を合唱する。
ク・ク・ク・ク　ククク
笑えるよ。
笑えるよ。

アメリカ軍基地から派生する事故より
多くの貧しい人間を虐め傷つけ、

多くの貧しい人間を殺しているのはお前らだよ。
搾取者め、
偽善者め、
強欲者め、
公務員め、
め・め・め・め・め

くそくそくそ。駄目だ。駄目だ。俗的な詩だ。芸術的な詩になっていない。くそ。こんな詩を書いていては駄目だ。

歩こう。とにかく歩こう。那覇の街を放浪するのだ。酒を飲み放浪すれば詩の言葉が溢れてくるだろう。

那覇の街を当てもなく歩き回った。歩きながらあわもりを飲んだ。放浪する私に詩の言葉が生まれてきた。立ち止まって大学ノートに詩を書く。そして、歩く。あわもりを飲む。考える。歩く。ベンチに座る。あわもりを飲む。歩く。階段に座る。あわもりを飲む。とにもかくにも那覇の街を歩き回った。放浪すれば新しい詩の言葉がどんどん生まれてくる。

ガーブ川の上を歩いた。ガーブ川のほとりを歩いたのではないし、水に濡れながらガーブ川の中を歩いたのでもない。ガーブ川の上を歩いた。そう、ガーブ川の上をだ。

ガーブ川は那覇市中心街を東から西に縦断している川だ。しかし、中央卸市場からは、ガーブ川はコンクリートで覆われていて、コンクリートは道路になっている。コンクリート道路は国際通りを横切り沖映通りとなり、久茂地川まで続いている。ガーブ川は中央卸市場から久茂地川に達する数キロの闇を流れている川だ。ガーブ川を覆っているコンクリートの上を歩いている私に詩が閃いた。

ガーブガーブ
厚いコンクリートの下の闇を流れるガーブ
コンクリートに耳をくっつけて聞いてごらん
ガーブの闇から
聞こえる
聞こえる
死児の慟哭が
聞こえる
聞こえる
汚濁の悲しみが
聞こえる
聞こえる

ううん、なにが聞こえるか。

私は人々が行き交うコンクリートの歩道に寝そべり、コンクリートの下を流れているガーブ川のささやきを聞いた。コンクリートの上を歩く雑多な足音が邪魔をして、ガーブの囁きが聞こえにくい。さらに耳に集中した。なにかの音が聞こえた。なんの音だ。さらに集中した。音が聞こえた。寝そべったまま、大学ノートに書いた。

闇の笑いが
聞こえる
聞こえる
泥にまみれた不幸の笑いが
聞こえる
聞こえる
コンクリートの上　そこは明
コンクリートの下　そこは闇
無数の足に踏まれるコンクリートの裏の世界
昼の闇の世界
夜の闇の世界
永遠に闇の世界
フフ
街の腐った水が闇を流れ続けているよ
フフ

フン。まだまだだな。まだ心は純粋ではない。まだ、心は汚れている。もっと純粋にならなければならない。純粋な詩を書くためにもっと心を浄化しなければならない。心が浄化されればされるほど純粋な詩が書けるのだ。その果てに絶対的真理の詩が書ける境地に至るのだ。酒を飲もう。酒を飲むのだ。酒で心の汚れを浄化するのだ。お、閃いたぞ。

赤　赤
　青　青
女　女
　男　男
喧騒にナイフを突き立てる
それから

くそ、それからなんだ。言葉が浮かんでこない。座り込んで大学ノートに続きを書こうとしたが、どうしても次の言葉が浮かんで来ない。仕方がないから、

赤　赤
　青　青
女　女
　男　男
街の喧騒にナイフを突き立てる
それから

街の喧騒にナイフを突き立てる
男　男
女　女
　青　青
赤　赤

フフ、こんな詩でもいいではないか。詩は自由だ。フフフ。

私は立ち上がり歩いた。

ふう、疲れた。しかし、休むわけにはいかない。

ふう、眠い。しかし、眠るわけにはいかない。

ぎりぎりまで起きて、思考する能力を低下させて心を自由にするのだ。寝たら駄目だ。酒を飲むのだ。私は浮浪者ではない。放浪者だ。私はホームレス人間ではない。私は街の旅人だ。


　酒が残り少なっていた。酒を買わなくちゃ。ガーブ川の上を歩きながら詩作をしていた私はあわもりの三合瓶を買うためにカーブ川から離れて、桜坂飲食街の方に向かった。昼の閑散としている桜坂飲食街を通り抜けて、三叉路を左に曲がり、昔からの店が並んでいる一角にある商店であわもりの三合ビンを買った。

「おばちゃん。これを処分してくれ。」

持っていた空の三合ビンを店の隅に置いた。

　店から出た途端にぶわーっとトラックが横切って行った。

　歩道の小さい二車線は埃まみれだ。歩道のない昔からの道路は車が激しく行き交う。排気ガスを吐き、排気ガスを吸う。埃が舞い、埃を吸う。街の喧騒。人々は吐き出し、人々は吸う。街の活気に満ちた世界。白い猫が命をかけて黒い車道を横切った。黒い犬が命をかけて黒い車道を横切った。皺くちゃな老婆が排気ガスにまみれて歩いていた。

ブワー
排気
灰色
排
灰
はい
ハイ
生きる
死ぬ
トラック
ブワー
けんそう　ケンソウ　喧騒
白が黒を走る
命がけで走る
黒が黒を走る

命がけで走る
皺々が笑う
車が　車が　車が
排気ガスを一杯出して活きている
活きている
活きている
皺々が
排気ガスを一杯吸って活きている
フフ
街は活きている

いいね。乗ってきたな。街の喧騒の中ではパーっと詩が閃く。お、新しい詩が閃いた。しかし、一人しか通れない狭い歩道では大学ノートに書くことができない。ひらめきの詩は閃いてすぐに消える運命だ。

うわーっ、危ない。酒を飲もうとしてうっかり車道に飛び出しそうになった。ククク。ここは危ない道路だ。早くこの道路から脱出しなければならない。酒を飲まないで急いで歩いた。路地を見つけて路地に入った。やっと落ち着くことができた。コンクリートの壁に寄りかかり、酒を飲んだ。

ガーブ川の上を歩いていたことを思い出した。ガーブ川を歩いてガーブ川の果てまで歩いていく積もりだったが、酒が切れたために途中で止めてしまった。そのことをすっかり忘れていた。ガーブ川の果て、つまりガーブ川が久茂地川に注いでいる場所まで行って、ガーブ川の闇から出てきた水が久茂地川に注いでいる様子を見に行くことにした。

路地を通って国際通りに出た。お、詩が浮かんだ。詩を書こう。

赤　白　黄　青　が
歩いている　歩いている。
にぎやか
ペチャクチャ
ペチャクチャ
東北弁
九州弁
大阪弁
東京弁
弁　弁　弁
べんべんべんべん
ベンベンベンベン
へへ
フフ
赤　白　黄　青　が
歩いている　歩いている
ここは国際通り

小さい島の国際通り
たった一マイルの国際通り
田舎者たちの国際通り
観光客の国際通り
東北弁
九州弁
大阪弁
東京弁
弁　弁　弁
べんべんべんべべん
ベンベンベンベベン
へへ
フフ

　国際通りは観光客通りだ。まあ、それだけのことだ。

　信号が青になったので横断歩道を渡り、久茂地川に向かった。ひっきりなしに車が横を通り過ぎる。埃がぷはーっと舞い上がった。舞い上がった埃が喉を汚す。喉の埃を洗うために歩きながらあわもりを飲んだ。パッパーと激しいクラクションの音が耳をつんざいた。歩きながら酒を飲んでいるとふらふらしている足が勝手に車道に飛び出してしまい、車に轢かれそうになる。私の体をすれすれに車が通りすぎた。フフフ、このスリルが気持ちいい。車に轢かれて死ぬのならそれも運命。クック。命ぎりぎりの私の放浪だ。酒を飲みながら久茂地川に向かって歩きつづけた。

　ふう、やっと久茂地川に来た。久茂地川に沿って南の方に歩きつづけた。ガーブ川が久茂地川に注いでいる箇所に辿りついた。

　酒を飲み、久茂地川の川面を眺めた。緑色の川面はあちらこちらが銀色に輝いている。流れが止まった久茂地川の川面がゆったりと揺れている。やわらかな川面の揺れ。欄干に座り川面を眺めた。じっと眺めているとなにも考える必要はない。音もなく過ぎていく時間の中で欄干に座り、ただただ川面を眺めていた。

街は昼と夜を繰り返す
街は夏と冬を繰り返す
街は時が過ぎていく
くもじ川の水は
流れる
止まる
逆流する
止まる
流れる

街の刻は
笑いを吐いて

笑いを吸って
怒りを吐いて
怒りを吸って
流れている

俺は
フフ
地べたを流れる
へへ
地べたを逆流する
クク
俺は地べたで笑い
俺は地べたで怒り
俺は地べたで吐いて
俺は地べたで吸って
フフ
ホラ
今日も
生きている

## 逃げる

久茂地川の川面を眺めていると、ゆったりした気持ちになった。いつまでもここで久茂地川の川面を見つけていたかった。しかし、私は放浪者だ。いつまでも同じ所に留まってはいけない。久茂地川に沿って歩いた。これからどこに行こうか。波の上に行って、海を眺めようか。それとも漫湖公園に行こうか。行き先を決めるのを迷いながら、酒を飲み、そして歩いた。

　その時、横を通り過ぎる一台の車を見た瞬間にぞくっと体に電流が走った。車は薄いグリーンの軽自動車だった。見たことがある車だ。ゆっくりと走っていた車はすぐに停まった。車道には車が停まれるスペースはなかった。それなのに車は停まった。車が停まったので本能的に後ずさりした。車の窓から女の顔が出て、私を見た。

「あなた」

女は背筋が凍るようなぞくっとする声を発した。窓から女の顔は引っ込み、車のドアが開いた。

「あなた」

車から出た女は私の顔をじっと見ながら近づいてきた。女が近づいただけ後ずさりした。「あなた」と呼ぶ女の正体は誰だと不思議に思いながら女を見た。とても見覚えのある顔だが、すぐには女の正体を思い出すことができなかった。

「あなた」

女は大声を上げて私に近づいてきた。私は後ずさりした。

「あ」

女の正体を知った私は思わず叫んだ。那覇の街に絶対に居るはずのない女だ。リ・エ・コだ。・・・・リ・エ・コ・・・

女の名前は、なぜか、頭の中で無機質な響きがした。なぜ、目の前にリ・エ・コが居るのだ。リ・エ・コは石垣島に居る。那覇に居るはずはない。それなのにリ・エ・コが目の前に現れた。石垣島に居るはずのリ・エ・コが目の前に現れるのは信じられない。しかし、絶対に信じられないのに、リ・エ・コは目の前に現れた。ありえない現実に驚愕した。呆然となりながら後ずさりしていたが、リ・エ・コの足が速くなり、リ・エ・コとの距離が縮まってくると恐怖が増して、後ずさりする足が早くなった。

リ・エ・コという女は私を家庭という牢獄に縛り付けて私の自由を奪う鬼女だ。鬼女リ・エ・コが私を捕まえにやってきたのだ。鬼女リ・エ・コに捕まると私は自由のない牢獄に閉じ込められてしまう。鬼女リ・エ・コに捕まるわけにはいかない。鬼女リ・エ・コに背を向けると力の限りにダッシュして逃げた。

「あなたー」

恐ろしい鬼女リ・エ・コの叫びが背後から聞こえた。捕まったら大変だ。自由のない牢獄に閉じ込められないために必死になって逃げた。目の前に久茂地川にかかっている橋が見えた。橋を渡った。橋を渡ると十字路になっていた。目の前に車がなかったので十字路を走って渡った。

「パー」

トラックのすさまじいクラクションの音が右の耳から聞こえた。キーッというブレーキの音も聞こえた。信号を無視して車道を渡ったようだ。

「馬鹿野朗」

背後から罵声が聞こえた。しかし、振り返る余裕はなかった。私は鬼女リ・エ・コに捕まらないために必死に逃げなければならない。角を右に曲がり、力の限りに走り、角を左に曲がり、力の限りに走り続けた。鬼女リ・エ・コに捕まったらおしまいだ。自由のない牢獄に押し込められる。鬼女リ・エ・コの追跡から逃れるのに必死に走った。気がつくと鬼女リ・エ・コの声は聞こえなくなっていた。鬼女リ・エ・コから逃げることができたようだ。後ろを振り返ると鬼女リ・エ・コの姿は見えなかった。ほっとした。すると突然、胸の痛みが襲ってきた。走りすぎた性だろうか。呼吸困難になった私は足がもつれて倒れこんだ。ぐるんぐるんと目が回る。気分が悪くなって吐き気がした。下腹が収縮して胃の中の物が喉を突きあげた。

「うおーっ」

喉の奥から叫び声と同時に胃の中の物を吐いた、つもりだったが、胃には食べ物がなにも残っていなくて唾液が口から尾を引いてコンクリートに落ちた。さらに下腹が収縮を繰り返し胃液が喉を這い上がってきて私の舌を苦くした。私は這いながら建物と建物の間に入り体を休めた。

ここにいつまでも居るわけには行かない。鬼女リ・エ・コは車を持っている。車で私の後を追っている。ここに居たら捕まってしまう。逃げるのだ。鬼女リ・エ・コに見つからない場所に逃げるのだ。苦しいのを我慢しながら立ち上がった。ふらふらの状態の私はまともに歩くことができなかった。路地に入り、壁をつたいながら進んだ。

暫くすると呼吸が整い気分が落ち着いてきた。足はまだふらつくが壁の助けを借りなくても歩けるようになった。よろよろと走った。国道五十八号線に出た。国道五十八号線を越えた。

なぜ、リ・エ・コは久茂地川に現れたのだろう。あの様子では車で那覇の街を走らせて私を探していたと考えられる。石垣島にいるはずのリ・エ・コがなぜ那覇の街で私を探し回っていたのか。不思議だ。もしかすると、朝九時にリ・エ・コから掛かってきた電話を切ったことが原因しているのだろうか。私は携帯電話の電源も切り、リ・エ・コからの電話を遮断した。電話が通じなくなったので、リ・エ・コは竹富島に行くのをキャンセルして、急遽那覇に戻ってきたのだろうか。きっとそうだろう。くそ、感のいいオンナだ。まさか、電話を切ったくらいですぐに石垣島から沖縄本島に戻ってくるとは想像していなかった。くそ、携帯電話の電源を切ったのは失敗だった。あのオンナは戻ってきたらすぐに私を探し回ったのだ。しかし、あのオンナはなぜ久茂地川に居る私を見つけたのだろう。あのオンナは頭の回転がいいし第六感もいいようだ。あのオンナに見つかった時は驚いた。くそ、私としたことがあんなオンナに驚かされるなんて情けない。クソ。あのオンナに絶対に捕まるもんか。私は二度と家庭という牢獄には戻らない。アットホームか。ふん、くそくらえだ。

県道四十三号線に出た。県道四十三号線は国道五十八号線と平行に走っている海岸に近い二車線道路だ。私は県道四十三号線を渡ろうとしたが車の往来が激しくなかなか渡れなかった。仕方がないから信号のある横断歩道を渡ることにした。横断歩道に立った私は信号が青になるまで待たなければならなかったが、県道四十三号線は直線で見通しがよかったから、信号が青になるまでリ・エ・コに見つかりはしないかと気が気ではなかった。信号機の柱に身を隠して、「早く青になれ」と呟いた。リ・エ・コに見つからないかと心配しながら足踏みをした。信号が青になった。左右と後ろを見回した。リ・エ・コの車は見えなかった。走って県道四十三号線を渡った。県道四十三号線を渡るとすぐに路地に入った。路地から路地へ走り続けた。ここまで逃げればリ・エ・コに見つかることはないだろう。

ほっとしたら左右の手が軽いことに気がついた。手を見ると、持っているはずのあわもりの三合ビンと大学ノートが無くなっていた。逃げる途中で落としてしまったようだ。ああ、久しぶりに詩を書いたというのに、詩を書き記した大学ノートを失くしてしまった。私はがっかりした。しかし、失ったものは仕方がない。あきらめよう。新しい大学ノートを買って新しい詩を書けばいいことだ。

あわもりと大学ノートを買いたかったが、ここは始めて来る場所であり、商店や文房具屋がどこにあるか見当がつかなかった。

必死に走り続けた私の体からは汗が滝のように流れ出た。息がまだ苦しい。苦しいけれども、力の限りに走った性で体中の毒素が放出したようなすがすがしい気分だ。まだ、息が苦しい。ここはどこだろう。三階建てや五階建てのビルが整然と並んでいる。

空を見上げた。白い入道雲に青い空。ここは前島だろうか松山だろうか。いや、県道四十三号線を越えたから松山ではないだろう。若狭か波の上あたりかもしれない。歩いていれば知っている場所に出るはずだ。

ゆっくりと歩いたので息の苦しさがなくなってきた。酒が欲しい。早く酒を売っている商店を見つけなければならない。倉庫の角に赤い自動販売機を見つけた。喉の渇きを潤すために、自動販売機でコカコーラを買った。コカコーラの缶の冷たさが手に伝わった。コカコーラのふたを開けようとしたが開けることができなかった。立ち止まり、力を込めて缶の蓋を取った。握力はかなり弱くなっているようだ。コカコーラをごくんと飲んだ。「うえー」　飲んだコカコーラを吐いた。コカコーラがとてもまずい。

コカコーラが飲めない私は自動販売機でお茶を買った。ところがお茶もまずくて飲めなかった。お茶を捨てた。コカコーラもお茶も飲めない私は一刻も早く酒を買わなければならない。しかし、この一帯に商店もスーパーマーケットも見当たらなかった。県道四十三号沿いの繁華街に引き返した。鬼女リ・エ・コに見つかる恐れがあるが、酒を飲みたい飢餓感には勝てない。酒を手に入れるためには危険も仕方がない。用心しながら歩いた。

コンビニエンスストアらしき建物が見えた。ああ、やっぱりコンビニエンスストアだ。あのコンビニエンスストアにあわもりの三合ビンは置いてあるだろうか。私は心配しなからコンビニエンスストアに入った。入った途端にキーンコーンと鳴り、音がした後に、若い女性の、

「いらしゃいませ」

という声が聞こえた。

「酒はどこにあるか」

カウンターに立っている店員に訊いた。

「向こうの方です」

店員は店の右奥の方を指した。私は右奥に設置してある酒コーナーの方に行った。一番下の棚に一升ビンのあわもりが置いてあり、その上の棚には五合ビンのあわもりが置いてあり、その上に三合ビンのあわもりを置いてあった。私は三合ビンを手に取り、それから大学ノートとボールペンを取ってカウンターに行った。

精算を終わった後に店員が三合ビンをビニール袋に入れたので、私は、

「紙袋に入れてくれ」

と頼んだ。酔っている私を軽蔑するような目をしながら店員は紙袋に三合ビンを入れた。私はコンビニエンスを出た。歩きながら三合ビンの蓋を取り、酒を飲んだ。喉が潤う。心が潤う。あわもりはおいしい。私の心をなごませる。

## 捕まる

海が見たくなった。西の方に進めば海岸に出るのは確実だ。赤くなりかけた雲が浮かんでいる方向に進んだ。


いくつもの建物を通り過ぎていくと、水平線の上に赤く染まった雲が見えた。車がほとんど通らない海岸にやってきた。海岸の突堤に上り海を見た。波はきらきらと赤や黒や青や白が混ざって輝いている。ひっきりなしに動めいている海面をぼやーっと眺めた。暫くすると海の向こうに視線を移動して水平線を眺めた。水平線に雲が重なり、下の雲は暗い灰色で上の雲は茜色。茜色の雲の上に沈んでいく夕陽。夕陽が雲の裏側に入り、海は次第に暗くなっていく。暗くなっていく海を見ていた私は久茂地川のゆったりとした川面が見たくなった。久茂地川に行きたい。しかし、久茂地川辺りは鬼女リ・エ・コが見回りをしているだろう。久茂地川に行くわけにはいかない。当分の間は久茂地川には行かない方がいい。暫くの間は海岸でぶらぶらするしかないだろうか。そうだ。国場川がある。国場川は那覇市の南側を流れる川だ。国場川なら安全かもしれない。これから国場川に行こうか。いや、疲れた。国場側に行くのはしんどい。国場川に行くのは明日にしよう。

突堤に座り、あわもりを飲み、それから大学ノートを開き、ボールペンを握った。暗くなりゆく水平線、漁船、茜空、茜雲、暗雲、赤い波、青い波、暗い波、波の音。私は詩を書こうとしたが、私の頭は疲れているようで、詩の言葉が浮かばなかった。それでも私はボールペンを握り、大学ノートの白いページを見つめていた。

「奥山さーん」

どこからか男の声が聞こえた。聞いたことがない声だ。人気のない海岸で私を呼ぶ人間が居るはずがない。恐らく奥山という同姓の別の人間を呼んでいるのだろう。でなければ聞き間違いだ。私はじいっと大学ノートを見つめた。

「奥山さーん」

再び私と同じ姓を読んだ。もしかして私を呼んでいるのだろうか。いや、そんなことはない。ここら一帯に私の知り合いはいない。声に反応しないで大学ノートを見つめていた。車のドアがバタンと閉まる音がした。

「奥山さーん」

さっきより声が大きかった。私の方に向かって叫んだようだ。聞き覚えのない私を呼ぶ声に私は恐怖を感じ、逃げようと思った。しかし、疲れ果てている体には走る気力が残っていなかった。無理に逃げたとしても、私を呼んでいるのは男であり、疲れて果てて走るのが遅くなった私は簡単に捕まるだろう。それに男が私を捕まえると決まっているわけでもない。私は聞こえない振りをして突堤に座わり、大学ノートを見つめていた。

「律夫にいさん」

え、男の声は私を「律夫にいさん」と呼んだ。男は奥山律夫と呼んだことになる。ここに私と同姓同名の男が私以外にいるはずがない。男は私を呼んでいる。聞いた覚えのない声なのに私を、「律夫にいさん」と呼ぶのは誰だろう。私には弟が一人居るが、その声は私の弟の声とは違っている。それなのにどうして私を、「律夫にいさん」と呼ぶのだ。わけが分からない私は聞こえない振りをして大学ノートを見つめていた。靴の音が聞こえた。

「律夫にいさん」

聞いたことのない声だ。私は声のする方を向いた。

「やっぱり律夫にいさんだ」

男はほっとしたように言った。見た覚えのある顔だ。思い出した。男はリ・エ・コの妹の夫だ。リ・エ・コの妹は那覇市に住んでいたはずだ。

男はリ・エ・コの妹の夫だから私を「にいさん」と呼んだのか。この男の名前は確か上里松健だったな。リ・エ・コの妹の夫がなぜこんな所にいるのか不思議だ。そうか。分かった。リ・エ・コは妹夫婦に私の捜索を依頼したのだ。ふん。利口なオンナだ。

「こんな所でなにをしているのですか」

こんな所でなにをしているかって。ここにいる理由は海を見る以外にはない。リ・エ・コの妹の夫はおかしな質問をするものだ。こんな詰まらない質問にどのように答えなければならないのか、私は迷ったが、

「海」　と答えた。

リ・エ・コの妹の夫は
「え」

と途惑った顔をした。そして、私が答えたことを無視して、

「律夫にいさん。家に帰りましょう」　と言った。なんて失礼な男だ。「こんな所でなにをしているのですか」という詰まらない質問に対して、私が答えなければならない義務はなかった。リ・エ・コの妹の夫の質問を無視して黙っていたかったが、リ・エ・コの妹の夫の質問に答えてあげなければリ・エ・コの妹の夫がかわいそうと思ったから、わざわざ「海」と答えてやったのだ。ところがリ・エ・コの妹の夫は私の返事を無視して、「律夫にいさん。家に帰りましょう」と言った。家に帰るか帰らないかは私の自由だ。リ・エ・コの妹の夫に指図される義務はない。私は家に帰らない。それが私の自由なる意志だ。だから私は、「律夫にいさん。家に帰りましょう」というリ・エ・コの妹の夫の命令を無視して海を見つめていた。

　突然、リ・エ・コの妹の夫は海を見つめている私からあわもりの三合ビンを奪った。予期せぬことだった。私は油断していた。まさか、リ・エ・コの妹の夫が私の手から三合ビンを奪うとは。なぜ、リ・エ・コの妹の夫が私から私の三合ビンを奪うのだ。三合ビンは私が買った。だから私のものだ。リ・エ・コの妹の夫のものではない。私の三合ビンを奪うとはなんて横暴な男なのだ。こんな理不尽なことを平気でやるリ・エ・コの妹の夫は最低の男だ。無礼な男だ。私は無礼なリ・エ・コの妹の夫を睨んだ。しかし、リ・エ・コの妹の夫は私の睨みを無視して、

「立ち上がってください、立ち上がる気がない私の脇を掴んで引っと言いながら、律夫にいさん」

張り上げた。私はリ・エ・コの妹の夫に抵抗しようとしたが疲労困憊している私は腕や足に力を込めることができなかった。私の意思を無視する無礼なリ・エ・コの妹の夫を私は睨み続けた。しかし、リ・エ・コの妹の夫は私の目を全然見なかった。

「足元に気をつけて」

と言いながらリ・エ・コの妹の夫は強引に私を防波堤から下ろし、車の方に連れて行った。

　リ・エ・コの妹の夫は私を家に連れて行くつもりだ。私は家に帰ることを承知した覚えはない。私の意志を完全に無視しているリ・エ・コの妹の夫に私は激しい怒りを覚えた。私はリ・エ・コの妹の夫を睨み続けた。しかし、リ・エ・コの妹の夫は私の睨みを無視した。なんて、無神経で失礼な男なのだ。

「さあ、乗ってください」

リ・エ・コの妹の夫は強引に私を車に乗せた。

　運転席に座ったリ・エ・コの妹の夫は携帯電話を取り出した。

「ねえさん。松健です。律夫にいさんを見つけました。

本当です。波の上の海岸で見つけました。はいはい。大丈夫です。怪我はしていません。今から、家に連れて行きます。ねえさんはどこに居るのですか。ああ、若狭公園に居るのですか」

リ・エ・コは若狭公園で私を探していたのか。フン。ご苦労なことだ。若狭公園か。なつかしい。若い頃、月夜の夜に若狭公園の海岸で波の音を聞きながら、文芸サークルの仲間と何度も酒宴を開いたものだ。見知らぬ酔っぱらいのおじさんも参加した。若狭公園はなつかしい。

「にいさんは僕と一緒に車に乗っています。僕はこれからねえさんの家に行きますので、ねえさんも家に向かってください。にいさんですか。大丈夫です。おとなしく助手席に座っています。それじゃ」

リ・エ・コの妹の夫は電話を切り、再び電話をかけた。

「もしもし、扶美か」

扶美はリ・エ・コの妹だ。

「にいさんを見つけた。うん。そうだ。お前はどこに居るのか。え、漫湖公園に居るのか。そうか」

リ・エ・コの妹は漫湖公園一帯で私を探していたのか。ご苦労なことだ。フン。

「とにかく、にいさんを無事に保護したから、お前も捜索を打ち切ってねえさんの家に向かってくれ」

私を保護しただと。なにが保護だ。私は子供じゃないし認知症の老人でもない。なぜ、私が保護されなければならないのだ。私は自由な人間だ。この男は私の自由を強引に奪ったのだ。私は保護されたのではない。捕まえられたのだ。くそ、野蛮な男め。許せない男め。

「僕もにいさんを連れてこれからねえさんの家に向かう。うん。車の運転には気をつけて。それじゃねえさんの家で会おう」

私を家に連れて帰るのがこのリ・エ・コの妹の夫の目的だ。クソ、私は家に連行されていくのだ。団地の中にあるあの家か。フン。

あの団地には、隣とまたその隣とまたその隣が同じ形の住宅が並んでいる。どの家も住んでいる人間たちは似たようなサラリーマン家族だ。自由もなくオリジナリティーもない世界でつつましく生きている連中の世界。フン、義務の鎖で縛られた人間たちが共生している空間だ。フン、あんな所に帰りたくない。しかし、走っている車から飛び降りるのは危険だ。それに一日中歩いたり走ったりした私の体力はかなり消耗していて、逃げるエネルギーは残っていない。

車は国道五十八号線に出ると左折して北上した。薄暗闇になった国道五十八号線はヘッドライトを点けた車が行き交っていた。リ・エ・コの妹の夫が運転する車は天久を過ぎ、ゆるやかな坂を下って安謝の十字路を右折して進んだ。車は暫く進むと左折した。

車は隣とその隣とまたその隣と同じ形の玄関が並んでいる団地に入り、暗くなった坂道をゆっくりと上った。車は見たことのある家の前で停まった。玄関前の道路には三台の車が停まっている。車から下りたくない私は助手席でじっとしていた。すると、リ・エ・コの妹の夫は助手席のドアを開けて、

「にいさん。着きましたよ」

と、言った。着いたのはお前に言われなくても知っている。私が車から下りないのは車から下りたくないから下りないのだ。どうして私の気持ちを無視するのだ。無神経な男だ。

「さあ、下りてください」

リ・エ・コの妹の夫は私の腕を掴んで車から引きずり出した。リ・エ・コの妹の夫の顔を殴って抵抗したかったが、私は我慢しておとなしく下りた。強引なリ・エ・コの妹の夫は門を開いて私を屋敷内に入れた。

するとと玄関が開いて、ひとりの女が現れた。リ・エ・コだ。リ・エ・コはドアを開いて立ったまま私を見つめていた。私は私を見ている女が怖くなり立ち止まった。ところがリ・エ・コの妹の夫が、

「さあ、にいさん」

といって強引に私を引っ張った。リ・エ・コが数歩前に進んだ。リ・エ・コが手を離したドアがゆっくりと閉まった。

「あなた」

リ・エ・コの目から涙が溢れていた。なぜ、泣いているのだ。鬼女の目にも涙ということか。ククク。

「あなた、大丈夫ですか」

リ・エ・コは私の手を握り、私の顔を心配そうに覗いた。私は大丈夫に決まっている。痛い痛い。そんなに強く私の手を握るな。

私はリ・エ・コとリ・エ・コの妹の夫によって強引に家の中に入れられた。家の中に入って私はびっくりした。リ・エ・コの妹が居るのは予想していたが、家の中にはなんと私を産んだ女が居たのだ。私を産んだ女が居たのにはびっくりした。私を産んだ女はいかめしい顔をして私を睨んでいた。その隣には私を産ませた男が、また迷惑なことをしでかしたなとでもいうような顔をして立っていた。

「利枝子さんを心配させて、罰当たりが」

私を産んだ女は私を非難した。私を産ませた男はもっともだという風に頷いた。罰当たりか。フン。罰当たりでけっこうだ。

「利枝子さんがどんなに心配したか。お前は分かっているのか。利枝子さんはお前のことが心配だから、朝の九時にお前に電話をしたのだ。お前の携帯電話が鳴っただろう。お前は電話を取らなかった。それどころか電話の電源を切った。お前は電話を切ったのだ。酒を飲みすぎ

て頭が狂ったのか。恐らくそうだったのだろう。バカ息子だ。酒に飲まれるなんて。どうしようもないバカ息子だ。私は恥ずかしい。

悪い予感がした利枝子さんは急遽沖縄に戻ってきた。私に電話してきた時の利枝子さんはひどく動揺していた。お前が家出をしたのじゃないかとね。利枝子さんの感は当たっていたようだな。

私も父さんも、松健さんも、扶美さんも、一日中お前を探し回ったのだ」

嫌味たっぷりの説教を私を産んだ女はやった。私はゲップが出そうだった。リ・エ・コは私を産んだ女が嫌味たっぷりの説教をしているのを無視して、涙を流しながら、「あなた、大丈夫ですか」としきりに言いながら私の乱れた髪や服装を整えた。

生暖かい部屋だ。私の自由を奪うこの空間が嫌いだ。それなのになぜか神経はこの空間の中で安堵している。生暖かい空気の性だろうか。クソ。自由なる思想はこの空間を嫌っているのに神経は安堵している。心と神経の不思議なアンバランスに私は途惑った。クソ。

一日中、太陽の強い陽光に晒されながら街の中を路地から路地へ歩き、走り、車の激しい往来する喧騒な道路で排気ガスを吸い、埃を吸った。疲れ果てている神経と肉体をどうやらこの家は癒してくれているようだ。

神経は緊張がほぐれ、睡魔が襲ってきた。外の厳しい自然を遮断して人間がくつろげる空間に作り上げた家の中に居ると私のすべてが和らいでくる。しかし、この家に居たくない。自由な天地へ出て行きたい。私の心はそうなのだが神経と肉体はなぜか外に出て行かないでこの生暖かい空間に留まろうとしている。クソ、アンバランスな状態だ。クソ、心が神経に負けそうだ。クソ、そうはさせないぞ。

私を産んだ女はじいっと私の目を睨んだ。そして、小刻みに首を振り、「バカ息子が」と呟いてため息をついた。

「利枝子さん。明日、病院に連れて行った方がいいね。目はとろーんとしている。十五年前と同じ表情をしている。きっとアルコール中毒になっているよ」

リ・エ・コは心配そうに私の顔を見た。私を見つめている目から涙が溢れ出た。変な女だ。なぜ、私の顔を見て泣くのだ。私の顔に、「泣け泣け」とでも書いてあるのか。なにも悲しいことなんてないのに大粒の涙を流している。意味のない滑稽なことだ。笑わせるよ。私の顔を見て泣くなんて、それは愚かな行為だ。笑えてくる。クククハハハハと笑いたいが、笑える雰囲気ではないから笑うわけにはいかない。

そもそも私をアルコール中毒と決め付けることがおかしい話だ。笑わせる。私は自由な世界を生きていたのだ。自由意志で酒を飲んだのだ。酒に飲まれたのではない。

酒を飲んだのだ。それを私を産んだ白髪混じりの女はアルコール中毒だと言う。この女は自由の自の字も知らない古くさい女であり、文学のぶも知らないし、芸術のげも知らない。どうしようもない愚かなこの女は昔も私を自由な酒と詩の世界から引き離した。私は古くささの権化であるこの女に、

「私のことはほっといてくれ」

と抗議したくなった。しかし、この女に真剣に人間の自由や詩や芸術について話しても全然理解してくれない。私が抗議をすればするほど、この女は私が病気になったと悲しむだけだ。この女はなにも分からないどうしようもない女だ。どうしようもない女には沈黙をするしかない。

「暫くは家で様子を見た方がいいのではないですか、おかあさん」

リ・エ・コは私を病院に連れて行くのを躊躇した。それはそうだ。病院に連れて行けば私が狂人であるというレッテルを貼られてしまう可能性が高い。家族に狂人がいるのは恥かしいし惨めである。リ・エ・コは私が狂人のレッテルを張られるのを恐れている。

「いいえ。この子はアルコール中毒になっている。病気は一日でも早く治療した方がいい」

私を産んだ女は毅然として言った。この愚かな女はアルコール依存症の私を精神病院に入院させて治療した実績を自慢している。フン。私から詩と芸術を奪った女め。さっさとくたばれ。リ・エ・コは私の目を見て、

「あなた、大丈夫ですか」

と何度も言った。リ・エ・コの目から涙が溢れて止まらない。大丈夫ですかと訊かれても私は返事に困る。大丈夫に決まっている。「大丈夫だ」と答えるのが馬鹿馬鹿しいから返事をしないだけだ。なぜリ・エ・コは涙を流しているのだ。ちっとも悲しいことはない。リ・エ・コは私の手を握っているが、強く握っていて手が痛い。手を離してくれと言いたい。

私を産んだ女はまだ私の目をじろじろ見ている。

「やっぱり。明日、病院に連れて行ったほうがいい。この子の頭は完全におかしくなっている」

ククク。アホな老婆だ。この老婆は私を産んだから私のことを全て知っていると錯覚している。私の頭がおかしいのではない。お前の頭が古臭いのだ。

「おかあさん。この人はおかしくありません。酔っている性です。酔いが覚めれば正常になります」

今の私が正常だ。酔いが覚めれば不正常になる。なにを勘違いしているのだこのリ・エ・コという女は。

「利枝子さんは甘い。病気は一日も早く治療したほうがいい。この子はアルコール中毒になっている。昔入院した病院に連れて行こう」

「おかあさん。この人は大丈夫です。私はこの人を信じ

ています。決してアルコール中毒ではありません」

「そうかのう。私には信じられない話だ」

フー。退屈な会話だ。すーっと眠りそうになる。

「パパ」

小さな声が聞こえた。え、私はパパなのかと驚いて、声のする方を見た。二人のかわいい天使が立っていた。いや、天子ではなく美代とますみという女の子が立っていた。美代とますみは心配そうに私を見ていた。不思議なことに、頭の中で、リ・エ・コのように、美代はミ・ヨという無機質な名前にならなかったし、ますみはマ・ス・ミという無機質な名前にならなかった。私の頭の中の奇妙な現象に途惑いながら二人を見ると、二人の顔が明るくなった。

「パパ」

と、今度ははっきりした声で言った。美代とますみが私の前に立った。二人は私に向かって、

「パパ」

と言った。・・・・私をパパと呼ぶな。お前たちのせいで私の体は鉛のように重くなったのだ。お前たちのせいで私は自由を奪われたのだ・・・・と私は美代とますみを睨んだ。

睨んだ積もりだったのになぜか私の顔は微笑んでいる。クソ。私の目と耳の感覚は天使のような美代とますみの姿と声に快感を感じてしまうようだ。クソ。私の顔は私の本心より視覚や聴覚の快感を優先させてにっこりと微笑んでいる。なんということだ。私の体は私の思うままにならない。私の本心を裏切って、肉体の表皮はアットホームパパの演技をしている。くそ、屈辱だ。

「ママ。パパが笑ったよ」

美代が言った。美代とますみの髪を撫でていたエ・リ・コが私を観た。そして、両手で私の頬を挟み、私の目を見た。ほんの五秒も経過しないうちにリ・エ・コは歓喜して、

「あなた」

と叫んで私を強く抱きしめた。

「あなた。もう大丈夫。もう大丈夫」

と、何度も呟いた。なにが大丈夫なのか私は知らない。首に絡みついた腕に。首が圧迫されて私は息が苦しくなり、「離せよ、このやろう」とリ・エ・コに怒りが込み上げてきたが、他方、リ・エ・コに恐怖を覚えた。このオンナは私の心理を見抜くことができる感の鋭い女だ。このオンナは私の心理を読み、先手を打ってくる。このオンナは強敵だ。油断してはならない。隙を見せてはならない。このオンナは私の目を見て、このオンナにとって、「もう大丈夫」という何かを私の目から見つけたのだ。一体、私の目のなにを見たというのだ。

息が苦しくてもなにも言わなかった。この家の生暖かい空間にいるせいで、とにかく頭と体はおかしくなって

いる。身も心もばらばらということだ。フン。おかしくて笑えてくる。笑えてくるというのに私の顔は無表情である。それがまた笑える。

私を産んだ女は私を精神病院に連れて行くようにと説得したが、リ・エ・コは私を産んだ女の説得に首を振り、

「この人は大丈夫です。一日休養すれば全てが回復します」

と断言した。そして、月曜日には必ず会社に行きます。リ・エ・コの妹は、

「ねえさん。おかあさんの言う通り病院で専門の医者に診察させたほうがいいんじゃないの」

と、心配そうに言った。

「いえ、この人は大丈夫よ。病院に行く必要はないわ」

自信満々にリ・エ・コは言った。

「そうかなあ。心配だわ」

リ・エ・コの妹は納得しないような顔をした。

「美代、ますみ。パパの顔を見て。パパは大丈夫よね」

美代とますみは私の顔を見た。そして。

「うん。パパは大丈夫だよ、ママ」

と言った。

「そうよね。パパは大丈夫だよね」

とリ・エ・コは言い、右手で私を抱き、左手で美代とますみを抱いた。ふふん。美しき家族愛か。私は苦笑した。リ・エ・コという女よ。私から手を離せ。美代とますみよ。私にまとわりつくな、と苛立ちながらも、私を襲ってくるこの安らぎはなんなのだ。私の神経は安らぎ、体中の疲れがけだるさに変わって睡魔が襲ってきた。

「家族愛に負けては駄目だ。私はこの家を出て行くんだ」

と必死に安らぎや睡魔と闘うのだが、柔らかいリ・エ・コの肉体と天使のような美代とますみのまとわりに負けそうになる。

クソ。負けては駄目だ。踏んばるのだ。

クソ。駄目だ。踏ん張れそうにない。

クソ、仕方がない。

暫くの間は冬眠でもするか。

ああ、眠い。

２０１８年０１月１０日発行
マリーの館
定価１４９０円(消費税込)
編集・発行者　又吉康隆
発行所　ヒジャイ出版
〒　９０４-０３１４
沖縄県中頭郡読谷村字古堅５９-８
電話　０９８-９５６-１３２０
印刷所　東京カラー印刷株式会社
ISBN978-4-905100-28-7
C0093

著者　又吉　康隆
１９４８年４月２日生まれ。沖縄県読谷村出身。
琉球大学国文学科卒。

おっかあを殺したのは俺じゃねえ
定価１４５８円(税込) 著者 又吉康隆
台風十八号とミサイル
定価１５６６円(税込み) 著者 又吉康隆

季刊誌
かみつく 定価１２９６円(税込)
かみつく２ 定価１６２０円(税込)
かみつく３ 定価１６２０円(税込)
沖縄内なる民主主義４定価６４８円(税込)
沖縄内なる民主主義５ 定価６４８円(税込)
沖縄内なる民主主義６ 定価６４８円(税込み)
沖縄内なる民主主義７定価１６２０円(税込み)
沖縄内なる民主主義８定価１６２０円(税込み)
沖縄内なる民主主義９定価１５１２円(税込み)
沖縄内なる民主主義１０定価１５１２円(税込)
沖縄内なる民主主義１１定価１５１２円(税込)
沖縄内なる民主主義１２定価１４９０円(税込)
沖縄内なる民主主義１３定価１４９０円(税込)
沖縄内なる民主主義１４定価１４９０円(税込)

県内取次店
沖縄教販
〒９００-００３７
沖縄県那覇市辻１-１７-１
ＴＥＬ ０９８-８６８-４１７０

本土取次店
(株)地方小出版流通センター
〒９００-００３７
東京都新宿区南町２０
ＴＥＬ ０３-３２６０-０３５５
ＦＡＸ ０３-３２３５-６１８２
取次店はネット販売をしています。